·21世纪高职高专规划课改教材·

大学生就业指导

杨金娥　李斌山　主编

科学出版社

北　京

内 容 简 介

本书旨在为高职高专学生提供一些实用的求职技能和就业信息，在企业和学生之间搭建起就业平台，力求满足学生的心理要求，为学生指点迷津。内容包括：大学毕业生就业概述、大学毕业生职业生涯规划与设计、大学毕业生择业准备、大学毕业生就业法律指导、大学毕业生创业技术指导、大学毕业生择业技能、大学毕业生职场实践。

本书可作为高职高专学生就业指导课程的教材，也可供相关从业人员参考和借鉴。

图书在版编目（CIP）数据

大学生就业指导/杨金娥，李斌山主编.—北京：科学出版社，2009
（21 世纪高职高专规划课改教材）
ISBN 978-7-03-023966-2

Ⅰ.大…　Ⅱ.①杨…②李…　Ⅲ.①大学生－就业－高等学校：技术学校－教材　Ⅳ.G647.38

中国版本图书馆 CIP 数据核字（2009）第 013992 号

责任编辑：王雨舸 / 责任校对：梅　莹
责任印制：董艳辉 / 封面设计：苏　波

斜 学 出 版 社 出版

北京东黄城根北街 16 号
邮政编码：100717
http://www.sciencep.com

武汉市新华印刷有限责任公司印刷

科学出版社发行　各地新华书店经销

*

2009 年 2 月第 一 版　开本：B5（720×1000）
2009 年 2 月第一次印刷　印张：13 3/4
印数：1—4 000　　字数：264 000

定价：23.80 元

（如有印装质量问题，我社负责调换）

前　言

　　"21世纪高职高专规划课改教材"为高职高专系列教材,体现了组编者对高职高专教学特点和规律的把握,以及教学改革和教材建设上的创新。

　　这套教材具有严格的编写原则和要求,讲究质量和科学标准;保持先进,把握教改、课改动态和学科发展前沿,反映学科、课程的先进理念、知识和方法;强调创新,保持学生知识和技能的时代感和适应力,具备就业优势;贴近和适用于教学,具有可操作性,充分把握了高职高专层次特点和要求。

　　这套教材具有明确的编写体例和指导思想,主要体现在以下几点:

　　(1)宏观要求。依据教育部最新制订的高职高专教育的培养目标、课程体系和职业能力要求组织编写,按照21世纪高职高专教育课程体系、能力体系和规划教材的要求构建教材体系。

　　(2)层次要求。充分参照有关行业最新颁发的职业鉴定规范及高级技工等级标准,突出高等职业教育、职业资格鉴定和就业岗位培训等教育特点。教学重心下移,直接服务于学生就业需要,兼顾技能培训需要。面向高职高专教育,兼顾中职教育和中高级职业资格与就业培训。坚持基础知识管用、理论知识够用、专业知识适用、专业技能会用的原则,以培养专业技术应用能力和职业操作技能为编写重点或出发点,将教学内容与职业培养目标紧密结合,弱化基本概念和基础理论,强化专业技能和实践操作,教学内容力求简捷、实用。

　　(3)普遍性与特殊性。遵循"提高素质、突出实用、强调能力,使学生具备可持续学习和发展的能力"的原则,符合高职高专教学、课程及其改革的特点和发展趋势,同时,在若干方面具有特色,闪现亮点,达成普遍性和特殊性的有机统一。

　　(4)创新和特色。突出教材结构、目标设置、知识选取、能力体系和就业需求等方面的创新和特色。每本教材有统一的样式、体例、格式等外在范式和较为一致的材料组织、内容展开、知识技能讲授等内在方法与技巧。

　　(5)例题和习题。精选典型和特色例题,章末列出思考题,形式多样。

　　这套教材由张林国主编,负责拟定编写体例、指导思想和组编风格,并对若干编后事宜进行总体把关。

　　近几年来,高校毕业生就业问题成为热门话题,社会有效需求与毕业生规模的增长不相匹配,高校毕业生供需矛盾空前突出。面对严峻的就业形势,教育部、人力资源部等 5 部委共同颁布了 5 项措施，要求高校成立专门的就业指导服务机构，同时将就业指导课程列入必选课，促进大学生就业。

《大学生就业指导》是由常年进行就业指导、经验丰富的"双师型"教师编写的，其内容包括大学生就业形式分析、大学生职业生涯规划与设计、毕业生择业准备、毕业生就业法律指导、大学生创业技术指导、择业技能、职场实践七个部分。本书旨在为学生提供一些实用的求职技能和就业信息，在企业和学生之间搭建起就业平台，力求满足学生的心理要求，为学生指点迷津。

本书由杨金娥、李斌山主编，孙伟、徐小波任副主编，杨金娥拟定编写方案和编写大纲，杨金娥、李斌山统稿、定稿。具体分工如下：第一章由肖武编写，第二章由孙伟编写，第三章由李惊涛、蔡志勇编写，第四、六、七章由李斌山、徐小波编写，第五章由赵鹏、王威编写。

由于编写时间较紧，也由于目前高职高专就业指导处于探索的阶段，在编写中难免会出现一定局限性，会有一些不尽如人意的地方。恳请广大读者及各方面的专家、学者提出宝贵意见，我们将不断努力，加以改进。

编　者

2008 年 5 月

目　　录

第一章　大学毕业生
就业概述

[案例]

　　2003年夏，一则《北大毕业生西安街头卖肉》的新闻，曾在全国引起轩然大波，它讲述了年近不惑的北京大学89届毕业生陆步轩，从国企下岗后落魄西安街头"操刀卖肉"的人生经历，首开大学毕业生与"卖肉倌"的渊源。

　　2008年9月23日，《现代金报》以《大学毕业生自主创业操刀卖猪肉》为题再次报道了类似新闻事件：鲁东大学篮球专业当年度应届毕业生宋春磊，成为某一街巷经营"冷鲜肉"的摊主。

[解析]

　　大学生"操刀卖肉"，曾被引以为怪事，但从现实来看其实不然，在当前就业形势紧张状况下，多渠道就业是明智之举。同时也充分反映了大学生就业观念正适应时代在不断地发生变化。

第一节　大学毕业生就业
政策的历史演变

　　就业是民生之本。"十七大"报告指出，要坚持实施积极的就业政策，加强政府引导，完善市场就业机制，扩大就业规模，改善就业结构。大学毕业生作为就业群体中的一个特殊群体，是国家建设必需的宝贵人才。实现其充分就业，是全面建设小康社会的客观需求。解决好高校毕业生就业问题，不仅关系到广大毕业生的切身利益，也关系到科教兴国战略的顺利实施，更关系到我国社会政治稳定和谐的大局。

　　党和国家历来十分重视大学生就业工作，随着时代的发展，我国大学生就业政策经历了计划经济、改革深化以及市场经济三个时期的演变阶段。

一、大学生就业政策沿革

(一) 计划经济时期——统包统分

从建国初期到 20 世纪 80 年代中期,在计划经济体制下,我国的高等教育是一种高度集中的计划管理模式。学校按计划招生,毕业生按计划分配,用人单位按计划接受毕业生,即"统包统分"的就业政策。其特点是"由国家包下来分配工作,负责到底",执行的是"统筹安排、集中使用、保证重点、照顾一般"的工作方针。

建国初至 60 年代中期　1950 年,国家提出对高等学校毕业生实行有计划的统筹分配。1951 年发布的《关于改革学制的决定》中明确规定"高等学校毕业生的工作由政府分配"。这一时期毕业生分配工作的基本方针是"集中使用、保证重点、照顾一般"。初步形成了由国家负责按计划分配的制度。自 1963 年起,全国高校毕业生分配实行统筹安排,由毕业生分配部门在有计划、有重点地了解用人部门的需求和毕业生实际情况的基础上,提前编制分配计划。

"文革"期间　1972~1979 年的毕业生,是"文革"期间推荐入学的学生,根据中共中央、国务院的有关规定,基本上是根据毕业生生源情况由各省、自治区、直辖市分配回生源地区或单位安排工作,称为"社来社去"(指农村人民公社推荐的学生,毕业后回到推荐他的人民公社)、"哪来哪去",国家只作少量调剂。

恢复高考制度后　1977 年恢复全国统一考试制度,从这一届起,又重新施行统一分配政策。1981 年,国务院批转了原国家计划委员会、原教育部、原国家人事局《关于改进 1981 年普通高等学校毕业生分配工作的报告》,对毕业生的分配确定在国家统一计划下,实行"抽成调剂、分级安排"的办法:

(1) 教育部直属高校,是面向全国培养人才的,其毕业生由国家负责面向全国分配,主要用于加强重点,调剂质量。

(2) 中央业务部门主管的院校,主要是为本行业、本系统培养人才,其毕业生原则上由中央各业务部门在本系统、本行业内分配。

(3) 省、市、自治区主管的院校毕业生,主要由各省、市、自治区负责面向本地区分配。

(二) 改革深化时期——供需见面、双向选择

1985 年 5 月,《中共中央关于教育体制改革的决定》提出了改革大学招生的计划制度和毕业生分配制度的要求。改革高校毕业生分配制度是《决定》的重大决策之一,它明确指出,对于国家招生计划内的学生,其"毕业分配,实行在国家计划指导下,由本人选报志愿、学校推荐、用人单位择优录用的制度。"这项决策为毕业生

就业制度的改革奠定了基础,国家有关部门开始对传统的"统包统分"政策逐步改革,形成了以"供需见面"为主要形式,以"双向选择"为目标的就业政策。

从1986年起,将由有原国家计委主管的编制毕业生分配计划的工作交由原国家教育委员会主管,促进了毕业生分配工作的进一步改革。具体内容如下:

(1)改变过去全部由政府部门少数人编制分配计划的办法,采取由主管部门和高等学校上下结合的方法编制分配计划。

(2)逐步改变落实计划的方法,开展"供需"见面的活动。

1986年,原国家教委直属院校毕业生人数的80%,由国家教委提出学校分给部门、分给地区的毕业生人数,即"切块计划",通过"供需见面"方式提出分专业、分用人单位的调配方案;其余20%的毕业生,由学校根据社会需求提出建议分配计划。

(3)"双向选择"与"自主择业"。

从1986年起,原国家教委逐步提出了《高等学校毕业生分配制度改革方案》,并于1989年予以实施。在该方案中,提出高等学校毕业生分配制度改革的目标是:在国家就业方针政策指导下,逐步实行毕业生自主择业,用人单位择优录用的"双向选择"制度,逐步把竞争机制引向高等学校。

1987年,清华大学第一次尝试供需见面活动,这是大学毕业生第一次在工作前与就业单位见面,受到普遍好评。

(三)市场经济时期——自主择业

以"双向选择"为主要特征的大学毕业生就业制度只是过渡性的就业政策,随着改革开放的深入和社会主义市场经济体制的建立和完善,建立以"自主择业"为主要特征的大学毕业生就业制度已经势在必行。

1993年2月13日,由中共中央、国务院颁布的《中国教育改革和发展纲要》成为高校就业制度改革正式跨入市场经济体制下自主择业阶段的重要标志。《纲要》明确指出:在20世纪90年代,随着经济体制、政治体制和科技体制改革的深化,教育体制改革要采取综合配套、分步推进的方针,改革"包得过多、统得过死"的体制,初步建立起与社会主义市场经济体制、政治体制和科技体制改革相适应的教育新体制。

以《纲要》为政策依据而确定的大学毕业生就业政策改革目标是:改革高等学校毕业生"统包统分"和"包当干部"的就业制度,实行少数大学毕业生由国家安排就业,多数由大学毕业生"自主择业"的就业制度。即除少数享受国家奖学金、专项奖学金、单位奖学金的大学毕业生,实行在一定范围内就业外,大部分大学毕业生在国家方针、政策指导下通过大学毕业生就业市场"自主择业"。在这种就业体制下,大部分大学毕业生将按照个人的能力、条件到市场参与竞争,而不再依靠行政手段由国家保证就业；用人单位也只能用工作条件及优惠待遇吸引大学毕业生，不能等待国家用行政命令的办法给予保证；而高等学校作为就业工作的中介，主要为大学毕业生"自主择业"提供服务。

2002年，国务院转发教育部等部门《关于进一步深化普通高等学校毕业生就业制度改革有关问题意见》的通知明确要求，进一步转变高校毕业生就业观念，建立市场导向、政府调控、学校推荐、学生与用人单位双向选择的就业机制，努力实现高校毕业生的充分就业。

2003年，教育部《关于做好2003年普通高等学校毕业生就业工作的通知》是我国大学毕业生就业政策的革命性变化，改变了就业政策与行政命令合二为一的局面。高校作为大学毕业生就业工作的中介，主要为大学毕业生"自主择业"提供各项服务。因此，"市场导向、政府调控、学校推荐、学生与用人单位双向选择的就业机制"是目前我国大学毕业生就业的基本政策。

2007年8月30日颁布并于2008年1月1日起施行的《中华人民共和国就业促进法》，其基本方针是坚持劳动者自主择业、市场调节就业、政府促进就业，再一次明确了市场经济时期"自主择业"的就业政策。

二、正确认识大学生就业政策

(一)"统包统分"制度

1. 计划分配制度的积极性

计划经济体制下的就业分配以"统"和"包"为主要特征，这种"统包统分"的计划分配制度有其产生的历史必然性和时代积极意义，主要体现在以下几个方面：

(1) 有利于国家对人才的宏观调控，保证了国家重点建设项目及老少边穷地区的人才需求。

中国的经济发展在历史上就一直存在地区不平衡问题，在这样的情况下，国家实行计划分配，协调人才资源，从而有重点地保证了国家经济建设部门和老少边穷地区的人才需求。

(2) 有利于社会稳定。

应该说，国家按计划对大学毕业生进行分配的制度是伴随着我国计划经济而产生和完善的，这种分配制度改变了旧社会大学生就业难的状况，体现了社会主义的优越性。

(3) 必要的社会心理支持也是"统包统分"制度得以贯彻落实的重要因素。

在当时"知识分子走与工农相结合的成长道路"的社会思想指引下，大学生报效祖国、艰苦奋斗的心理准备充分，因而既能够安心学习，又能够积极服从组织分配。

2. 计划分配制度的消极性

计划体制下的就业分配制度弊端随着经济体制改革的深化,越来越表现出与经济运行机制不相协调的弊端。

(1) 分配计划带有盲目性,影响了人才的合理使用、合理流动,造成了人才培养的浪费。

由于人才短缺,在执行计划分配的过程中,往往造成有的大学毕业生专业、专长与用人单位使用方向和要求不一致,出现"用非所长"和"学非所用"的知识浪费、人才浪费的现象。

(2) 制约了高等教育的正常发展。

计划体制下高等教育管理运行的一个重要内容就是学校按照国家指令性计划招生,按统一的教学大纲培养学生;学生由国家统包学习费用,由国家统包分配就业,这就构成了一种政府行政主导型的运行机制。在这种机制影响下,政府的行政计划处于主导地位,学校处于从属地位;政府成为学校与社会联系的中介,学校与社会缺乏直接沟通的渠道,学校只负责培养,无须考虑社会需求,专业设置、课堂教学与社会需求严重脱节。

(3) 影响了用人单位择优选拔自主权和积极性,影响了大学生的竞争意识、自主意识的培养。

就业市场的"供"、"求"双方本应是最为活跃的力量群体,然而长期形成的统包统分的就业制度,使用人单位和大学毕业生都处于"等、靠、要"的被动局面。由于计划的盲目性和用人单位缺乏自主权,往往造成用人单位急需的人才未列入计划,而按计划分配来的大学毕业生又不符合实际需要的境况。

(二) "双向选择,自主择业"制度

以"双向选择、自主择业"为基本内容的大学毕业生就业制度改革经历了十多年的发展,所取得的积极成果主要表现为:

(1) 推动了高等教育各环节的改革。

大学毕业生就业制度的改革必然引起高校内部各项运行机制的转换。这种内部机制的转换包括行政管理、教育教学管理、人事管理、后勤管理以及人才培养计划和教学内容的改革。其中,教育教学改革是这种机制转换的核心。

(2) 一定程度上促进了人力资源的优化配置。

"双向选择,自主择业"的就业制度扩大了大学毕业生和用人单位的选择的范围。为了提高自身市场竞争力和综合素质,大学毕业生须确立"终身学习"的观念,不断地提高自身能力水平;为了提高选才的质量,同时孕育一个培养人才、留住人才的环境,用人单位也必须不断完善用人机制。就业制度的改革同时激活了人才

市场的两方主体,在一定程度上促进了人力资源的优化配置。

（3）一定程度上促进了社会观念的转变。

打破"统包统分",实行"双向选择,自主择业"给人们带来的观念转变是方方面面的,高校就业指导部门最直接地接受了这一观念转变并付诸实际工作。

然而,"双向选择,自主择业"的就业制度在现有阶段也存在着一定的缺陷,集中表现为就业工作的市场化发展趋势与就业市场发育滞后的矛盾,导向性政策与配套性政策失衡的矛盾等。

作为影响大学生就业的重要因素,就业制度的变化既有其自身的规律和特点,又有受其他相关制度因素影响的特点。从计划经济体制下的"统包统分"到市场经济条件下的"双向选择,自主择业",我国大学毕业生就业制度改革经历了十多年的发展时间,对教育体制改革起到了积极的促进作用和推动作用。充分认识大学毕业生就业政策的演变和就业制度模式的变迁,对于了解目前大学生的就业现状及展望未来具有重要意义。

三、大学毕业生就业制度的发展前景

近年来高等学校毕业生就业压力逐年增大,就业问题成为社会关注的热点。然而,就在一些人大喊"无业可就"的同时,大量存在的"有业不就"现象也困扰着高校毕业生就业市场的健康发展。

面对新形势,国家《2003—2007年教育振兴行动计划》明确提出实施"促进毕业生就业工程",并将面向就业需求"采取相关政策,积极鼓励毕业生到西部、基层和祖国最需要的地方去建功立业,引导大学毕业生到中小企业和民营企业就业以及自主创业。"这一政策为解决大学毕业生就业市场存在的问题,特别是"有业不就"现象取得了新的突破,开拓了更加广泛的空间。

1. 制定优惠条件,吸引大学毕业生到西部、到农村、到国家重点企业和部门

目前,我国西部地区和农村地区,高校毕业生的数量非常少;而国家重点建设的企业和部门对高校毕业生的需求同样非常强烈和旺盛。这些都构成了高校毕业生就业的巨大空间。但是,现实情况却是:一方面,大城市中大学毕业生就业竞争日趋激烈,困难越来越大;另一方面,西部、农村以及一些国家重点建设的企业和部门却很少有毕业生光顾。

国家通过制定一些优惠的条件和制度安排,鼓励和吸引大学毕业生到西部地区、国家重点企业与部门,特别是农村地区去工作,这也是当前解决高校毕业生就业困难,更加充分发挥高等学校人才培养的社会经济效益的重要途径。

从2003年开始,共青团中央、教育部、财政部、人事部组织实施大学生志愿服

务西部计划。按照公开招募、自愿报名、组织选拔、集中派遣的方式,招募普通高等学校应届毕业生,到西部贫困县的乡镇从事为期1~2年的教育、卫生、农技、扶贫以及青年中心建设和管理等方面的志愿服务工作。国家对志愿者给予了生活、交通、保险等许多政策保障,志愿者服务期满后,鼓励其扎根基层,或者自主择业和流动就业。大学生志愿服务西部计划不仅是服务西部大开发战略的重要举措,而且是教育青年的有效载体,为培养优秀青年人才提供了有效途径,并且拓展了高校毕业生就业渠道。

2. 建立合理制度,创造高校毕业生自主就业空间

相比其他社会群体,高校毕业生在自主创业方面有其优势,但也存在弱点。目前,高等学校倡导和鼓励大学生自主创业,尽管已经做了不少宣传,但还远远不够。同时一些反面的案例,也反映出毕业生创业中资金不足、经验缺乏等弱势和弱点。

为鼓励高等学校毕业生自主创业,各省市纷纷出台相关扶持政策,为大学毕业生创业提供政策咨询、小额贷款、减免税费等优惠措施,有利于大学毕业生在创业中发挥优势,克服暂时的困难和不足。

3. 解除后顾之忧,开拓传统体制外的就业空间

目前,许多大学毕业生仍然倾向于在传统的体制内选择自己的职业,包括在政府部门和一些有一定保障的传统部门与机构择业,而不太愿意到民营企业等单位就业,也不愿意从事一些不太稳定的工作与职业,担心缺乏必要的保障。

2005年,中共中央、国务院颁发《关于引导和鼓励高校毕业生面向基层就业的意见》,大力支持各类中小企业和非公有制单位聘用高校毕业生,为大学毕业生就业提供了取消落户限制、专业技术职称评定、签订劳动合同、兑现劳动报酬和缴纳社会保险等多项保障措施。这一政策解除了高校毕业生在这些企业工作的后顾之忧,为高等学校毕业生的就业提供了更大、更广阔的空间。

第二节　大学毕业生就业的一般程序和方式

一、大学毕业生就业的一般程序

(一)大学毕业生就业部门的工作程序

决定大学毕业生就业的部门和单位一般有四个,即人事部门、教育部门、用人

单位和学校。

各地县、市级以上人事部门根据国家政策,结合行业和地方的实际,制定应届大学毕业生就业办法,协助供需双方做好应届大学毕业生的就业工作,并对办理登记求职手续的大学毕业生提供推荐就业的机会。省属学校性质的大学毕业生就业报到证由省教育厅学生处统一办理。用人单位依法具有对大学毕业生的选择使用权,在政策范围内招聘录用大学毕业生,用人单位的表态至关重要。学校在大学毕业生与用人单位之间具有中介作用:学校由于对大学毕业生了解,因而向用人单位直接推荐大学毕业生的建议具有重要的参考价值;同时,学校还编制大学毕业生的就业方案,办理大学毕业生的就业手续。

1) 统计、编报应届大学毕业生生源情况

大学毕业生就业工作从最后一学年开始。每年 10 月初,就业办公室按大学毕业生专业、招生计划性质、类别、生源地区等内容进行统计,编制大学毕业生生源基本情况统计表,报送给省教育厅学生就业部门,并向有关用人单位及地方人事部门通报。

2) 收集需求信息

一般在当年 11 月到次年 4 月,就业部门通过信函、电话、网络或者专人外出等方式联系用人单位,收集用人需求信息。

3) 大力开展就业指导工作

每年 11 月前开展就业指导工作,让学生掌握当前的就业政策,了解就业形势,学会就业技能,了解自主择业及就业后手续如何办理。

4) 做好推荐、供需见面、双向选择、自主择业活动

自当年 11 月至次年大学毕业生离校前,对已签订《推荐生就业协议》的学生进行广泛地推荐,做好用人单位进校招聘及组织学生外出面试等工作。

5) 做好大学毕业生就业协议的鉴证工作

大学毕业生与用人单位"双选"成功后,应签订大学毕业生就业协议或劳动合同,或者由用人单位出具大学毕业生接收函,经学校就业部门鉴证后生效。

6) 制订大学毕业生就业方案

每年 5 月开始,就业部门根据大学毕业生签订的就业协议或用人单位接收函,制订大学毕业生就业方案。

7）办理大学毕业生就业手续

大学生毕业时，开始办理大学毕业生就业报到证，办理户口迁移手续。

（二）大学毕业生个人就业程序

1. 填写《毕业生推荐表》，准备就业材料

《推荐表》由所在省教育厅统一提供，此外学校提供《毕业生推荐书》，允许个人设计具有个性的推荐表。其主要内容有：毕业生的基本情况、主要课程及成绩表、特长、就业意愿、辅导员评语、学校学生管理部门意见等。相关就业材料包括自荐信、各项受表彰的证件、职业技能证书等。大学毕业生要准备一份推荐材料的复印件，提供给校就业部门，由校就业部门向用人单位提供大学毕业生详细信息。

2. 学习就业知识，收集人才信息，确定个人择业意向

大学毕业生在择业前必须掌握相关就业政策，了解就业形势，确定合适的择业期望值，自主地收集各类用人信息，为就业做好准备。

3. 积极联系用人单位

大学毕业生除参加学校推荐外，更应积极联系用人单位，主动与用人单位接触面谈，大胆应试。

4. 办理就业协议或用人单位接收证明

大学毕业生与用人单位双选后，与用人单位签订协议或合同以及相关证明，这也是学校就业部门编制大学毕业生就业方案的依据。主要有两种形式：

（1）大学毕业生与用人单位签订的协议，协议书由省教育厅统一提供或当地人事部门提供，协议需经学校就业部门或当人事部门鉴证后才生效。

（2）用人单位与大学毕业生签订的各类合同及出具的毕业生接收证明。

大学毕业生联系工作成功之后，必须及时上报学校就业部门，以便及时办理相关手续。由学校就业部门推荐的就业生必须与校方签订《推荐生协议书》，时间为11月至次年毕业前。

5. 办理就业报到证、户口迁移手续

大学毕业生与用人单位签订《就业协议书》，必须注明其人事档案转接何处，有人事接收权的单位，报到证开具到单位。目前，许多单位委托当地人事部门进行人事代理，就业部门开具的报到证一般也开具到当地人事局，户口迁至人事局。对于

异地就业或未落实就业的大学毕业生来说,其报到证开具到生源所在地县、市级人事局(人才中心),大学毕业生可在当地人事局办理人事档案代管、户口关系及求职登记手续。毕业后半年内未落实就业单位,不愿去生源所在地人事局办理求职登记手续的大学毕业生,经申请可由学校暂缓办理报到证,年底仍未落实就业去向的大学毕业生,学校将其户口迁至原籍,人事档案寄至生源所在地人事局,大学毕业生接到学校通知后要去当地人事局办理相关手续。

6. 到工作单位报到上岗

大学毕业生获得毕业资格后,离校到工作单位报到上岗。对未获得就业机会而表现良好的大学毕业生,可继续申请学校就业部门推荐。

二、大学毕业生就业的方式

自实行"自主择业,双向选择"的就业制度以来,高校毕业生实际上被推到了市场化就业的轨道,并逐步形成了签约就业、合同就业、定向就业、灵活就业、升学、出国和参加国家与地方项目就业等多种就业方式。

1. 签约就业

大学毕业生通过学校与用人单位签订就业协议书,领取就业报到证,到用人单位就业。

2. 合同就业

大学毕业生与用人单位已签订劳动合同,或用人单位出具接收函,不需要就业报到证,到用人单位工作。

3. 定向就业

招生时以定向、委培形式录取的大学毕业生回原定向、委培单位就业。

4. 灵活就业

灵活就业包括自主创业、自由职业和其他灵活就业形式。

自主创业 是指大学生毕业后不是向社会"寻求"工作,而是用自己所学知识进行自主创业。大学毕业生通过科技创新、社会服务或在某一方面的特长,进而自己或与他人合作创办企业,成为新企业的所有者或管理者。自主创业目前已成为大学毕业生一种新的就业途径,它作为一种新的就业渠道,无疑对高校毕业生的知识、能力和综合素质等提出了更高的要求。

　　自由职业　是指以个体劳动为主的一类职业,如作家、自由撰稿人、翻译工作者、中介服务工作者、某些艺术工作者等。

　　其他灵活就业　是指大学毕业生与一家或多家用人单位建立不定期、不定时的劳动就业关系,如技术主管、技术顾问、技术员、产品推销员和管理人员等。

　　5. 升学

　　升学包括专科毕业生升本科,本科毕业生考取研究生或考取第二学士学位深造。大学毕业生升学一方面提高了学历层次;另一方面也缓解了就业矛盾。

　　6. 出国

　　随着改革开放的不断深入和中国加入 WTO,部分毕业生到国外继续读书、深造,另外有不少大学毕业生参与国际人才竞争,到境外的企业去工作。

　　7. 参加国家和地方项目

　　大学毕业生参加由国家有关部委或地方政府选派的大学生志愿者活动,如到"老、少、边"等地区工作。

第三节　就业形势分析

一、我国当前劳动力就业基本状况

　　2004 年 4 月 26 日,我国首次发表《中国的就业状况和政策》白皮书。书中对我国的就业基本状况、积极的就业政策等重大问题进行了全面系统的阐述。我国是世界上人口最多的国家,2003 年,总人口达到 12.92 亿(未包含香港、澳门和台湾),全国劳动年龄人口(16 岁以上)为 99 889 万人,劳动力参与率为 76.2%,国民教育水平较低,就业矛盾十分突出。其主要表现如下:

　　1) 劳动力供求总量矛盾和就业结构性矛盾同时并存

　　我国劳动年龄人口正在以年均 550 万的速率增长,在劳动年龄人口持续增长的同时,尚有 1.5 亿农村富余劳动力需要转移,有 1100 万以上的下岗失业人员需要再就业,这使得劳动力供给增量远远超过劳动力需求。随着国民经济在总量上的大幅度增长、在经济结构质量和科技水平上的提高,社会所提供的就业岗位将对劳动者的综合素质提出更高的要求。我国当前阶段劳动者的综合素质和知识结构与新的要求相差悬殊。因此,在劳动力供求总量矛盾尖锐的同时,劳动力素质与岗位需求不相适应的结构性失业问题日益凸显。

2）城镇就业压力加大和农村富余劳动力加快向非农领域转移同时出现

在转变经济增长方式的过程中,经济增长速度和就业弹性系数都将低于20世纪末期,这将加大劳动力的供需矛盾。此外,我国将在这一时期完成产业结构的调整和升级,这不仅使经济增量结构变动,而且会引起第二、三产业存量结构的调整,由此又将引发第二、三产业原有劳动力的大规模流动。劳动力存量结构的调整将提出新的就业或再就业要求,可能出现大量结构性失业。由于工业化的推进,农业生产力水平大幅度提高,大批农业劳动力将迅速向非农产业转移。不仅现有1.5亿农业富余劳动力需要转移,以后每年还要增加数百万。要完成这一任务非常艰难。这是我国社会结构的一次根本性变革。城镇就业压力加大和农村富余劳动力加快向非农领域转移同时出现,这使得就业矛盾更加突出。

3）新成长劳动力就业和失业人员再就业问题相互交织

我国的基本国情是人口众多,劳动力资源丰富。从长期看,由于20世纪六七十年代的人口生育高峰,形成了当前和未来20年劳动年龄人口占总人口的比重维持在65%以上的较高水平。从"十一五"期间看,城乡新成长劳动力年均达2000万人。全国城镇每年新增劳动力1000万人,加上需要就业的下岗失业人员和其他人员,每年需要安排就业的达2400万人。从劳动力的需求看,按照经济增长保持8%～9%的速度,每年可新增800万～900万个就业岗位,加上补充自然减员,可安排就业1200万人左右,年度劳动力供求缺口仍在1200万人左右。而在农村,虽然乡镇企业和进城务工转移了2亿人,由于土地容纳的农业劳动力有限,按1.7亿人计算,则农村富余劳动力还有1.2亿以上。

因此,从总体上看,在未来相当长的一个时期内,城乡劳动力供大于求的基本态势将长期存在。

二、21世纪前期就业展望

21世纪前20年,是我国进入全面建设小康社会的新时期。由于我国人口基数大,劳动力的供给超过实际需求量、农村富余劳动力的转移、劳动力素质与岗位需求不相适应的结构性失业等问题不可能得到根本性的解决,就业形势依然严峻。

困难和机遇并存,在充分估计就业困难形势的同时,应当看到解决我国就业问题的有利条件:政府高度重视就业问题,坚持以人为本,树立全面、协调、可持续的发展观,促进经济社会和人的全面发展,为解决好就业问题提供了思想认识基础;经过多年的探索和实践,解决就业问题的大政方针已定,措施配套,以市场为导向的就业机制初步形成,为解决好就业问题提供了政策和机制保障;我国经济保持持续、快速、协调和健康发展,财政收入增长较快,经济结构调整顺利推进,企业经济收益明显好转,第三产业发展加快,必将对就业形成强有力的拉动;坚持推进西部大开发、振兴东北老工业基地、促进中部地区崛起、鼓励东部地区加快发展的促进地区协调发展战略的实施,以及城镇化步伐的加快,将为解决就业问题带来新的机遇;随着各项促进就业政策的深入落实和完善,政策效应将进一步释放,就业和创业环境将进一步改善;加入世界贸易组织,对外贸易的不断增长,中国经济与世界经济联系得更加紧密,将为解决就业问题提供良好的外部环境。

三、大学毕业生就业形势

1. 大学毕业生就业途径和方式发生了重大变化

改革开放以来,在我国大力推进经济增长方式转变和产业结构调整,同时进行工业化和现代化建设的历史条件下,面对国有经济布局与结构调整、国有资产管理体制改革,面对多种所有制经济的蓬勃发展,一些法律已经赋予各种用人单位以用人自主权,而大学毕业生的传统就业单位对人员需求量剧减,大批非公有制企业对各类人才的需求猛增。劳动力供求关系发生了根本性转变,计划经济时期国家对大学毕业生的“统包统分”制度一去不复返;施行“双向选择”、“自主择业”的就业政策成为历史的必然。

2. 大学毕业生就业竞争激烈

2001 年,本科毕业生一次就业率超过 80%;2003 年,毕业生当年就业率为 75%;2004 年,就业率为 73%,就业率逐年下降。中国社会科学院的“2008 年《社会蓝皮书》”中提到:“去年毕业 500 万大学生仍有 100 万未就业。”某市在毕业生招聘月活动中,针对 2 万个招聘岗位,收到 6 万份简历。一个好的职位,往往会有十倍百倍的毕业生去竞争。例如,2005 年国家拟招 8400 名公务员,网上提交报名材料者多达 541 552 人次,经资格审查合格者达 310 656 人,约为计划录用人数的 37 倍;某外企拟招 100 名软件工程师,竟有 15 000 名大学毕业生竞争。形成这种局面的原因主要在于:

(1) 随着高等教育大众化的实施,高等学校持续扩大招生,大学毕业生数量迅速增加。

　　我国高校毕业生自从 1998 年突破 100 万人以来,逐年剧增,2001 年为 115 万人;2002 年为 145 万人;2003 年为 212 万人;2004 年为 280 万人;2005 年达到 338 万人;2006 年为 413 万人;2007 年为 495 万人;2008 年为 559 万人。

　　(2) 由于城镇新增劳动力、下岗人员再就业,再加上农村富余劳动力的转移,劳动力就业市场出现多峰叠加的局面,短期内社会对新增劳动力的需求量增长有限。

　　(3) 由于思想、体制和工作等原因,加上毕业和择业时间集中,从而使高校毕业生就业竞争激烈。

　　(4) 由于学校的课程设置、专业开设与社会需求的差距及大学生本身的主观原因等导致有些大学生就业出现困难。

四、国家解决大学生就业难问题所采取的对策

　　大学毕业生就业的困难,是社会上严峻就业形势的一个侧面。除了有其政策性的原因(如怎样引导人才向经济欠发达地区流动)外,还有其结构性的原因(如专业培养目标与社会需求的动态"匹配"问题)、工作上的原因以及就业者自身的主观原因(就业意识,如就业期望值过高)。为了解决大学毕业生就业难的问题,国家把大学毕业生就业工作提到了新的历史高度,在党中央和国务院的领导下,确立了实行中央和地方两级管理,以地方管理为主的大学毕业生就业管理体制。建立了由国务院有关部门参加的高校毕业生就业工作部际联席会议制度,全国成立了 30 个省级高校毕业生就业工作领导协调机构,各高校普遍实施了大学毕业生就业"一把手工程",从而形成了有效的运行机制和规范化管理,中央组织部、教育部、人事部、劳动和社会保障部等积极采取措施,促使毕业生就业。社会上各类用人单位都在努力吸收毕业生就业,如此,初步建立了有利于大学毕业生就业的社会环境。

　　根据国务院办公厅转发教育部等部门《关于进一步深化普通高等学校毕业生就业制度改革有关问题的意见》的通知,高校毕业生就业难的对策如下:

1) 进一步完善高校毕业生就业工作管理体制

　　在国务院各部委领导下,省级高校毕业生就业工作领导协调机构,统筹高校毕业生就业工作,将此工作纳入本地经济和社会发展整体规划,制定解决高校毕业生就业问题的具体措施。

2) 加快调整人才培养结构

　　高校要根据国家"十五"计划提出的经济、社会发展需要和科学技术发展趋势,

加快调整高校学科专业结构和人才培养结构,使高校毕业生更好地适应现实需要;扩大社会急需专业的招生数量,控制长线专业的发展规模,减少或停止那些教学质量不高、专业设置不合理而导致就业率低的学校和专业的招生;加强对专科学生的职业技能培训,逐步在全社会实行学业证书和职业资格证书并重的制度。

3) 拓宽高校毕业生到基层就业的渠道

引导到基层、到中小企业就业是解决高校毕业生就业问题的主要途径,具体有:为提高农村义务教育的质量,高校毕业生可到农村中小学任教;依照国务院有关文件,鼓励和支持高校毕业生到农村基层支教、支农、支医、扶贫等工作,经过两三年锻炼,根据工作需要可从中选拔优秀人员担任县、乡(镇)机关、学校、企业、事业单位的领导工作,或者充实到基层金融、工商、司法、税务、公安部等部门;到西部地区工作;到边远贫困地区工作;中央国家机关各部门从高校毕业生中考试录用的公务员,要安排到西部地区锻炼1~2年。

4) 切实解决非公有制单位聘用高校毕业生的有关问题

公安机关将积极放宽建立集体户口的审批条件,及时办理落户手续。用人单位要按规定与毕业生签订劳动合同,为其办理社会保险手续。国家工商管理部门、各省、各地区陆续颁布了优惠政策,鼓励和支持高校毕业生自主创业。

5) 制定鼓励人才合理流动的政策

具体政策有:鼓励用人单位根据实际需要多招聘高校毕业生,取消对接收高校毕业生收取的城市增容费、出省(自治区、直辖市)费、出系统费和其他不合法、不合理的收费政策,省会及中小城市放开对吸收高校毕业生落户的限制,简化有关手续。

6) 完善未就业高校毕业生的有关政策

对已离校而未就业的毕业生,档案管理机构免费代管其档案。学校可根据本人意愿,在两年内保管其档案,或将户口迁到其原籍所在地;对于超过两年仍未就业者,则将其在校户口和档案迁回原籍所在地。

7) 进一步整顿和规范高校毕业生就业市场秩序

应届高校毕业生就业招聘会应主要在高校内举办。跨省举办的高校毕业生就业招聘会,须经当地省级政府主管部门批准,并接受其监督。为了更好地为高校毕业生和用人单位服务,要采取措施实现高校毕业生就业市场、人才市场和劳动力市场相互贯通,实现网上信息资源共享。

8）进一步加强对高校毕业生的思想教育和就业指导

　　加强对大学毕业生进行正确的世界观、人生观、价值观和择业观教育,引导大学毕业生树立交费上学、自主择业、勤奋创业、终身学习的观念,树立根据社会需要就业、到基层建功立业的思想。政府有关部门要加强就业指导,提高就业率。新闻媒体要大力宣传和引导,在全社会营造有利于大学生就业,特别是到基层就业的良好社会氛围。毕业生应纠正自身影响就业的因素,如择业观念陈旧、就业期望值过高、脱离客观实际需要等。

　　在党和政府高度重视就业工作的当前,在实现比较充分就业的社会实践中,大学生依靠自己良好的综合素质,依靠年青、有活力、可塑性和知识结构方面(国内其他众多求职者所不兼备)的优势,适应社会需要,勇于竞争,把握机遇,一定能够达到成功就业的目标。

第四节　大学毕业生就业定位

一、大学毕业生职业岗位定位

　　就业压力促使大学毕业生就业心态迫切,九成大学毕业生准备一毕业即就业。许多大学毕业生都抱着"边走边瞧,边走边跳,走一步,算一步"的想法,没有自己的职业岗位定位,也没有一个明确的职业生涯规划。另有一些大学毕业生的择业标准很笼统,表示希望进入大公司工作,但对自己是否适合这些公司、希望从事什么样的工作都没有明确的答复,而对于"走上工作岗位后,未来几年内有些什么计划"的问题没有人能够说清楚。这说明了大学生在毕业时对自己的职业生涯缺少必要的规划,对自身的职业定位并不清楚。

　　一般大学毕业生在求职时,只把薪水、福利、职位等当作选择标准,而没有从长期的角度出发来寻找真正适合自己的岗位,往往陷入求职的误区,影响日后的工作,导致很多人对工作状况不满意而频繁跳槽。另一方面,企业也叹息找不到合适的人才。

　　为克服大学毕业生就业的盲目状况,大学毕业生就业时要有针对性,职业定位要明确,并要对具体的工作岗位有工作设想。事实证明,心里有目标、有工作设想、职业定位明确的应聘者都比较能够得到用人单位的认可。首先,大学毕业生要针对自己的实际情况,做好自己的职业定位,规划自己的职业生涯;其次,要根据自己的专业、技能、综合能力和社会用人单位的要求,确定自己的职业定位。只有这样,将来的职业生涯才有可能少走弯路,工作才会比较开心,才能一往无前;否则,很容易造成走上工作岗位后期望与实际所得有很大的距离,产生强烈的失落感。没有目标,找不到方向,也很容易选择盲目地跳槽,对个人发展很不利。因此,高校应该对大学毕业生自我定位多作指引,培养大学毕业生明确的自我发展目标,否则即使被用人单位录取,由于职业定位不准确,大学毕业生往往容易"身在曹营心在汉",这对用人单位和大学毕业生本人都是损失。

二、大学毕业生职业心理定位

在满怀希望地寻找一份合适的职业之前,先要给自己的心理"充电",只有具备了良好的就业心理,才能以积极的精神状态参与激烈竞争。该怎么"充电"呢?职业心理辅导中一项重要内容是职业心理定位,包括兴趣、人格、职业能力倾向等测试表。目前,不少高校的心理咨询中心也有这样的测试表,就是想为学生提供职业心理定位的服务。通过这类测试,让学生了解适合自己的职业,以便在学习中拾遗补缺。"心理充电"最大的好处是,能让大学毕业生尽早了解自己,找工作时能沉稳应对。当为了自己的就业规划而举棋不定时,可以去学校里的心理咨询中心求助,老师会为你进行逐条分析和心理辅导,让你对自己真正的理想和追求更清楚,同时对自己的职业定位也比较明确。

大学毕业生在求职过程中,往往会产生以下误区:

1) 自身定位偏颇

由于我国不同地区经济发展的不平衡性,东西部地区之间、沿海地区和内地之间的差距较大,大学毕业生选择就业区域时,过度集中于北京、上海、深圳等热点地区,造成这些地区的就业压力明显增加。同时,一些大学毕业生"高不成,低不就"心理定位严重影响就业。部分大学毕业生在求高,如工资、福利、住房、工作环境,无不在其考虑之中,这是不现实的。结果是在自己和用人单位之间人为设置了难以跨越的鸿沟,最终导致不少大学毕业生与适合自己的用人单位失之交臂。

2) 盲目攀比,赶时髦

大学毕业生选择就业单位时,喜欢选择热门行业,只看重状态,对单位的发展前景、个人发展等并不关注,虽然得到一些眼前的利益和满足,但从长远发展看并非明智的选择。

3) 诚信问题

不少大学毕业生发现求职时有一定的证书、文凭、履历能为找工作带来方便,有的大学毕业生凭勤奋刻苦,在大学期间努力争取获得相关证书,而有一些大学毕业生则通过投机取巧或造假来骗取企业初步信任,对大学毕业生整体形象造成一定的损害。

4)不平衡心理

求职过程中或多或少都会碰到挫折,如因自身综合素质和能力与求职单位的差距,或因时机把握不准,有些人便产生不平衡心理,怨天尤人,满腹牢骚,做出对人对己均不利的行为。

5)求职途径把握不准

不少大学毕业生采取参加各种各样人才交流会"广泛撒网"的方法,或希望通过熟人"托关系"、"找门路"以捧上"金饭碗",而不善于"推销"自己,没有针对自己的优势,通过重点了解用人单位实际需求情况,提高就业率。

三、大学毕业生就业"三步走"策略

随着高校的扩招,原来的精英教育变成了大众教育。大学生就业必须转变观念,大众化教育意味着可以做普通的职业。面对就业难,大学生们要做些什么呢?就业"三步走"策略应该对高校毕业生是大有裨益的。

第一步　面对现实,正确对待就业形势,正确对待自己

古人说:"天生我才必有用"、"每临大事有静气,不信今时无古贤",这都是人们在遇到具体事件后的一种处世哲学和态度。择业和就业,是初出校门的大学毕业生在人生道路上一个重要转折点,对于大学毕业生应具备的正确的择业和就业思想,可以归纳为:认清形势闯市场,从容自信显特长,广开渠道看信息,实事求是快上岗。

认清形势包括三个方面:一是国家的就业政策;二是全国的就业形势;三是本地区(含本专业)的就业信息。中国的就业问题本来就是世界之最,我国每年普通高等学校、民办高校、成人高校、中专毕业生和下岗职工二次就业汇织在一起,形成一个庞大的就业大潮,就业形势供大于求,就业严峻,这是摆在大学毕业生面前的一个客观事实。面对这一矛盾重重又竞争激烈的人才市场,基本观点是:只能树立一个"闯"字,积极参与竞争,而不能"等",更不能消极对待。关键是要把握择业方向和竞争技巧,敢于竞争,善于竞争,并在竞争中获胜。

近几年的人才市场竞争中,有个明显的特征,就是用人单位特别注重人才的实际经验和特长。仅具有大学学历和毕业文凭,这是大学毕业生择业的起码条件,而缺乏实践经验,又是在校学生不可回避的弱点。大学毕业生在人才市场中的唯一可

比优势,就是要具备并适时地发挥自己的特长,扬其长而避其短,在供求市场中找准自己的位置。在竞争与机遇同时存在的环境下,如何具备和发挥自己的特长,也有个认识问题,能说会道、能歌善舞和具备某种操作技能,这固然是特长,但思维敏捷、从容善对、幽默机灵、能吃苦耐劳也是一种特长。每个人各有所长、各有所短,问题在于如何正确地认识自己,善于扬长避短,在关键时刻和重要场合发挥一技之长,获得用人单位的好感和信赖,这是择业和就业工作中的一个不可忽视的技巧。

在人才市场竞争中,单靠一个人的智慧和信息——"以一变应万变"往往是不够的,所以,要善于利用各种渠道,包括学校、老师和家长,亲朋和同学,广泛搜集就业信息,这是就业者一个重要的手段和方法。人是社会人,也是现实人,没有广泛的人际交往和收集信息的渠道,就等于是守株待兔;在自主择业、竞争上岗的大环境中,缺乏信息和不注重交往,是不少大学毕业生遭受挫折的重要原因之一。

第二步 充分做好择业和就业之前的心理准备

心理准备是思想准备的具体体现,也是一个人综合素质的反映。大学生的就业心理准备应该实现以下四种转换,克服不良心态。

(1)实现由学生身份到上岗工作的转换。

在"不包分配,自主择业,双向选择和竞争上岗"的大环境中,应克服"听天由命"或等待学校推荐工作的消极心态。学习是为了致用,如果说学习是手段,从事工作是人的本能,也是目的。

(2)在经济上实现由消费者到生产者的转换。

大学毕业,凭自己所学的知识和诚实劳动,立足于自力更生,自食其力,这是成年人的基本意识。克服长期依靠家庭提供经济援助的依赖心理,要把"多劳多得、少劳少得和不劳不得"的分配机制落实到自己的行动中。择业和就业,本质就是寻求一个劳动岗位和自食其力的机会。

(3)在择业姿态上,实现由一个普通参与者到竞争者的转换。

少数择业不慎者曾把初次遭受的挫折说成是"毕业就是失业",这是一种极其错误的观念。大学毕业生都是第一次进行择业和就业,原本就没有职业,这和社会上的失业是两码事。经不起挫折,悲伤失望,往往是择业不顺的主要障碍。

(4)实现由"天之骄子"到"普通劳动者"的心态转换。

正确理解自己与用人单位的"双向选择",主动求职,克服"我不求人、人求我"的倒置心态。大学生之所以被称为"社会精英"和"天之骄子",这是因为能接受高等教育的人毕竟还是少数,当然也包含社会对大学生的殷切期望,但不能因此而"孤芳自赏";不论从事体力劳动还是脑力劳动,首先必须是一个劳动者。每个公民都有劳动的权利,但劳动岗位需要自己去争取。

总的来说,择业者应该具备主动、积极、从容、自信和百折不挠、面对现实的平和心态,坚信"天生我才必有用"、"天涯处处有芳草"。

第三步 主动出击,准备简历和面试

对用人单位,先去毛遂自荐要求试用。例如,写信给单位领导自荐;直接发送求职信到某企业网站招聘信箱……大学毕业生在找工作时,选择主动"出击",到用人单位去展示实力,至少得到的机会比等着"天上掉馅饼"的机会大。

机会总是被那些勇于表现、争取的人得到。在如今整体供大于求的就业形势下,积极勇敢的心态是毕业生找工作脱颖而出的一个制胜法宝。

思考题

1. 大学毕业生应怎样正确理解"就业难"?

2. 大学毕业生应如何适应人力资源市场化配置的要求?

3. "大众化"高等教育形势下的大学毕业生应确立怎样的就业对策?

第二章　大学毕业生职业
生涯规划

[案例]

　　"养猪好比作画,该细腻的细腻,该粗犷的粗犷。"把养猪和作画扯在一块,是不是有点风马牛不相及? 在望城县乌山镇八曲河生态养猪基地的"养猪公主"陈娟却把养猪当艺术活来干,乐此不疲。

　　她娇小的身材,白净秀气的面庞,一双大大的眼睛,鼻梁上架着一副镜片厚厚的眼镜……很难想象陈娟这个文静女孩竟然天天与猪为伴。

　　陈娟到农村去当"养猪公主"是通过网络应聘的。2008年6月,陈娟从湖南某大学毕业,学艺术设计的她没有步入自己心目中的艺术殿堂,在网上招聘中,她选择了望城县乌山镇八曲河生态养猪基地。

　　陈娟这样回答着自己为什么要当"养猪公主":其实,当时来应聘,也是抱着一种"过渡"的心理。当时,快毕业的我到处找工作投简历,可没有一家单位接受,后来在网上看到望城八曲河养猪基地招人就报了名。没想到我"病急乱投医"竟使我爱上养猪这一行了。

　　陈娟还开通了自己的养猪博客,每天都要发表她的养猪心得,并且拥有了一群支持她的粉丝,有网友称赞她"人美,行为美;猪靓,养猪公主更靓"。一位名叫"教授"的网友在陈娟的博客上留言说:"你作为一名女大学生毕业去养猪,实在是难能可贵,如果众多的大学生毕业后,像你一样转变择业观念,到乡里去,到农村去,一定会拥有自己的一个小舞台。"

[解析]

　　青年时期是一个可塑性很强的时期,往往有很多潜能,却被自己以各种理由忽略或者否定。陈娟的成功,似乎很偶然,也很另类,但"养猪公主"的职业经历告诉我们,对于成功来说,过程并不重要,结果才重要。所以,抱怨是无用的,等待是渺茫的,行动是紧要的。

　　陈娟由学艺术专业而演变为从事养猪职业,值得思考的是,作为大学生如何来设计自己的职业生涯,如何找准自己的航向,如何雕刻自己的人生,如何适应社会调整自己的职业生涯规划,最终走向成功呢?

第一节　职业生涯规划概述

一、概述

(一) 职业与职业生涯的内涵

1. 职业

所谓职业,从社会的角度而言,是指人们为了谋生和发展而从事的相对稳定、有收入的、专门类型的社会劳动。

职业是在人类社会出现分工之后而产生的一种社会历史现象,人们由特定的社会分工而形成的具有特定专业和专门职责的社会活动,就是职业;从个人的角度而言,职业是指个人扮演的一系列工作角色。

2. 职业生涯

职业生涯是指一个人一生中所有与工作相联系的行为与活动,以及相关的人生态度、价值观、愿望等具有连续性经历的过程。它贯穿了人的过去、现在和未来。

职业生涯不仅仅是单一职业活动,它是工作过程的积累,职业生涯还包括与职业有关的行为和态度等内容。干好工作有助于个人职业的成长,也有助于职业生涯的充实。

(二) 职业生涯规划的内涵

1. 职业生涯规划

职业生涯设计起源于美国,早期它只是作为解决失业和就业问题的一项社会工作,对人们进行择业指导。而随着人本主义思潮兴起,职业指导也慢慢地由最初的简单"协助人择业",逐步进行了演变。萨波(1951)根据自我心理学的观点,赋予职业指导以新的含义:"协助个人发展并接受完整而适当的自我形象,同时也发展并接受完整而适当的职业角色形象,从而在现实世界中加以检验并转化为实际的职业行为,以满足个人的需要,同时也造福社会"。它的名称也由最初的"职业指导"演变成了"职业生涯设计"。职业生涯规划的目的绝不只是协助个人按照自己的资历条件找一份工作,达到和实现个人目标,更重要的是帮助个人真正了解自己,为自己订下事业大计,筹划未来,拟订一生的方向,进一步详细估量内、外环境的优势和限制,设计出各自合理且可行的职业生涯发展方向。

职业生涯规划又称职业生涯设计,是指人们依据一定的客观社会环境,有目的地对自己的技能、兴趣、知识、动机和其他特点进行测定、分析、总结研究的基础上,确定其一生最佳的职业奋斗目标,并为实现这一目标作出具体的行动计划的过程。

职业生涯规划分为企业的职业生涯规划和个人的职业生涯规划。企业的职业生涯规划体系旨在充分发挥员工的潜能,给优秀员工一个明确而具体的职业发展引导,从人力资本增值的角度达成企业价值最大化。个人的职业生涯规划是指在对影响一个人职业生涯的主客观因素进行分析和评估的基础上,进行职业定位,确定其最佳的职业奋斗目标,并为实现这一目标编制相应的工作、教育和培训的行动计划,对每一步骤的时间、顺序和方向做出合理的安排。

职业生涯规划的目标有近期目标和长远目标。

近期目标 按照自己的综合素质找一份工作,实现自己的短期愿望。

长远目标 真正剖析、了解自己,策划人生奋斗目标,筹划未来职业生涯步骤,在"衡外情,量己力"的情形下拟定合理且可行的职业生涯发展方向。

近期目标和长远目标是相对的,不是绝对的,目前职场定位是大多数毕业生选择的目标。

2. 职业生涯设计的意义

职业生涯活动将伴随我们的大半生,拥有成功的职业生涯才能实现完美人生。职业生涯规划能够更好地了解自身的优势及缺陷,使自己有针对性地学习、提高,是个人发展不可或缺的重要手段。因此,职业生涯规划具有特别重要的意义。

1) 职业生涯规划可以发掘自我潜能,增强个人实力

职业生涯规划是以既有的成就为基础,确立人生的方向,提供奋斗的策略,准确评价个人特点和强项,通过评估个人目标和现状的差距,准确定位个人的职业方向、认识自身的价值并使其增值,增强自身的职业竞争力。因此,一份行之有效的职业生涯规划将会有如下作用:

(1) 引导人们正确认识自身的个性特质、现有与潜在的资源优势,帮助对自己的价值进行定位,引导人们最大限度地发挥自身的潜能。

(2) 引导人们对自己的综合优势与劣势进行对比分析。

(3) 使人们树立明确的职业发展目标与职业理想。

(4) 引导人们评估个人目标与现实之间的差距。

(5) 引导人们前瞻与实际相结合的职业定位,搜索或发现新的或有潜力的职业机会。

(6) 使人们学会如何运用科学的方法采取可行的步骤与措施,不断增强职业竞争力,实现自己的职业目标与理想。

2) 职业生涯规划可以增强发展的目的性与计划性,提升成功的机会

生涯发展要有计划、有目的。很多时候我们的职业生涯受挫就是由于生涯规划没有做好。好的计划是成功的开始。制定职业生涯规划的一个最大的好处就在于它有助于人们安排日常学习和工作的轻重缓急,使人们能紧紧抓住学习和工作的重点,鞭策自己努力学习和工作,增加人们成功的可能性。孔子说:"取乎其上,得乎其中;取乎其中,得乎其下;取乎其下,则无所得矣。"有目标和没目标,目标高与目标低,几年后差别也显而易见。

3) 职业生涯规划可以提升应对竞争的能力

当今职场竞争显得十分残酷和激烈,要想在这场激烈的竞争中脱颖而出并保持立于不败之地,必须设计好自己的职业生涯规划,这样才能做到心中有数,不打无准备之仗。而不少大学毕业生不是首先坐下来做好自己的职业生涯规划,而是拿着简历与求职书到处乱跑,总想会撞到好运气找到好工作。结果是浪费了大量的时间、精力与资金,到头来感叹招聘单位是有眼无珠,不能"慧眼识英雄",叹息自己英雄无用武之地。这部分大学毕业生没有充分认识到职业生涯规划的意义与重要性,认为找到理想的工作凭借的是学识、业绩、耐心、关系、口才等条件,认为职业生涯规划纯属纸上谈兵,简直是耽误时间。俗话说:磨刀不误砍柴工,只有对职业和职场有了清晰的认识与明确的目标之后,再把求职活动付诸实践,这样的效果要好得多,也更经济、更科学。

二、职业个性

(一) 个性与职业个性内涵

1. 个性

个性是指一个人在其生活、实践活动中经常表现出来的、比较稳定的、带有一定倾向性的个体心理特征的总和,指一个人区别于其他人的独特的精神面貌和心理特征。个性对于一个人的活动、生活具有直接的影响;对于一个人的命运、前途有直接的作用。

个性人人都有,在日常生活中,有的人笑谈非凡、举止高雅;有的人性格内向、不善表达自己的情感;有的人为人张狂;有的人为人谨慎;有的人心直口快;有的人城府很深。这都是个性在起作用。一般来说,鲜明的、独特的个性容易给人以深刻的印象,而平淡的个性则很难给人留下什么印象。

2. 职业个性

职业个性是指人们在长期特定的职业生活中,把自己的个性、气质与职业活动融合所形成的职业形象、职业风格、职业素养等比较稳定的心理特征。

职业个性与人的个性是密不可分的。不同的人有不同的性格,不同的职业也有不同的性格要求,这是客观的岗位要求。所谓艺人有艺人的职业个性,工程师有工程师的职业个性,经理人有经理人的职业个性。在职场中,就是职业个性。

只有将自己融于社会,融于集体,具有团队精神,具有宽阔的胸怀,能容人之短,将原则性、灵活性有机地结合,这样的职业个性才能得到社会的认可。

(二) 职业个性在职业活动中的表现

职场是理性的,在选择职业时,必须使自己的个性与选择的职业要求相吻合。不同行业所要求的职业个性是有差异的,如科研工作需要严谨,服务工作需要热情等,也就是要将自己的个性、气质与所从事的职业要求高度融合。职业个性不是对自我先天个性的压抑与改变,而是自我先天个性在工作中真实地展现与合理运用。

1. 传统型

这种类型的人在日常工作中最为常见。他们喜欢按部就班地工作,工作中喜欢明确的目标,不能接受模棱两可的状态,讲原则,但灵活性较差。这些人对领导是服从的,对工作是有秩序的、有效率的,对报酬是讲实际的。

2. 表现型

表现型与传统型形成最强烈的反差。这种类型的人喜欢选择表现自我、展示自我的职业,如音乐、艺术、文学等。富有想象力,感性认识很容易上升为理性认识,易冲动、好内省、有主见是这类人的个性。这一类型的人语言表达能力强,感情丰富但组织纪律性较淡薄。

3. 现实型

这种类型的人真诚坦率,较稳定,讲求实利,害羞,缺乏洞察力和创造力,组织纪律性较强。他们一般适应需体现动手能力方面的工作,这类职业的特点是有连续性的任务需要却很少有社会性的需求,如谈判和说服他人等。

4. 社会型

社会型与现实型几乎是相反的两类。这种类型的人社会适应能力较强,喜欢在秩序井然、制度化的工作环境中发展人际关系和开展工作。这些人爱交际,很容易与团队打成一片,他们机智老练、友好、易了解、乐于助人。其个性中较消极的一面是独断专行,爱操纵别人。社会型的人适于从事护理、教学、市场营销、销售、培训与开发等工作。

5. 创新型

这种类型的人思维活跃,善于分析,抓住机遇的能力强,喜欢领导和控制他人,组织能力强。他们自信、有雄心、精力充沛、健谈。其个性特点中较消极的一面是专横,权力欲过强,易于冲动。

6. 学术型

这种类型的人乐于从事自然科学、社会科学方面的研究工作。他们思维敏捷、观察力强、善于分析,有创见,有主见,但无纪律性,不切实际,易于冲动。这类人经常从事的是研究与开发职务及咨询参谋之职,这些职务需要复杂的分析和科学决策能力。

人的个性是复杂多样的,一个人往往不是单一地表现某种类型,常常是两三种类型的组合,选择职业时要符合自我的个性,要往积极的性格方向发展,要让自己选择工作,而不是工作选择自己。

(三) 职业个性的自我分析

大学生要充分了解自己的职业倾向,要理智地进行自我分析,确定明确的择业目标和发展方向。自我分析的内容包括以下几点:

1) 综合素质、能力的自我分析

如对专业知识的掌握程度和动手能力,社会适应能力,发现问题、分析问题、处理问题的能力,自己的兴趣、特长、爱好,自己是否有领导能力,还具备哪些潜能等。

2) 性格、气质的自我分析

性格和气质对所从事的工作有一定的影响,如能选择从事与自己的性格、气质相符的工作,工作中也许会有创造性的发挥。模拟分析自己处理事情的方法是否得当,与人交往的能力,是适应挑战性强的工作,还是安稳的工作? 根据自己的性格特征作一个诊断。

3) 择业过程优势和劣势的自我分析

理智的自我剖析,在择业中至关重要。要清楚自己有何优势,有何劣势;分析自己真正想要什么,否则会导致择业过程中的盲目从众或患得患失,可能会丧失大好机遇。当多人竞争一个职位时,只有面对该职位的要求分析自己的优势和劣势,知己知彼,扬长避短,方能立于不败之地。问一问自己究竟想做什么,想一想自己在哪方面发展,研究自己是否能满足该职位的要求,清楚自己求职时到底注重些什么,哪些是主要的,哪些是次要的等。

"当局者迷,旁观者清"。有时人们分析问题的出发点不同,看问题的角度不同,就会导致很难清醒地认识自己,了解事情的真相。这时,不妨与父母、老师、同学、朋友谈谈心,从他们那里得到一些对自己的中肯评价和对职业岗位的精辟分析。

(四) 大学毕业生择业目标的选择

1. 择业目标的选择

自我分析的结果,是确定自己的择业目标。从大的范围上说,大学生首先需要确定择业目标:

(1) 择业的地域。是在沿海地区就业,还是在内地就业;是在外地就业,还是回本省、市就业;是在经济发达地区就业,还是在经济落后地区就业。在确定择业地域时,要明确自己这种决定是否符合国家政策要求,是否符合专业发展方向,同时还要考虑生活习惯、今后的发展等因素。

(2) 择业的行业范围。是从事本专业范围内的技术工作、管理工作,还是从事业余爱好的工作。在确定行业范围时,应考虑自己的综合素质、能力、兴趣、特长是否符合行业的要求。

当确定了择业地域及择业范围与自己希望从事的职业后,还应对择业的目标进一步分析:是选择国有企业,还是选择外资企业、民营企业;是去大集团公司,还是小公司。大集团公司的各项薪酬和福利可能会得到较好的保障,但个人发展的机会较少些;大企业提供的发展机会很多,但那里人才济济,如果不是特别的优秀,很容易被埋没。小公司可以有一个相对宽松的发展空间,特别是一些知识型的高新技术企业,虽然规模不会很大,但知识密集程度和超高速发展是其他企业不可比拟的。

择业者个体特征与职业对个体的要求相匹配是最佳的择业目标。从择业角度看,分析自我个性特征是科学地选择职业的基本条件;从发展的角度看,初次就业不可能完全满足自己职业目标要求或职业的期望,但可以通过"自我分析","职场探索"的过程达到双向地满足,或者说,人的职业发展是一生的,并不仅仅表现在初次择业上。因此,无论是从形式的角度还是从发展的观点上都应对自己的革新特征有所了解。

2. 大学生择业类型

1) 专业对口型

即完全按照所学专业选择职业，从事与专业紧密相关的工作。这类大学生在技术类专业中约占 70%，且以热门专业，如医科、工科大学生居多。

2) 专业相关型

参照专业技能进行职业选择，从事与专业有一定关系的工作，这类大学生在非技术类专业中约占 80%，以文科学生（哲学、历史、中国语言文学类、外国语言文学类、经济类、工商管理类、公共管理类）居多。

3) 专业无关型

脱离专业凭自己的爱好和特长选择职业，所从事的工作与所学专业几乎毫无联系，这类大学生在各类专业中均存在，比较典型是技术类专业毕业，从事非技术类职业，很少有非技术类专业毕业，从事技术类工作。

专业对口型学生，以专业为择业标准，个性特征在职业选择过程中发挥作用不大，一旦择业会长期从事这一专业领域的工作，如医生、教师、记者、公务员等。专业相关型学生，以专业为职业依据，个性特征在职业选择过程中发挥一定作用。专业无关型学生，其个性特征的发挥取决于本人能力的高低以及专业就业形势的好坏。

对于专业相关型和专业无关型学生，有三类情况：

（1）无可奈何无路可走型，虽然希望从事原来的专业，却没有合适的用人单位，只有改换门庭。

（2）能力与个性较强型，由于有强烈的职业倾向并有能力作支撑，抛弃以前的专业进入自己喜欢的领域。

（3）冷门专业、长线专业学生，放弃自己的专业，选择自己喜欢的职业。

三、职业生涯规划的阶段

从发展过程来看，职业生涯经历了不同阶段。对于职业生涯阶段如何划分，各国专家学者有不同的划分理论和方法，主要可分为按年龄层次划分、按专业层次划分和按管理层次划分三种类型。

（一）舒伯的生涯发展理论

美国著名职业生涯学家舒伯（1953）根据自己"生涯发展形态研究"的结果，参照布勒(Bueller)的分类,也将生涯发展阶段划分为成长、探索、建立、维持与衰退五个阶段。

成长阶段(出生～14岁)

这个阶段孩童开始发展自我概念,开始以各种不同的方式来表达自己的需要,且经过对现实世界不断地尝试,修饰他自己的角色。

其发展的任务是:发展自我形象,发展对工作世界的正确态度,并了解工作的意义。

探索阶段(15～24岁)

这个阶段的青少年,通过学校的活动、社团休闲活动、打零工等机会,对自我能力及角色、职业作了一番探索,因此选择职业时有较大弹性。

其发展的任务是:使职业偏好逐渐具体化、特定化并实现职业偏好。

建立阶段(25～44岁)

这个阶段较能确定在整个事业生涯中属于自己的"位子",并在31～40岁开始考虑如何保住这个"位子",并固定下来。

其发展的任务是:统整、稳固并求上进。

维持阶段(45～64岁)

这个阶段仍希望继续维持属于自己的工作"位子",同时会面对新的人员的挑战。

其发展的任务是:维持既有成就与地位。

衰退阶段(60岁以后)

这个阶段由于生理及心理机能日渐衰退,个体不得不面对现实从积极参与到隐退。这一阶段往往注重发展新的角色,寻求不同方式以替代和满足需求。

在舒伯的生涯发展阶段中,每一阶段都有一些特定的发展任务需要完成,每一阶段需达到一定的发展水准或成就水准,而且前一阶段发展任务的达成与否关系到后一阶段的发展。

例如,一个大学一年级的新生,必须适应新的角色与学习环境,经过"成长"和"探索",一旦"建立"了较固定的适应模式,同时"维持"了大学学习生活之后,又要开始面对另一个阶段——准备求职。原有的已经适应了的习惯会逐渐衰退,继而对新阶段的任务又要进行"成长"、"探索"、"建立"、"维持"与"衰退",如此周而复始。

(二) 我国学者生涯发展理论

1. 五个阶段生涯发展理论

根据中国的实际情况,有学者把职业生涯发展过程分为如下五个阶段:

职业准备期

这是一个形成了较为明确的职业意向后,从事职业的心理、知识、技能的准备以及等待就业机会的阶段。准备是否充分与顺利地进入职业角色有着直接的关系,大学生目前正处于这个阶段中。

职业选择期

这是一个实际选择职业的时期,也是由潜在的劳动者变为现实劳动者的关键时期。职业选择不仅仅是个人挑选职业的过程,也是社会挑选劳动者的过程,只有个人与社会成功结合、相互认可,职业选择才会成功。

职业适应期

择业者刚刚踏上工作岗位,面临着新的工作环境、工作方式、人际关系等,存在一个从择业者到职业工作者的角色转换的过程,要尽快适应新的角色。

职业稳定期

这一时期,个人的职业活动能力处于最旺盛时期,是创造业绩、成就事业的黄金时期。当然职业稳定是相对的。

职业结束期

由于年龄或身体状况原因,逐渐减弱职业活动能力与职业兴趣,从而进入职业生涯的尾声或退出工作领域的阶段。

2. 罗双平的生涯发展理论

我国从事职业生涯规划研究的专家,中国人事科学研究院研究员罗双平认为:职业生涯发展过程以每 10 年作为一个阶段比较合适,其观点如下:

20～30 岁　走好第一步

这一阶段的主要特征,是从学校走上工作岗位,是人生事业发展的起点。如何起步,直接关系到今后的成败。

这一阶段的主要任务之一,就是选择职业。在充分做好自我分析和内外环境分析的基础上,选择适合自己的职业,设定人生目标,制订人生计划。再一个任务,就是要树立自己良好的形象。年轻人步入职业世界,表现如何,对未来的发展影响极大。有些年轻人,特别是刚毕业的大学生,总认为自己有知识,有文化,到单位工作后不屑于做零星小事,不能给同事们留下良好的印象,这对一个年轻人的发展而言,可以说是一个危机。还有一个重要任务,就是要坚持学习。根据日本科学家研究发现,人一生工作所需的知识,90%是工作后学习的。这个数据足以说明参加工作后学习的重要性。

30～40 岁　不可忽视修订目标

这个时期是一个人风华正茂之时,是充分展现自己才能、获得晋升、事业得到迅速发展之时。此时的任务,除发奋努力,展示才能,拓展事业以外,对很多人来说,还有一个调整职业、修订目标的任务。人到 30 多岁,应当对自己、对环境有了更清楚的了解。看一看自己选择的职业、所选择的生涯路线、所确定的人生目标是否符合现实,如有出入,应尽快调整。

40～50 岁　及时充电

这一阶段,是人生的收获季节,也是事业上获得成功的人大显身手的时期。对于到了这个年龄仍一无所得、事业无成的人应深刻反省一下原因何在? 重点在自身上找原因,对环境因素也要作客观分析,切勿将一切原因都归咎于外界因素,他人之过。只有正确认识自己,找出客观原因,才能解决人生发展的困阻,把握今后的努力方向。

此阶段的另一个任务是继续"充电"。很多人在此阶段都会遇到知识更新问题,特别是近年来科学技术高速发展,知识更新的周期日趋缩短,如不及时充电,将难以满足工作需要,甚至影响事业的发展。

50～60 岁　做好晚年生涯规划

此阶段是人生的转折期,无论是在事业上继续发展,还是准备退休,都面临转折问题。由于医学的进步,生活水平的提高,很多人此时乃至以后的十几年,都能身体健康,照样工作,所以做好晚年生涯规划十分重要。日本的职工一般是 45 岁时开始做晚年生涯规划;美国是 50 岁时做晚年生涯规划。我国的职工按退休年龄提前 5 年做晚年生涯规划即可。

四、职业生涯成功的标准

职业生涯成功是个人职业生涯长期目标的实现。职业生涯成功的含义因人而异,具有很强的相对性,对于同样的人在不同的人生阶段也有着不同的含义。每个人都应该对自己的职业生涯成功进行明确界定,包括成功的标准,成功时拥有的平台和职业成果,成功的时间,成功的范围,成功与健康状况、被承认的方式、拥有的社会地位等。

对有些人来讲,成功可能是一个抽象的、不能量化的概念。例如,觉得愉快,在和谐的气氛中工作,有工作完成后的成就感和满足感。在职业生涯探索过程中,有的人追求职务晋升,有的人追求学术研究,有的人追求工作内容的多样化。对于年轻从业者来说,职业生涯的成功应在其工作平台上建立责任感与事业感,不要一味地追求快速晋升;在工作设计上,没法从事多方面工作,使工作更具挑战性和竞争性。职业生涯成功能使人产生自我成就感,能促进个人素质的提高和潜能的发挥。职业生涯成功与否,个人、家庭、企业、社会判定的标准都存在一定的差异。从实际情况分析,职业生涯追求的方向和成功的标准具有明显的多样性。

1. 职业生涯追求的方向

追求社会地位　凭借自己的能力、通过自己的努力和生存策略使自己达到集团或系统的最高位置。

追求学术研究　凭借自己的专长,在工作领域进行积极探索和研究,获得一定的学术成果,获取社会认可和受人尊敬。

追求自由浪漫　最大的控制工作而不是被工作束缚,在工作中充分发挥自己的智慧和主观能动性。

追求自我挑战　不爱从事墨守成规的、一成不变的工作,喜欢刺激、挑战、冒险、竞争和"擦边",可从中体会到快感。

追求生活安逸　在工作、家庭关系和自我发展之间取得有意义的平衡,以使工作不至于变得太耗精力或太乏味。

2. 职业生涯成功的标准

(1) 不断上升和自我完善,获取一定社会地位。

(2) 获得长期而稳定的工作和体现一定的社会价值。

(3) 生活安逸或实现自我挑战,让成功来体现成就感。

(4) 使自己的能力获得充分的体现,工作思路得到实现,自己的努力获取社会的回报。

(5) 从工作中获得生活快感。

这些职业生涯观念取决于个人的思维习惯、个体特征,生存动机和决策类型,并成为指导人们长期职业生涯选择的根据。职业生涯成功与家庭环境也有着非常密切的关系。个人与家庭发展遵循着并行发展的逻辑关系,职业生涯的每阶段都与家庭环境息息相关,或协调、或冲突、或得到帮助。职业责任与家庭责任之间如何平衡,对于年轻特别是女性从业者尤为重要。每个人在社会生存周期中扮演着多种社会角色,子女、父母的角色是不可逆的。我们能放弃一项职业,却不能放弃这些角色。相反,还要设法完成这些角色。因此,家庭环境对工作成效有重大影响。要对职业生涯成功进行全面的评价,必须综合考虑个人、家庭、企业、社会等各方面的因素。有人认为职业生涯成功意味着个人才能的发挥以及为人类社会作出贡献,并认为职业生涯成功的标准可分为"自我认为"、"社会承认"和"历史判定"。例如,对于企业管理人员来说,按照其人际关系范围,可以将其职业生涯成功标准分为自我评价、家庭评价、企业评价和社会评价四类评价体系,如果一个人能在这四类体系中都得到肯定的评价,则其职业生涯必定成功无疑。

第二节　大学毕业生职业生涯
规划的主要内容

一、自我评价

1. 自我评价的含义

一个有效的职业生涯设计必须是在充分且正确认识自身条件的基础上进行的。自我评价就是审视自己、认识自己、了解自己,做好自我定位。

自我评价通常包括自己的兴趣、特长、性格、学识、技能、智商、情商、思维方式和方法、道德水准以及组织管理、协调、活动能力等内容。通过对这些内容的评估,达到对自己的职业倾向、能力倾向和职业价值观等问题的认识,从而为职业发展方向选择适合自己的工作氛围、工作类型和企业类型。

在进行自我评价前首先问自己几个问题。第一个问题是"我是一个什么样的人?"第二个问题是"我将来想做什么?"第三个问题是"我能干什么?"第四个问题是"我最看重的是什么?"这四个问题实际上都是为了让同学们了解自己,认识自己。第一个问题是认识自己的兴趣、性格、气质等个性因素,究竟自己适合做什么,以增强规划的匹配性和可行性;第二个问题是了解自己的职业取向,自己将来想从事什么样的工作岗位,这个工作岗位是否与自己的兴趣、性格、气质相符,是否是自己愿意做的;第三个问题是了解自己目前的已有知识和能力水平(岗位胜任力),认清自己现有的知识能力与未来职业要求的差距,明确今后努力的方向;第四个问题是明确自己的职业价值观。

一般来说,别人很容易通过你的学历、知识结构和技能证书等情况来判断你是否达到某种职位要求的门槛,而对诸如职业能力、个性特点、价值观、态度等,这些决定你能否得到职业发展机会及职业发展潜力和空间的特征,外人是很难直接察看清楚的,甚至连我们自己也并不是十分清晰了解的。因此,自我评价必须通过科学认知的方法和手段,如借助于职业兴趣测验、职业性格测验、职业性向测验、气质测验等人才测评工具进行测评。例如,中国职业咨询网为即将踏入社会的大学生开辟一系列的测评,对于做好职业生涯规划有一定的帮助。

2. 自我评价的作用

科学地进行自我分析、自我定位是职业生涯规划的首要环节和基础,它决定着个人职业生涯的方向,也决定着职业生涯规划的成败。因为只有认识了自己,才能对自己的职业做出正确的选择,才能选定适合自己发展的职业生涯路线,才能对自己的职业生涯目标做出最佳抉择。正确的自我认识越来越受到各界的关注,哈佛大学的入学申请要求必须剖析自己的优缺点,列举个人兴趣爱好,还要列出三项成就并作说明,从中可见一斑。

自我评价必须客观、冷静、全面。也就是说既有自己对自己的评价,也有周围的人,如父母、老师、亲朋好友等对你的评价(当局者迷,旁观者清);既包括对“现在的我”、“过去的我”的剖析,也包括对“将来的我”的设想;既要清楚自己的优势与特长,又要看到自己的劣势与不足,将对自己的职业兴趣、气质、性格、能力等方面的测评结果综合起来形成一个对自我的整体认识,只有这样,才能避免设计中的盲目性,达到设计高度适宜。

二、环境评价

1. 环境评价的含义

环境评价又叫职业生涯机会评估,主要是评估各种环境因素对自己职业生涯发展的影响,每一个人都处在一定的环境之中,离开了这个环境,便无法生存与成长。所谓“时势造英雄”,说的就是环境对人的作用。所以,在制订个人的职业生涯规划时,要充分认识与了解相关的环境,分析环境条件的特点、环境的发展变化情况、自己与环境的关系、自己在这个环境中的地位、环境对自己提出的要求以及环境对自己有利的条件与不利的条件等。只有对这些环境因素充分了解,才能做到在复杂的环境中避害趋利,职业生涯规划才具有实际意义。

2. 环境评价的主要内容

环境评价从宏观层面上讲主要包括组织环境、政治环境、社会环境、经济环境四个方面;从微观层面上讲就是要正确进行职业分析,即了解和分析本专业、本职业的地位、形势以及发展趋势,了解和分析本专业、本职业的区域性、行业性、岗位性等特性。

职业区域可能是城市,也可能是农村,可能是经济发达的特区,也可能是经济一般或贫困落后地区。职业生涯规划设计时要考虑到职业区域的具体特点,如该地区的特殊政策、环境特征;职业角色的发展与职业所在的行业的发展有着密切的关系,职业生涯规划时,不能仅看重单位的大小、名气,而要对该职业所在的行业现状和发展前景有比较深入的了解,如人才供给情况、平均工资状况、行业的非正式团体规范等。

不同的职业岗位对求业者的自身素质和能力有着不同的要求,在职业生涯规划时,除了解所需要的非职业素质要求外,还要了解所需要的职业素质要求,除了解所需要的一般能力外,还要了解所需要的特殊职业能力。

三、确立目标

1. 确立目标的含义

确立目标主要是指确定职业目标。职业目标是指人们对未来职业表现出来的一种强烈的追求和向往,是人们对未来职业生活的构想和规划。

在职业生涯发展的道路上,重要的不是自己现在所处的位置,而是迈出下一步的方向。因此,确立好目标,这是制定职业生涯规划的关键,也是职业生涯规划中最重要的一点。俗话说:"志不立,天下无可成之事。"一个人事业的成败,很大程度上取决于有无正确适当的目标。没有目标,如同驶入大海的孤舟,四野茫茫,没有方向,不知道自己走向何方。只有树立了目标,才能明确奋斗方向,才有追求成功的内在驱动力。无数事实证明:真正有意义的人生往往是在确定职业方向、确定自己目标那一天才开始的。

任何人的职业目标必然要受到社会环境和社会现实的制约,凡是符合社会发展需求和人民利益的职业都是正确的,因此,大学生制定职业目标时应把个人志向与国家利益和社会需要有机地结合起来,这才有现实的可行性。

2. 目标的阶段划分

通常目标可分为短期目标、中期目标、长期目标。一般情况下,个人要根据自己的专业兴趣、职业价值观及社会发展趋势,去确定自己的人生目标和长期目标,然后再把人生目标和长期目标分解成为中期目标和短期目标。长期目标一般是以后职业规划的顶点,它需要个人经过长期艰苦努力、不懈奋斗才有可能实现,确立长远目标时要立足现实、慎重选择、全面考虑,使之既有现实性又有前瞻性。中期目标应既有激励价值,又要现实可行。短期目标则一般是近期素质能力的提高等,它更具体,对人的影响也更直接。

一般来说,短期目标为1~3年,中期目标一般为3~5年,长期目标一般为5~10年。目标的时间界定不是绝对的,就职业生涯目标来讲,短期目标为1~3年,中期目标为3~10年,长期目标为10年以上比较合适。

大学生涯规划就是短期目标,能不能正确地确立大学期间的发展方向和发展道路,直接关系到大学生活中取得成果的大与小,毕业后未来人生道路的成与败。芸芸众生,许多人成功了,也有许多人失败了。成功者与失败者之间的差距在于:成功者在他们成功之前,都准确确立了适合自己的奋斗目标。他们的成功是坚持不懈地朝着目标不断努力的必然结果。而失败者,他们往往没有目标或者是目标与自身特点不符,只是"做一天和尚,撞一天钟",而从来没有仔细考虑过自己要做什么,不要做什么,所以他们不可能取得成功。

四、职业定位

1. 职业定位的含义

职业定位通俗地说就是职业选择。职业选择正确与否,直接关系到人生事业的成功与失败。据统计,在选错职业的人当中,有80%的人在事业上是失败者。正如俗语"女怕嫁错郎,男怕选错行"。由此可见,职业选择对人生事业发展是何等重要。

职业选择或者说职业定位,就是要为职业目标与自己的主客观条件以及潜能谋求最佳匹配。良好的职业定位是以自己的最佳才能、最优性格、最大兴趣、最有利的环境等信息为依据的。因此,职业定位过程中要考虑性格与职业的匹配、兴趣与职业的匹配、特长与职业的匹配、能力与职业的匹配、专业与职业的匹配、内外环境与职业相适应等。

2. 职业定位的方法

(1) 从客观现实出发,充分考虑个人与社会的关系。

服从社会需要是职业选择的前提条件,只有社会上客观存在着劳动就业的可能性,才谈得上对职业的选择。因此,作为大学生应根据社会经济发展的趋势,用发展的眼光、长远的观点来指导自己的择业,应以社会利益为重,从社会需要出发选择职业。

(2) 认真比较职业的条件、要求、性质与自身条件的匹配情况,选择条件更合适、更符合自己特长、更感兴趣、经过努力能很快胜任、有发展前途的职业。

简单地说，就是要做到择己所爱、择己所长、择己所利。以个性风格为例，每个人在职业中表现的工作风格是相对固定的，例如，有些人喜欢在工作中表现出作负责、决定，对周边的环境有较强控制欲望，如果把这种个性风格的人安排做一个程序化的、基础的、细致的工作，这类人是很难获得较高的工作成就感的，因此，不要指望他在这个岗位做一颗持久、稳定的螺丝钉，他一定会努力创造一个能够有控制局面的职业机会，也只有在这样的机会下，他才能更好地发展自己的才能潜质。再如，有的人会喜欢在具有充满关爱、和谐和持续性的氛围中工作，如果让这种类型的人去做铁面无私的质检工作，他会觉得很痛苦，他的工作中的很大部分的折磨会来自工作要求和情感需求之间的冲突，这样的情况下，高水平的职业发展则较难实现了。

（3）扬长避短，要注重职业道路的拓展性，不要追求十全十美的职业。

每个人在自身的学习和工作过程中将会具有不同的职业能力，也就是具有自己的"长"和"短"，优势和弱势。在才能发展领域有两个对比非常鲜明的概念，即是"发挥长板"还是"填补短板"。当前，强调"发挥长板"的呼声更高一些，即最好能够让自己从事一个能够发挥优势的职业，以避免给自己的职业发展带来不必要的挫折。

这两个概念的出发点并不是对立的，它们都是强调更高、更好的职业发展，只是适用的场合不同。"长板"更多强调的是个人先天的天赋部分，后天的可塑性小，所以尽量要发挥；"短板"则更多强调在工作中表现出的实际能力，它可以通过我们的工作实践和学习培训加以提高，所以尽量强调填补。"发挥长板"更适合在职业发展的前期和后期时加以运用，"填补短板"则适合在职业生涯发展中期时运用。在现有的国情下，我们对工作机会的选择权比较小，当我们迷惑职业发展为何迟缓的时候，就应该了解自己的能力模式，先"补充短板"，使能力发展全面，然后再重点"发挥长板"，就可以避免由于最短的那根板子而失去表现和发展自己的机会。

（4）审时度势，及时调整，要根据情况的变化及时调整择业目标，不能固执己见，一成不变。

所以，分析自我，了解自己，分析环境，了解职业世界，使自己的性格、兴趣、特长与职业相吻合，这些对即将步入社会选择职业的大学生非常重要。

五、职业生涯路线

1. 职业生涯路线的含义

职业生涯路线是指一个人选定职业后，为实现职业目标和职业理想所选择的路径。在职业(或目标职业)选择后,还须考虑向哪一路线发展。是走行政管理路线,向行政方面发展? 还是走专业技术路线,向业务方面发展? 是先走技术路线,再转向行政管理路线等。

由于发展路线不同,对职业发展的要求也不相同。因为,即使同一职业,也有不同的岗位,有的人适合搞行政,可在管理方面大显身手,成为一名卓越的管理人才;有的人适合搞研究,可在某一领域有所突破,成为一名专家学者;有的人适合搞经营,可在商海中建立功勋,成为一名经营人才。如果一个人不具有管理才能,却选择了行政管理路线,这个人就很难成就事业。由此可见,职业生涯路线的选择,也是职业生涯发展能否成功的重要步骤之一。

2. 职业生涯路线的选择

通常职业生涯路线的选择须考虑以下问题:

(1) 想往哪一路线发展?

(2) 能往哪一路线发展?

(3) 可以往哪一路线发展?

(4) 自己的职业选择能帮助自己实现人生的最终目标吗?

(5) 自己是否有一种途径可以让现有的职业与人生的基本目标相一致?

对以上问题,进行综合分析,以此确定自己的最佳职业生涯路线。

与职业生涯路线相关联的是由美国埃德加·施恩教授提出的"职业锚"理论。他认为职业规划实际上是一个持续不断的探索过程,在这一过程中,每个人都在根据自己的天资、能力、动机、需要、态度和价值观等慢慢地形成较为明晰的与职业有关的自我概念。随着一个人对自己越来越了解,这个人就会越来越明显地形成一个占主要地位的职业锚。

所谓职业锚就是指当一个人不得不做出选择的时候,他或她无论如何都不会放弃的职业中的那种至关重要的东西或价值观。通俗地说,职业锚就是人们选择和发展自己的职业时所围绕的中心。施恩根据自己多年的研究,提出了以下5种职业锚:

1) 技术或功能型职业锚

具有较强的技术或功能型职业锚的人,往往不愿意选择那些带有一般管理性质的职业,相反,总是倾向于选择那些能够保证自己在既定的技术或功能领域中不断发展的职业。

2) 管理型职业锚

具有较强的管理型职业锚的人,往往表现出成为管理人员的强烈动机,承担较高责任的管理职位是这些人的最终目标。当追问为什么相信自己具备获得这些职位所必需的技能的时候,许多人回答说,之所以认为自己有资格获得管理职位,是由于自己具备以下三个方面的能力:

(1) 分析能力,即在信息不完全、不确定的情况下发现问题、分析问题和解决问题的能力。

(2) 人际沟通能力,即在各种层次上影响、监督、领导、操纵以及控制他人的能力。

(3) 情感能力,即在情感和人际危机面前,只会受到激励而不会受其困扰和削弱的能力,以及在较高的责任压力下不会变得无所作为的能力。

3) 创造型职业锚

具有较强创造型职业锚的人,往往表现出强烈的建立或创设某种完全属于自己的东西,如一件署有自己名字的产品或工艺、一家自己的公司或一批反映自己成就的个人财富等。

4) 自主与独立型职业锚

具有较强自主与独立型职业锚的人,往往表现出强烈的自己决定自己命运的愿望,总是希望摆脱那种因在大企业中工作而依赖别人、受人摆布的境况。在这些人中有许多人还有着强烈的技术或功能导向,然而,却不是到某一个企业中去追求这种职业导向,而是决定成为一位咨询专家,要么是自己独立工作,要么是作为一个相对较小的企业中的合伙人来工作。

5) 安全型职业锚

具有较强安全型职业锚的人,极为重视长期的职业稳定和工作的保障。希望能在一个熟悉的环境、安全的组织中维持一种稳定的、有收入保障的职业,如公务员、教师等终生性职业。这些人显然更愿意让雇主来决定自己的职业生涯发展。

六、实施策略

1. 实施策略的含义

实施策略就是制订行动计划与措施。在确定了职业生涯目标后,行动便成了关键的环节。没有行动,职业目标只能是一种梦想,事业的成功只是一句空话。这里所指的行动,是指落实目标的具体措施,主要包括专业知识学习、专业技能培训、相关能力的培养、社会实践经验的积累、相关专业技能证书的取得等方面的计划和措施。

2．实施策略的主要内容

大学生的综合能力和知识面是用人单位选择大学生的依据。用人单位不仅考核其专业知识和技能，而且还考核其综合运用知识的能力、对环境的适应能力、对文化的整合能力和实际操作能力等。因此，在进行职业生涯设计时，除了构建自己合理的知识结构外，还必须具备从事本行业特定岗位的一般能力和某些特殊能力。从某种意义上说，能力比知识更重要，只有将合理的知识结构和适用社会需要的各种能力统一起来，才能立于不败之地。

一般来说，应重点培养满足社会需要的决策能力、创造能力、社交能力、实际操作能力、组织管理能力和自我发展的终身学习能力、心理调适能力、随机应变能力等。围绕这些内容制定周详而具体的行动方案、切实可行的行为措施，也就是把人生目标和职业目标分解成若干个分目标，把实施过程分解为若干个分阶段，并制定出实现一个个分目标、完成一个个小阶段的具体时间、步骤和办法。懂得制订方案，阶段性地朝着目标奋斗的人是很容易取得成功的。

制订方案后，应以此为依据认真执行各项计划了。它会帮助自己分配和管理自己的时间和精力，指导自己在什么时间该做什么，并预见在哪个阶段自己会取得什么样的成功。在执行计划的过程当中，一定要严格要求自己，坚持不懈、持之以恒。切不可"三天打鱼，两天晒网"，敷衍了事。

七、评估与反馈

1．评估与反馈的含义

评估与反馈是指整个职业生涯规划要在实施中去检验，看效果如何，及时诊断生涯规划各个环节出现的问题，找出相应对策，对规划进行调整与完善。职业生涯规划不是"一定终生"、一劳永逸的事情，而是一个动态变化过程。

对职业生涯规划不断地进行调整和完善的原因：

（1）大学生从学校到学校，没有人生的阅历，没有社会经验，没有对专业、职业、职场的深刻了解，在此基础上做出的职业生涯规划必然存在很大的盲目性、偏差性和理想化，因此，对规划进行不断的调整与完善就成为必然的事情。

（2）计划总是赶不上变化，尤其在高科技信息时代，变化更是永恒的主题。同时，由于影响职业生涯规划的因素很多，有的变化是无法预测的，因此，要使职业生涯规划行之有效，就必须时刻关注环境的变化，根据环境变化的状况而不断对职业生涯规划进行评估与修订。

在对职业生涯规划进行评估与修订的时候，要学会冷静地思考，分析问题到底出在哪个环节，同时要有修正计划从头再来的勇气。

职业生涯规划修订的内容主要包括：职业的重新选择；职业生涯路线的选择；人生目标的修正；实施措施与计划的变更等内容。

当自己的工作中出现以下问题时，可以考虑对或职业、或岗位、或行业、或企业、或生涯路线进行重新选择。

（1）怀疑自己不合格。如果自己工作感到痛苦，这可能是自己工作表现不佳而又不愿正视这个问题。因此应该扪心自问：自己到底干得如何？可以请上司对自己的表现作一个评定，以确定是否仍符合对方的要求，或是请教一位精明且诚信的同事，让对方为自己作一个非正式的评估。

（2）与上司不合拍。一种较好的测试方法是：自己在上司身边时感觉如何？是自在放松还是紧张不安？

（3）与同事不合拍。可以问问自己：当与单位的人交往时，是否觉得格格不入？是否对引起他们兴趣的话题感到乏味和无聊？如果是这样的话，那可能已陷入一个无法展现自己的环境。

（4）工作过于轻松。如果闭着眼睛都能工作时，这可能表明自己的能力已远远超越现有的职位而自己却不知道。可以问自己几个问题：自己仍然能够从工作中学习别的东西吗，想进一步发展自己正在使用的技能吗？

（5）对于这一行不感兴趣。如果可重新选择，自己还会选择同一职业吗？有兴趣阅读这一领域有名人物的自传吗？如果不是，应该考虑去见职业咨询顾问或参加求职测试了。

大学生职业生涯规划是为自己的成才和发展订立的契约，是自己对自己美好未来的承诺，但是，再优秀、再动人的职业规划也取代不了个人的主观努力，只有用自己的行动来为自己的大学生涯打开一扇通向成功的大门。

思考题

1. 职业生涯一般划分为几个阶段？
2. 试分析自己的职业个性。
3. 试做一份职业生涯规划书。

附录 1　职业生涯规划测评

如果自己有机会到以下 6 个岛屿旅游，不用考虑费用等问题，最想去的是哪个？可以按照自己喜欢程度选出 3 个。

A 岛

美丽浪漫的岛屿。岛上充满了美术馆、音乐厅,弥漫着浓厚的艺术文化气息。同时,当地的原住民还保留了传统的舞蹈、音乐与绘画,许多文艺界的朋友都喜欢来这里找寻灵感。

C 岛

现代、井然的岛屿。岛上建筑十分现代化,是进步的都市形态,以完善的户政管理、地政管理、金融管理见长。岛民个性冷静保守,处事有条不紊,善于组织规划。

E 岛

显赫富庶的岛屿。岛上的居民热情豪爽,善于企业经营和贸易。岛上的经济高度发展,处处是高级饭店、俱乐部、高尔夫球场。来往者多是企业家、经理人、政治家、律师等,衣香鬓影,夜夜笙歌。

I 岛

深思冥想的岛屿。岛上人迹较少,建筑物多僻处一隅,平畴绿野,适合夜观星象。岛上有多处天文馆、科博馆以及科学图书馆等。岛上居民喜好沉思、追求真知,喜欢和来自各地的哲学家、科学家、心理学家等交换心得。

R 岛

自然原始的岛屿。岛上保留有热带的原始植物,自然生态保持得很好,也有相当规模的动物园、植物园、水族馆。岛上居民以手工见长,自己种植花果蔬菜、修缮房屋、打造器物、制作工具。

S 岛

温暖友善的岛屿。岛上居民个性温和、十分友善、乐于助人,社区均自成一个密切互动的服务网络,人们多互助合作,重视教育,弦歌不辍,充满人文气息。

测评结果

6 个岛屿代表着 6 种典型的职业生涯兴趣类型(其中,第一个是主要兴趣,第二、三个是辅助兴趣)。

选择 A 岛

类型:艺术型(artistic)

喜欢的活动:创造,喜欢自我表达,喜欢写作、音乐、艺术和戏剧。

喜欢的职业:作家、艺术家、音乐家、诗人、漫画家、演员、戏剧导演、作曲家、乐队指挥和室内装潢人员。

选择 C 岛

类型:事务型(conventional)

喜欢的活动:组织和处理数据,喜欢固定的、有秩序的工作或活动,希望确切地知道工作的要求和标准。愿意在一个大的机构中处于从属地位。

喜欢的职业:会计师、银行出纳、簿记、行政助理、秘书、档案文书、税务专家和计算机操作员。

选择 E 岛

类型:企业型(enterprising)

喜欢的活动:喜欢领导和影响别人,或为了达到个人或组织的目的而善于说服别人。希望成就一番事业。

喜欢的职业：商业管理、律师、政治运动领袖、营销人员、市场或销售经理、公关人员、采购员、投资商、电视制片人和保险代理。

选择 I 岛

类型：研究型(investigative)

喜欢的活动：处理信息(观点、理论)，喜欢探索和理解、研究那些需要分析、思考的抽象问题。喜欢独立工作。

喜欢的职业：实验室工作人员、生物学家、化学家、社会学家、工程设计师、物理学家和程序设计员。

选择 R 岛

类型：实用型(realistic)

喜欢的活动：愿意从事事务性的工作，喜欢户外活动或操作机器，而不喜欢在办公室工作。

喜欢的职业：制造业、渔业、野外生活管理业、技术贸易业、机械业、农业、技术、林业、特种工程师和军事工作。

选择 S 岛

类型：社会型(social)

喜欢的活动：帮助别人，喜欢与人合作，热情关心他人的幸福，愿意帮助别人解决困难。

喜欢的职业：教师、社会工作者、牧师、心理咨询员、服务性行业人员。

附录 2　职业生涯规划书(范文)

姓名：

班级：

专业：

联系电话：

E-Mail：

学校名称：

规划时间：

序

今天，如果你不生活在未来，那么，明天你将生活在过去！

年年岁岁花相似，岁岁年年人不同。人生如过河卒子，只进不退！

面临毕业之际，作为一名当代大学生，我不由得考虑起自己的未来。在机遇与挑战并存的当今时代，我究竟该如何扮演一个角色呢？我的未来在哪里呢？我究竟应该何去何从呢？

没有就就业的辛苦付出，哪里来甘甜欢畅的成功的喜悦？

没有勤勤恳恳的刻苦钻研，哪里来震撼人心的累累硕果？

当一个人感觉到有高飞的冲动时，他将再也不会满足于在地上爬行！

站在学校和社会的临界边缘，回首大学自己走过的路，我不禁有些惭愧。自己以往在学业，文体,社团活动中的表现还算可以。但也存在着不少的问题。我发现我自己惰性较大,平日里总有些倦怠,积极性虽然高,但经常坚持不下来。工作的时候有时候有点拖拉,考虑事情不够成熟,主观性有点强。倘若不改正,这很可能会导致我最终庸碌无为。不过还好,我还有改进的机会,年轻是我最大的本钱,有心不怕迟,否则,岂不遗憾终生。

站在通向未来的十字路口上,走老路,那里没有未来的召唤;走别人的路,那里必定有"误区";期待有路,理想永远不会起步,路由探索者的足迹铺就,路在奋斗者的脚下延伸,花环永远青睐探路的人。

如今,身为大学毕业生的我们,又站到了人生的十字路口,我们即将离开校园进入不同行业,迎接人生第一份工作的挑战。虽然有"先就业再择业"的说法,但对涉世未深,缺乏职业规划能力的大学生来说,第一份工作能否选好、做好,还是至关重要的。一份心理学调查显示:"如果一个人对某份工作满意,他能发挥其全部才能的80%～90%,并且能长时间保持高效率而不疲倦;相反,如果他对工作不满意,则只能发挥全部才能的20%～30%,还容易产生厌倦。"可见,对第一份工作的主观评价,决定了你是否能将它做好,更关系到今后的职业发展。因此,若是为了在毕业前找到一份工作,或者迫于其他同学签约带来的压力而草率接受一份自己并不满意的工作,都是不可取的。经过一番深思熟虑之后,我决定把自己的未来设计一下。有了目标才会有动力。

知 己 篇

第一章　自我盘点

一、自身盘点

（一）个人基本情况（详见个人简历部分）

（二）自我剖析

个人特征：

兴趣爱好：

人际关系：

身体状况：

价值倾向：

具备能力：

优势：

劣势：

职业价值观取向：

工作中的优势与劣势：

工作中的优势：

工作中的劣势：

二、朋友盘点

（一）小学朋友

（二）中学朋友

（三）大学朋友和社会朋友

三、学校盘点

在校任职：

　　学校实践：

　　所获奖励：

四、家庭盘点

　　通过以上的"自身盘点"、"朋友盘点"、"学校盘点"和"家庭盘点"四个方面的深入分析,可以得出如下结论：

第二章　测评分析

　　为了进一步认清自己属于何种类型的社会人,初步确定个人今后更适宜从事的工作岗位究竟是什么,使用多种测试工具,进行以下几种测试：

　　　　职业价值观测验　　　　　职业规划测验　　　　　　职业能力倾向测验

　　　　霍兰德职业倾向测验　　大学生综合素质测验　　　卡特尔16种人格因素测验

　　　　行为风格测验　　　　　　心理素质测验

　　以上的8个测验使我更加客观的认识了自我,比较清晰地知道自己的个人特质,各方面能力,潜力和所适合发展的职业。现就比较重要的前面四种测验做分析如下：

一、职业价值观测验分析

　　我的职业价值观测评结果：

　　我的主要职业价值取向是：

　　综合分析：

二、职业规划测验分析

　　根据测评结果显示,职业人格类型顺序为：

　　我的职业人格类型结构为：

　　我的个人风格：

　　我的职业个性特征：

　　适合我的职业特征：

　　适合我的职业：

三、职业能力倾向测验分析

　　职业能力得分：

　　职业适应性得分：

　　综合分析：

四、霍兰德职业倾向测验分析

　　霍兰德职业倾向测验结果为：

　　表格所测本人适合的职业主要为：

　　综合分析：

知　彼　篇

第三章　企业需求

一、人力资源管理者的素质模型

二、人力资源管理模块

三、环境评估

机会：

危机：

知己知彼篇

第四章 十年职业生涯规划

一、确定职业道路

根据已确定的自己的职业发展领域,确定自己何时内部发展、何时重新选择及发展道路。

职业类型：

职业特征：

职业锚：

成功标准：

主要职业领域：

个人职业道路设计：

培训和准备：

二、职业生涯早期(20××～20××年)

围绕可能的职业发展道路,本人特对未来的十年计划作初步规划如下:

(一)20××～20××年 毕业初适应期

1. 20××年12月～20××年6月

完成任务：

(1)通过大学英语六级考试。

(2)通过各种渠道找工作以及完成毕业实习。

(3)认真撰写论文,完成毕业设计。

(4)继续学习人力资源管理方面的知识。

执行方案：

(1)早上：进行一个小时的英语朗读和口语训练。

(2)上午：在图书馆做英语六级测验;阅读人力资源管理方面的书籍和案例分析。

(3)中午：回到宿舍进行网上投简历,阅读人力资源,求职技巧方面的电子书籍和相关的新闻。

(4)下午：阅读有关毕业论文和毕业设计的书籍,积极撰写,向老师、同学请教。

(5)晚上：做英语试题;进行人力资源的案例分析;阅读有关求职技巧的书籍;睡觉前听半个小时英语,然后阅读人物传记,历史书籍。

这里涉及找工作和参加招聘会,面试的问题,找工作可以通过多种渠道进行:

充分利用亲戚,同学和好友团的优势,认真,慎重地选择自己的第一份工作。这个时期可能是自己最困难的时期,因为自己想找的工作跟自己大学所学的专业完全不同。这个阶段一定要保持自己积极进取的心态,自信地面对挫折,初步找到合适自身发展的工作环境、岗位。

2. 20××年6月～12月

完成任务：适应工作岗位，融入企业文化；熟悉企业的办公室政治。

执行方案：

（1）上班前坚持读半个小时英语的习惯；自己的公文包中随时放一本英语和一本其他书籍。等车、坐车的时候都可以充分利用时间。

（2）尽快熟悉工作流程，在岗位上尽心尽职，主动积极，高效地完成分内工作；注意自己的言行举止；虚心向他人请教所遇到的困难和问题。

（3）真诚地一个个认识单位的同事，与他们建立良好的关系。

（4）认真分析企业的运作经营方式、管理体系。

（5）认真，积极，热情地参加单位的所有培训活动。

（二）20××～20××年　熟悉适应期

完成任务：

实现从人力资源助理到专员的进步；考取人力资源管理师资格证书。

执行方案：

（1）积极配合主管的事务工作，留意观察主管平时对待问题，处理问题的方式、方法，虚心请教，使自己的胜任力不断地提高。

（2）勤于思考，分析本部门的发展，运作情况，向主管多提建设性的意见和建议。

（3）课余时间认真备考人力资源管理师资格考试；不放松英语的学习；不放松对自己的随时充电。

（4）阅读企业管理方面的书籍，积极为将来的创业打下基础。

（5）定期跟朋友，同事聊天谈心，增进彼此友谊。

三、职业生涯中期（20××～20××年）

（一）20××～20××年　创业准备期

这一阶段自己的知识已经达到了一定水平，寻求亲戚、朋友、同学的支持的资助，为创业期做好各方面的准备工作。

完成任务：

工作岗位上升到主管；考取工商管理的在职研究生；发展人脉；开始考虑成家。

执行方案：

（1）学历、知识结构：提升自身学历层次，从本科走向硕士。途径：在业余时间通过自学和参加培训等，转学自己感兴趣的工商管理专业。加强经济方面的学习，观摩市场动态，为自己的创业打下理论基础。

（2）在岗位上尽自己所能给予企业全力的帮助，不断完善企业的人力资源管理体系，提升企业的竞争力。

（3）个人发展、人际关系：在这一时期，主要做好将来创业的基础工作，在工作岗位上充分开发自己的潜能，严格要求自己，全面提高自己。充分发挥自己的人际沟通优势，广交朋友，维系一个广阔的人际空间。

（4）婚姻家庭：开始考虑成家，并积极做好准备工作。

（5）生活习惯、兴趣爱好：加强交际的环境下，形成较有规律的良好个人习惯，继续坚持自己的长跑习惯，每天都抽出时间锻炼身体，如跑步，打球等；制定生活时间表，约束自己更好执行。

（二）20××～20××年　创业艰难期

完成任务：

着手开创自己的企业；结婚生子；寻求支持。

执行方案：

（1）在前面的准备工作充足的基础上利用两年左右的时间，努力奋斗，思考出好的 IDEA。

（2）此阶段要充分发挥自身能力和亲友团的强大支持，建立一个精简的团队。

（3）寻求多方的支持和资助，集合资金，使自己的事业起步。

四、职业生涯晚期（20××～20××年）

20××～20××年　事业发展期：此为职业生涯发展的时期，为接下来的黄金时期准备基础，应抓好这一阶段，开创个人事业的全新局面。

完成任务：

提升自己学识；结婚生子；购买住房。

执行方案：

（1）学历，知识结构：在原基础上进一步提升自身学历层次，完成自己的硕士学位。

（2）个人发展，人际关系：在做好与亲戚、朋友友好相处的基础上，进一步扩大自己的生活圈子，结交更多更好的朋友，使自己的人生事业达到第一个高峰。

（3）婚姻家庭：购买住房，承担家庭责任，教育好下一代。

（4）生活习惯，兴趣爱好：此阶段形成个人习惯的良好规律显得尤为重要，生活工作压力最大，必须调整好自身状态，以保证能更好地投入到事业发展中去，坚持参加体育运动，增强体质。制定生活时间表，家庭成员督促执行。

第五章　职业生涯规划管理

计划定好固然好，但更重要的，理想和现实总存在着差距，这就在于其具体实施和取得成效。这一点时刻都不能被忘记。任何目标，只说不做到头来都只会是一场空。然而，现实是未知多变的。定出的目标计划随时都可能受到各方面因素的影响。这一点，每个人都应该有充分心理准备。当然，包括我自己。因此，在遇到突发因素，不良影响时，要注意保持清醒冷静的头脑，不仅要及时面对，分析所遇问题，更应快速果断地拿出应对方案，对所发生的事情，能挽救的尽量挽救，不能挽救的要积极采取措施，争取做出最好矫正。这样，即使将来的作为和目标相比有所偏差，也不至于相距太远。这也还存在一点就是，不要随便更改自己的规划，稍有一点波折就随意改变的话，到头来只会是竹篮打水一场空。

一、职业规划早期管理

如果在职业生涯中期不能达到我预期人生目标（即做上人力资源助理），我也不会就此放弃，我会认真详细分析自己与所任职位的差距，然后做出决策。如果是自己能力的问题，我会先就业，再在工作期间认真学习人力资源方面的专业书籍，不断提升自己能力；多跟这方面的长辈请教转行的必需要求；继续通过各种渠道去应聘人力资源助理一职。

如果在职业生涯中期不能达到我的预期人生目标（即实现人力资源助理上升到人力资源专员的目标），我会认真分析自己的实际情况，然后做出决策。如果是自身的能力问题，我会继续留在企业,跟同事、主管进行交谈,请他们指出自己的不足之处,以此改进,继续提升自己的胜任能力。如果不是因为我的能力原因,我将选择离开这间企业,找一间类似的企业继续我的深造。

二、职业规划中期管理

　　如果在职业生涯中期不能达到我预期人生目标(即实现从人力资源专员上升到主管),我会认真分析自己的实际情况,然后作出决策。如果是自身的能力问题,我会继续留在企业,跟同事、主管进行交谈,请他们指出自己的不足之处,以此改进,继续提升自己的胜任能力。如果不是因为我的能力原因,我将选择离开这间企业,找一间类似的企业去应聘人力资源主管。

　　如果在职业生涯中期不能达到我预期人生目标(即从人事主管上升到经理),我也会继续留在企业深造,因为此时我已经开始为创业做准备了,没有必要再辞职去应聘其他企业的经理职位,为此会花费很大的成本和时间去应付这些琐事,创业一事必将受到阻碍;如果我的考研也失利的话,我一定不会放弃,我会再接再厉,下年再来过。

三、职业规划后期管理

　　如果在职业生涯中期不能达到我预期人生目标(即实现购买住房和开创自己的企业),首先我会综合考虑两者的紧迫性,那时候我已经结婚生子,已经有了家庭的负担。我是决不会让自己孩子再回到农村去的。这里并不是对农村有什么偏见,歧视。我本身就是农村出身的,农村的环境对一个孩子的成长总的来说还是弊大于利,所以为了子孙后代,我会先完成购买住房的任务。其次再考虑开办企业的事,毕竟自己有收入,这事可以缓一缓。

后　记

　　其实,

　　每个人心中都有一座山峰,雕刻着理想,信念,追求,抱负。

　　每个人心中都有一片森林,承载着收获,芬芳,失意,磨砺。

　　但是,

　　无论眼底闪过多少刀光剑影,只要没有付诸行动,那么,一切都只是"镜中花,水中月",可望而不可即。

　　一个人,若要获得成功,必须得拿出勇气,付出努力,拼搏,奋斗。

　　成功,不相信眼泪;

　　成功,不相信颓废;

　　成功,不相信幻影。

　　成功,只垂青有充分磨砺充分付出的人。

　　未来,掌握在自己手中。

　　未来,只能掌握在自己手中。

　　所有的退却都有借口,而所有的挑战,没有理由,只有信念,必胜的信念!

　　挑战自我! 永不言败!

第三章　大学毕业生择业准备

[案例]

　　小李和小张是某职业技术学院的同班同学,今年面临毕业。小李白天到相关公司、企业了解情况,晚上上网查找并整理资料;小张却觉得小李在白费力气,他把大部分精力都花在看书上。毕业后,两人都去一家公司应聘,公司在了解了两人的基本情况后,询问两人对公司的印象如何,小李从公司的发展概况到公司的现有规模、年销售额、服务宗旨等一一道来,而小张却支支吾吾,知之甚少。结果是小李被公司录用,而小张落聘了。

[解析]

　　同班同学的小李和小张在知识结构上不会有很大的差别,为什么应聘的结果截然相反?关键就在于小李各项准备工作做得很好,在联系公司、企业的过程中,不但锻炼了自己的人际交往能力,而且也从各方面了解了公司、企业的具体情况,为自己的应聘成功打下了坚实的基础,而小张将主要精力放在看书上,准备的方式、方法都是不得当的。机会对人人都是平等的,关键在于如何创造条件,如何把握。

第一节　心　理　准　备

一、择业心理准备概述

(一) 择业的心理准备

　　择业的心理准备,是指大学毕业生在就业前对求职、择业过程中可能出现的各种情况所做出的估计和评价,以及为了解决这些问题而建立的某种思想观念和深化某些心理品质的心理活动过程。

（二）做好择业心理准备的意义

长期以来，人们一直生活在一个没有职业竞争的环境里，大、中专学生毕业后，就业依靠国家宏观政策调控，就业者在职业的选择上没有足够的空间，更谈不上足够的心理准备。在国家调整大学毕业生就业制度后，及时做好就业前的心理准备，对每个就业者来说显得意义重大。

1. 充分的心理准备是求职者走向成功的基石

面对日益严峻的择业、就业形势，大学毕业生必须要有健康的心理准备，增强自信心，提高竞争力，加强意志磨炼，因为充分的心理准备是求职者走向成功的基石。

良好的心理准备可以使求职者坦然地面对各种择业机会，充分发挥自己的智慧和能力。一个求职者，只有坚信自己有实力能胜任某项工作，才能表现出坚定的态度和从容不迫的风度，才能赢得用人单位的赏识和信任。缺乏自信或自信心不足的人会表现为过分自责，常常因为一点小的挫折而过分自卑；或盲目羡慕别人，不能很好地发现自己的长处，以自己的短处比他人的长处，从而自暴自弃；或自尊心太强，置身陌生人之中不知所措等，这些都不利于自我推荐。

2. 心理上的自信是求职者成功的重要精神支柱

当然，信心不是万能的。绝不会因为相信自己，困难就会少几分。但是，信心将会帮助我们藐视困难，以最旺盛、最活跃的精神状态去克服困难，以足够的耐受力面对挫折，以足够的勇气迎接挑战，而这正是求职者成功的重要精神支柱。每一个求职的毕业生，在择业前都应该先问问自己，是否充分相信自己？有没有信心求职成功？信心会给求职者带来洒脱和豪情，会给择业成功奠定良好的基础。

3. 心理上的自信是制胜的重要因素

强烈的信念催生盛大的行动，只有强烈的自信心，才能将信心转化为前进的动力，"自信的人力量强大，怀疑的人力量薄弱"。在求职过程中，心理上的自信是重要的制胜因素，充满自信，才会临事不乱，泰然处之。信心是一种精神优势，是一种不惧怕困难、相信自己能够战胜困难的心理态度。

（三）如何做好择业前的心理准备

1. 学会正确地评价自己

认识自己是直面人生、战胜困难的第一步。信心是建立在对自己的知识、能力、特长的正确认识和估价的基础上的，它和自负、狂妄的根本区别在于是否能正确地评估自己,是否正确地认识现实,是否正确地认识和估量环境以及所遇到的困难。没有扎实的根基,盲目地自大,只会陷入心理的误区,远离成功的彼岸。因此,树立信心,增强自我意识,必须正确地、全面地、客观地评价自己,学会正确地与人进行比较,学会正确地看待自己的弱点和不足,也要学会正确地总结和认识成功或失败的原因。

大学生面对择业、就业时,只有充分认识、了解自己的兴趣、个性、能力、价值观,才能知道什么样的工作更适合自己,才能确立好目标。就业前的大学生应该适时调节自己的心理,自觉去排除自我认识时的各种干扰,对自己做出客观的全面的评价,以便在就业竞争过程中处于主动地位。

2. 培养良好的心理素质

大学生的学生心理特征十分明显,对自己今后的工作有着美好的憧憬,但对待毕业时该如何择业、就业普遍存在认识不清的现象,走上工作岗位后,在明确了个人的职业意向和心理特点以后,要按照今后职业的要求,不断调节自己的心理素质。因此,要想在择业上一帆风顺,就必须做好准备,而良好的心理素质准备是最关键的准备之一。

3. 注意培养职业意识

高等职业技术教育是以服务为宗旨,以就业为导向,走工学结合之路,但在实际学习过程中,不少大学生缺乏从学生身份转换为从业人员身份的职业意识。大部分大学生真正能将自己的学习与工作联系在一起的,还是要等到面临择业、就业的时候。很多大学生在进入学校就读初期一般都不会考虑未来的职业目标,还有许多大学生对所学专业的选择带有盲目性,有的仅仅是为了能上大学,因而,大学生对所学专业及将来要从事的工作处于朦胧状态。所以到毕业时,有的大学生感到手足无措,难以适应就业制度的变革。为了能跟上社会的发展变化,使自己的择业、就业工作一帆风顺,大学生从上大学开始就应在心理上有意识地培养积极主动的职业意识,了解专业的人才培养目标,注意搜集社会各方面的用人信息,不断调整自己的知识结构,不断修正自己的职业意向,从而在心理上做好求职的准备。

4. 培养竞争意识

竞争、发展是现代经济社会的主题,对于一个求职者来说,只有具备了竞争心理,才能抓住稍纵即逝的最佳机会,才可能找到满意的职业。从一般意义上说,在改革开放的环境下,每个人的机会是均等的,但实际上机会只偏爱具有竞争心理的人。随着社会的发展,社会对人才的需求,将越来越依靠市场来调节。因此,大学生在走向社会之前,要积极培养自己的竞争心理、竞争意识,以便在求职择业的激烈竞争中取胜,以利于今后施展自己的抱负和才能。

二、对待挫折的心理准备

(一) 建立应对挫折的心理准备的意义

大学生在择业受挫后,无论挫折情境是由客观因素还是由主观因素造成的,都会对大学生的生理、心理与行为带来相应影响。择业受挫的生理变化是由择业挫折情境所导致的情绪变化引起的。在强烈的或持续的消极情绪的作用下,受挫者的神经、心血管、内分泌、消化等系统会发生一系列不同程度的反应。出于人的自我保护本能,大学生在择业受挫后,就会自觉或不自觉地采取某种活动方式消除或减轻内心的不平衡,这种择业受挫后的行为反应具有摆脱痛苦、减轻不安、平衡心理的自我保护机制,即为心理防御机制。

择业心理防御机制有积极与消极之分。大学生在求职择业中遇到挫折是正常的,关键在于如何保持积极的行为反应,尽量消除消极的行为反应,切不可自卑、自怜。积极的行为反应,可使大学生心理挫折得到一定缓冲,同时还可能在择业中表现出自信、积极进取的倾向,从而有助于大学生战胜择业中的困难和障碍,为择业成功奠定坚实的基础。一个心理健康的人对人生总会保持自信,如丧失了自信心,就失去了开拓新生活的勇气。生活中的挫折是造就强者的必由之路,挫折是锻炼意志、增强能力的好机会。顺境中有自信心不足为奇,逆境中更需要自信心的支持。

挫折是一种鞭策。双向选择的本质意义是一种激励手段,对优胜者是这样,对失败者也是如此。它对失败者并不意味淘汰和鄙视,相反,它可以促使失败者振作起来,彻底摆脱"等、靠、要"的就业心态,使自己加快自立自强的转化过程,成为新时代的开拓者。

(二) 大学生择业者应对择业挫折的特点

大学生作为一个特殊的群体,有着很多与其他群体不同的特征,在应对挫折的方式上往往不局限于某一种,通常以自我控制、认知超脱、补偿、转移、潜抑、奋进等方式较为多见,这正是大学生特殊群体综合素质的体现。在应对择业挫折时,一是过于理性化:即将毕业的大学生文化素质较高,知识储备较大,逻辑思维能力较强,有一定的社会经验,思维理性化色彩较浓,在应对择业挫折时,理性化成分较浓;二是有封闭化的倾向:大学生在应对挫折时,往往重于自身的力量而忽视社会的支持作用,存在较为明显的封闭倾向。

(三) 如何有效应对择业挫折

针对以上的特点,大学生择业者在遇到挫折后,应放下心理包袱,仔细寻找失利的原因,调整好目标,脚踏实地地前进,争取新的机会。

战胜择业挫折,社会、学校等外界环境是很重要的。社会的责任是努力为大学生提供良好的择业环境,尽快完善就业市场和就业制度,建立公正、公平、合理的竞争机制,而学校要大力加强就业指导和心理咨询工作。但要真正战胜挫折,关键还是要依靠自己。大学毕业生择业受挫时的自我应对至关重要。

1. 准确评价自我

自我的准确评价是正确认识从而战胜挫折的基础,因为准确评价自我能够合理调整择业的期望值。大学生之所以有时应对挫折的效率不佳,与他们建立的就业期望值不合理有一定的关系。大学生是一个容易幻想的青年群体,大学伊始就有优越感,对未来充满美好的追求和向往,往往在毕业时,对自己的能力估价过高,定位的就业期望值容易脱离实际,超越了现实的就业条件,所以容易产生或加重挫折感。面临毕业的大学生,应当全面地评价自己,既要看到自己的长处,又要正视自己的差距,冷静地总结经验教训,准确分析面临的就业形势,合理地调整就业期望值,同时合理建立下一步的行动方案。大学生就业期望值的确定应立足现实的社会需要,抵制功利主义、享乐主义的影响,充分体现发展事业,服务社会,奉献社会的精神风貌,使自己的就业观和就业期望值做到自身条件与社会现实、个人要求与社会需求相一致。

2. 正确认识择业挫折

大学毕业生初次就业,难免会遇到一些挫折,这是正常的。择业过程中的挫折本身并不可怕,它并不是导致情绪障碍的直接原因,大学毕业生对择业挫折所持的看法、理解,才是引起情绪和行为反应的直接原因。有的大学毕业生怕就业,怕失败,对挫折不理解,认为不应该发生;有的大学生在挫折面前以偏概全,一叶障目,过分片面化;有的大学毕业生过分夸大挫折的影响,把它想象得非常可怕,无法挽回等,都是不合理的。大学毕业生在择业受挫后,要保持冷静、理智的头脑,找出挫折源,分析原因、性质及严重程度,重新树立自信心,并切实考虑解决问题的办法及可行性,拿出具体的实施方案,从头再来,尽量避免重蹈覆辙,这样才能有效地战胜困难,取得择业的成功。

3. 及时、积极调整心理状态,有效地提高挫折承受力

挫折承受力如何,直接关系到个体是否能经得起挫折打击。挫折承受力较强者,往往挫折反应较轻,受挫折的消极影响小,而挫折承受力较弱者,则容易受挫折的消极影响,甚至意志消沉,一蹶不振。在择业过程中,大学生都或多或少地运用自我防御机制,心理防御机制运用得当,可以减轻情绪上的痛苦,从而提高择业中

的挫折承受力,为寻找战胜挫折的办法提供时机。防御机制有积极和消极之分,我们提倡运用积极的心理防御机制,如升华、认同、补偿、幽默等。当然,不论何种方式都要看大学生在择业过程中如何来准确把握,适时适度地运用。

4. 走出封闭性应对的阴影,积极寻求社会支持

大学生应对择业挫折多采用封闭式应对方式,而较少寻找社会支持,这可能与大学生自尊心较强有关,也可能与不少大学生认为就业具有不可公开性有关。社会支持是一种特定的人际关系,包括师生关系、同学关系、朋友关系、家庭关系、亲戚关系等。在同样的就业挫折情景下,社会支持较多的大学生,受到的挫折伤害小,解决问题的策略多、速度快。社会支持是择业过程中有效增强挫折承受力的又一有力武器。当然,社会支持不是"拉关系",搞"不正之风",而是在择业受挫过程中的关怀、爱护、帮助、信任、安全和指导,不能因为现实生活中存在的"不正之风"而因此忽视甚至完全否定社会支持。

5. 树立崇高的职业理想

择业失败者常常感叹求职择业真难,现实确实如此。尤其是理想的或热门的职业,存在着更激烈的竞争。这是市场经济社会的普遍现象。职业理想的追求与实现,并不一定取决于职业本身。从古今中外众多名人的成长历程中,我们常可以发现他们当初职业的起点并非那么"理想"。富兰克林曾经是个钉书工人,华罗庚初中毕业后便帮助家里料理小杂货铺,也曾在母校干过杂务,正因为他们树立了崇高的职业理想,最终成就了社会现实中的伟才。可见,较低的职业起点,并不贬低职业理想的价值,从现实的生活之路起步,也正是大多数科学家的职业理想迸发、形成的环境。

三、对待成功的心理准备

(一)建立应对成功的心理准备的意义

择业成功,对每一位择业者来说都是件很高兴的事,但如同应对择业挫折一样,择业者对待成功的心理准备也相当重要,应对不好,也会产生很大的负面影响。因此,正确建立应对成功的心理准备很有必要。

(二)如何有效应对择业成功

1. 择业成功切忌沾沾自喜

择业成功,说明择业者找到了一个可以展示自己的舞台,对于择业者来说,当

然是件高兴的事。但是常言道：戒骄戒躁。找到了工作并不等于就端上了"铁饭碗"，就可以高枕无忧了，它只能说明你为自己开辟了一个新的起点，如何走下去，怎样才能走得更好，才是择业者面临的最现实的问题。

2. 踏实工作，以业绩证明自己的实力

既然择业者为自己的生活确定了一个新的起点，那么从这个起点到终点之间的内容，就需要择业者来填充。内容的好坏在很大程度上取决于择业者自己。成功是靠自己的努力和汗水换来的，只有踏踏实实工作，才会干出成绩；只有干出了成绩，才能证明自己的实力；只要有实力，就有获得更多、更大成绩的机会。

3. 总结经验，为将来打基础

"机会永远不会垂青无准备的人"，而这种准备来源于平常的日积月累。因此，择业成功了，应该及时总结经验，这种经验材料将是伴随一生的财宝。现代社会生活中，跳槽、辞职、另谋高就是司空见惯的事，及时总结经验，能为下一次更好地择业打下坚实的基础。

第二节　知识及能力准备

一、知识准备

知识是人们在认识世界、改造世界的实践过程中所取得的认识和经验的总结，是一切人才应具备的重要的基本素质之一，它反映了客观世界各个领域里物质运动的规律性和内在联系，是人类认识自然，改造世界的有力武器。

在大学毕业生择业的各方面准备中，知识的储备尤为重要，因为大学生的文化知识素质的高低直接决定其在择业时的自由度、成功率和所取得工作岗位的层次。所以，大学毕业生要想在激烈的人才竞争中获胜，就必须注意就业前的知识准备。

(一) 建立合理的知识结构是必须的

现代社会需要的是知识结构合理，能根据当今社会发展和职业的具体要求，将自己所学到的各类知识科学地组合起来，适应社会要求的人才。因此，合理的知识结构是从事现代社会职业的必要条件，是人才成长的基础。大学毕业生应该充分认识到知识结构在求职择业中的重要作用，根据现代社会的发展需要，塑造自己，发展自己，建立起合理的知识结构，使之适应现代社会就业的要求。

1. 现代知识结构的模式

人才的成长离不开教育,教育是成才的基础,也是建立现代知识结构的重要途径,而高等教育是人的先天素质和后天教育有机结合的最佳成果。

当今关于人才知识结构的分类主要有三种:

1) 金字塔形知识结构

这种知识结构形如金字塔,包括基本理论基础知识、专业基础知识、专业知识、学科知识和学科前沿知识。基本理论、基本知识为宝塔底部,学科前沿知识为高峰塔顶。这种知识结构的特点是强调基础知识的宽厚扎实和专业知识的精深,容易把所具备的知识集中于主攻目标上,有利于迅速接通学科前沿。

2) 蜘蛛网形知识结构

这种知识结构呈复合型状态,也称复合型人才知识结构。它以专业知识为中心,以与其他专业相近的、有较大相互作用的知识作为网状连接,形如蜘蛛网,达到知识的广度与深度统一。随着社会生产的发展,这种知识结构的人才非常受用人单位的欢迎。

3) 幕帘形知识结构

这种知识结构是指一个具体的社会组织对其组织成员在知识结构上有一个总的要求,而作为该组织的个体成员,将依其在组织中所处的层次,在知识结构上又存在一些差异。这种知识结构强调个体知识结构与整体知识结构的有机结合。因此,在求职择业的过程中,不但要注意所选职业类型在整体上对求职者的知识结构的要求,还要了解所选职业类型在个体上对求职者的知识结构的要求,以此来调整自己的知识结构,增强就业后的适应性。

2. 知识结构的共性

任何事物都有差异性,但同时也具有共同的特征。知识结构没有绝对的统一模式,但同样具有共同的特征。

(1) 知识结构具有整体性。一切事物都是有机的整体,知识结构与其他事物一样,也是一个有机的整体,组成整体的各部分之间,都相互依赖、相互联系、相互作用、相互制约。如果知识结构只有数量上的优势,而没有相互协调、配合融通,就很难产生知识结构的整体优势。

(2) 知识结构具有异动性。知识结构本身就是发展变化的,它是动态的,而不是静止的,是随着社会的发展而发展变化的。在社会不发达的阶段,知识结构相对简单,随着社会的进步,科学技术的日新月异,人们根据社会的需要,对知识结构应经常进行调整、补充,使之提高。

(3) 知识结构具有有序性。一般知识结构的组成,都是从低到高,从核心到外围的层次。从低到高是指从基础知识到专业技术知识,直至前沿科技知识,要求知识由浅入深地积累,并逐步提高。从核心到外围是指在核心知识确立的情况下,将那些与核心知识有关的知识紧密地联系在一起,构成一个合理的知识结构,突出核心知识的中心作用。

(二) 择业环境对大学毕业生知识结构的共性要求

不同的职业对大学毕业生择业时所应具备的知识结构要求是不同的,但它们之间也存在共性。

1. 基础知识要扎实

毋庸置疑,基础知识是知识结构的根基,牢固的基础知识是一个人成才的必备条件,也是社会各行各业对大学毕业生的共性要求。现代社会的迅猛发展,要求人才培养单位在培养人才时就积极实施新的培养模式,但全面而扎实的基础知识的培养是整个培养工作的基础。大学教育最根本的就是要扩宽受教育者的知识面,为今后的学习与提高提供一个良好的基础,所以,对于每个择业者来说,在受教育阶段尽可能地夯实自己的基础知识是必须的,它与未来的择业有着直接的关系。

2. 专业知识要精深

专业知识是大学毕业生知识结构的核心,也是人才知识结构的特色所在。大学毕业生是高校培养出来的、从事较强专业性工作的专门人才,他们对自己所从事的专业和技术不仅要有一定的广度,还要有一定的深度;不仅要有量的要求,更要有质的要求;不仅要对本专业的知识有一定的掌握,还要对与其相关、相邻近的知识有所了解和熟悉,并善于将专业知识领域与相关知识领域紧密地联系起来,成为一个既有广阔视野,又有高度造诣的专业人才。

3. 其他知识的储备必不可少

现代社会的发展,促使社会分工越来越细,人与人之间的联系更加紧密。一个企业要发展,就必须面对整个社会,如果只是单一地面对少数几个部门是不现实的,也是不可能的,它们必须根据社会的发展要求,不断调整自己的行为。人才的培养与社会的需求是紧密联系在一起的。全国范围内开展的各行各业的专业技术资格考试表明,社会对人才的评价逐步在向社会化、客观化、公平化、国际化过渡。

因此,要适应社会发展变化的需要,大学毕业生必须尽可能多地掌握一些诸如英语、书法、绘画、公关等其他知识,以适应当今社会各类职业对就业者的知识的新要求,增加成功求职的砝码。

(三) 择业环境对大学毕业生知识结构的个性要求

择业环境对大学毕业生的共性要求是必要的,但不同的职业有着不同的特点和对于择业者有着专业性的个性要求,择业者择业的成功与否、择业的好坏等,在很大程度上取决于择业者知识结构的个性特点。

1. 公共管理人员

公共管理人员是在公共部门从事管理或者相关技术的从业人员,主要包括国家公务员,管理干部和事业单位的管理干部等。其知识结构要求如下:

(1)要掌握与本职岗位有密切联系的,诸如法律、经济、行政、管理、公关礼仪等方面的基础知识。

(2)必须具备本职岗位所需要的各种能力,包括理解能力、判断能力、表达能力、交际能力、指导能力、协调能力、统率能力、创造能力等。

2. 经营管理人员

经营管理人员必须能够深刻理解党和国家的各种方针、政策,能很好地适应改革开放的形势;有强烈的市场观念和用户观念;具有本行业生产的技术内行;具有高度的事业心和责任感;具有较强的综合分析能力,果断的办事能力,良好的决策能力;具有良好的公关、谈判和社交能力,较强的应变能力;有较强的创新意识和精神等。

3. 工程科技人员

工程技术人员的知识结构主要包括:具有深厚的基础理论知识和丰富、坚实的专业知识,同时,熟悉相近专业的知识;具有较强的实际动手能力,注重实践,善于理论联系实践,解决实际问题;有系统的思维和抽象概括能力,时刻注意把握本学科的新成果、新动向,善于将科技成果转化为生产成果;有较强的组织和管理能力,有具体分析困难和问题的能力;善于掌握现代研究手段和方法,勇于创新等。

4. 专业技术人员

包括财会人员、教育工作者、文艺工作者等。

(1)对于财会工作人员,一般来说,要求他们在必须具有深厚的专业知识的基础上,掌握一定的经济学、营销学和采购学等方面的知识,同时,必须熟悉与本职工作相关的政策、规章、制度、法律知识。

（2）对从事教育类职业的工作人员，要求他们必须掌握教育科学的有关知识，如教育学、心理学、教育心理学等，具备深厚而扎实的专业知识，同时掌握一定的与本专业相近的新兴学科知识、边缘学科知识等，应该具有宽广的知识面，熟悉了解本专业最新研究成果和最新发展趋势等。

（3）对从事文学创作、文艺表演、文艺理论研究等方面的文艺工作者，要求他们具有良好的道德品质，能用正确的世界观和文艺观观察社会、反映社会，全心全意为人民大众创作，以科学的理论武装人，以正确的舆论引导人，以高尚的精神塑造人，以优秀的作品鼓舞人，要掌握广博的社会知识、文艺史、文艺理论等，有丰富的生活阅历。

（四）合理知识准备的步骤

合理的知识结构是社会对择业者的需要，现代社会的发展，促使用人单位在挑选人才时，在考查择业者的基础知识的同时，更加看中的是择业者在某一方面有一定深度的专业技术、技能。对于大学毕业生来说，合理进行知识准备是非常必要的。

1. 知识的积累是基础

同社会上其他人员相比，大学毕业生具有更为坚实的基础知识、较精深的专业知识和广博的社会知识，这是大学毕业生的优势。大学毕业生应该很好地认识到这一点，充分利用这一优势，才会使优势发挥它应有的价值；同时，这种优势不是一成不变的，是要不断更新的，每个大学毕业生都要经常查找自己在知识积累、掌握和运用等方面的薄弱环节，充分利用学校的各类学习条件与资源，充实和完善自己的知识结构。而且，还要根据社会的需要，不断调整自己的知识结构，以增强自己的适应能力。

2. 知识的系统化是保障

大学毕业生要时常将不断积累的零散的知识进行梳理，围绕自己既定的择业目标，对自己所掌握的知识进行合理组合、适当调配，使其形成一个有层次的、可协调发展和更新的动态结构。同时，对知识的系统性进行思考与分析，不断增强知识积累过程中的系统化，保证知识结构的全面性，对于提高就业竞争力和成功的机会是十分必要的。

3. 知识结构的优化是关键

大学毕业生在即将毕业走向社会的过程中，会经常发现自己总是没有别人显得那么突出,关键的一点就在于自己掌握的知识博而不精,没有让自己觉得自豪、足以突出自己的东西。因此,优化知识结构显得尤为必要。不断强化个人的特长与优势,如书法、音乐、美术、摄影等,就可以切实增强求职的竞争力与成功率。

4. 知识的迁移是动力

"迁移"在教育心理学上解释为"一种学习对另一种学习的影响",包括积极影响(正迁移)和消极影响(负迁移),我们所说的迁移一般都是指正迁移。知识迁移能力是将所学知识应用到新的情境,解决新问题时所体现出的一种素质和能力。对于高职高专的大学毕业生来说,形成知识的广泛迁移能力可以避免对知识的死记硬背,充分实现知识点之间的贯通理解和转换,有利于顺利搭建知识结构网络,提高解决问题的灵活性和有效性。

二、能力准备

(一) 能力准备的概念

能力是指人们利用自身的知识和经验认识事物、解决问题的本领,是知识的活化过程。一个人能力的形成和发展不是先天遗传的,而主要是在于后天的实践与培养。每一个人的能力都有差异性,这是由个体后天实践的差异及主观努力程度的不同形成的。

大学毕业生在大学阶段具有一定的知识积累,但这只能说明是为能力的形成奠定了一个良好的基础,决不等于就具有应用知识去认识事物、解决问题的能力。对于主体的创造性劳动来讲,能力比知识所起的作用更大。个体将知识的积累,通过一个不断消化、吸收、重建、体现的过程,逐步转化为能力,这个过程就是能力的准备过程。

(二) 进行能力准备的意义

知识和能力两者是辩证统一的。知识是能力形成和发展的基础,离开了知识,能力就失去了依托而成为空无的东西;能力是知识的体现,它可以成为掌握知识的工具,促使主体更好地掌握更多的知识。因此,大学毕业生应该把建立合理的知识结构和培养、锻炼较强的实践能力很好地统一起来,在完成大学学习任务的同时,争取更多的培养适应社会需要的应用能力,为今后更好地走向社会、适应社会储备雄厚的资本。这种能力准备与知识准备一样,贯穿于择业者大学生活的始终。

（三）择业能力的分类

大学毕业生择业需要的能力可以归纳为三类：一般能力、实践能力和自我发展能力。

1. 一般能力

现代社会是信息化的社会，它要求人们在日常的生活和工作中共同协作、共同发展。不会交往、不能适应社会、无法独立生活的人是不可能在职场上有多大的建树的。因此，个人的学习能力、实际动手能力、独立生活能力、社交合作能力等，构成大学毕业生必须具备的一般能力，这是在择业前首先应做好的准备。

1）系统学习能力是保证

系统学习能力是大学毕业生获取新知识、学习和掌握新技术的一种自学能力，包括：确定学习目标的能力、制订学习计划的能力、阅读分析能力、解决问题的能力、自觉调节学习计划的能力、查找资料或检索信息资源的能力等。系统学习能力是不断更新知识，提高社会适应能力的保证。

2）实际动手能力是保障

大学毕业生必须着力提高自己的实际动手能力，因为在现实生活中，尤其是在科研、生产、服务第一线，个人实际动手能力的强弱，将直接影响到其才能和作用的发挥。缺乏实际动手能力的人，就如一个根本不会做饭的人，是无论如何也无法把一大堆原材料变成精美的菜肴的。

3）独立生活能力是基础

独立生活能力是大学毕业生应具备的最起码的能力。它不仅能使一个人对待生活有条不紊，从容应对一些突发困难，而且也为一个人的独立学习、独立工作打下坚实的基础，从而使大学毕业生更好地适应现代生活的发展。

4）社交合作能力是纽带

随着科学技术日新月异的发展，科技活动的社会化程度不断提高，人与人之间、上下级之间、单位与单位之间、地区与地区之间、国与国之间的交往与合作日益频繁，相互之间的关系也日趋复杂。大学毕业生在日常的生活工作中，不可避免地要涉及各种各样的关系，处理好这些关系，做到既不损害有关原则，又能促进事业的成功，的确是一门极深的学问。为此，大学毕业生不仅要具有较强的系统学习能力和专业方面的技能,而且还需要有较好的社交合作能力,它是将个体与社会进行连接的纽带。

5) 开拓创新能力是动力

大学毕业生具有思维敏捷,接受新知识、新事物快,工作热情高,思想束缚少等特点,因此,在同时具备以上几种能力的同时,还应该具备开拓创新的能力。勇于开拓,大胆创新,这是大学毕业生应具备的一种能力,它是以具有满腔的热情、坚强的毅力、一丝不苟的精神、相当的知识、一定的科技能力为前提的,是以各方面能力全面发展和应用为基础的。

2. 实践能力

在现代社会中,社会上各类职业岗位,对从事本行业岗位的工作人员,除对其有一定的知识结构要求外,还要求具有从事本行业岗位的某些专业能力。

1) 接收和处理信息资料的能力

当代科技情报和信息的特点是数量大、增长快、交叉广。面对浩瀚的情报信息,要做到:

(1) 能根据自己的知识结构,已有水平的高低,书刊质量以及所从事的专业相关性等方面进行选择,抓住主干。

(2) 能追踪本专业、本学科及相关学科发展的最前沿,善于把读书和思考结合起来,勇于提出问题,不断扩展自己的知识面和专业基本技能。

2) 操作能力

实际操作能力,是大学毕业生择业的职业基础能力,是专业人员必须具备的一种熟练的操作能力,是对每一个职业的专门要求,具有迅速性、准确性、协调性和灵活性的特点。对于在社会活动中位于科研、生产、服务第一线的人员,没有熟练的操作能力,是不可能胜任工作的。

3) 果敢的决策能力

决策是人类社会活动的一个重要环节。决策涉及个人领域,涉及社会的所有人,从日常生活到改造自然、改造社会都与决策有关。所谓决策能力,就是对实现未来目标的决断和选择的能力。良好的决策能力可以对实现目标和手段做出最佳选择,其中最重要的环节是选择,要对各种方案做出优劣判断和取舍。对于大学毕业生,选择何种职业走向社会,是人生的一个转折点,面临着求职择业何去何从,是对自己决策能力的一个检验。

4）创造能力

创造能力是指人们在改造自然和改造社会的活动中所具有的发明创造能力。它是用人单位考察一个人能否胜任相关工作的主要依据之一；它要求大学生择业者思维敏锐和有创新精神，能在难题和新问题面前充分地发挥创造才能。当今社会发展促使竞争的形势日益残酷，任何单位要发展，就必须不断地进行创新；同时，个人的发展也一样，只有自己不断开创新的工作局面，才能立稳脚跟并取得成功。

5）组织管理能力

组织管理能力是指成功地运用管理者的知识和能力影响机构的活动，并达到最佳的工作效果。现代科学技术已经综合化、社会化，科研规模日益扩大，协作趋势日益加强；同时，现代社会的科学技术高度发展，每一项工作都有一个相互协调、相互配合的问题，完全依靠一个人去完成是不可能的。实践表明，组织管理能力不仅领导干部和管理人员要有，其他专业技术人员也应当具备，如果没有一定的组织协调能力，专业技术工作也是不能完成的。因此，组织管理水平的高低，已经成为决定一项工作、一个部门、一个单位工作好坏的重要因素之一。

3. 适应变化的自我发展能力

适应能力就是善于根据客观情况的变化及时反馈，随机应变地进行调节的能力。现代社会是复杂多变的，要适应这种状况，保证自己从学校到社会的顺利过渡，大学毕业生应该提高自己的社会适应能力。

学校教育是基础教育、通才教育。走上具体工作岗位以后，有些知识用不上，有些知识不够用，有的要从头学起，这就需要刚走上社会的大学毕业生不断地提高自身适应变化的应变能力，要能够根据工作的需要不断地调整知识结构、能力结构和行为方式，要能够适应不同的工作环境。同时，大学毕业生要顺利地实现从学校走向社会工作岗位的过渡，要把适应社会、适应环境同改造社会、改造环境统一起来。要主动地适应社会发展变化，积极进取，勇于创新。

（四）能力培养的主要途径

每个人自身的能力是有差异的，这种差异性也不是天生就有的，它是由后天所处的环境、所受的教育程度以及自身实践、努力程度等因素综合作用的结果。

1. 积极参加各类实践活动

实践活动是大学毕业生将已经掌握的知识转化为实际行动的有效载体。大学毕业生的实践活动主要包括教学计划内的实践和社会实践两个方面。教学计划内的实践是指军事训练、教学实习、专业实践和劳动教育等。而社会实践则包括社会调查研究、"三下乡"实践、志愿者服务、社团活动以及勤工助学等。要十分重视实践活动，要在实践的过程中开阔自己的视野，锻炼能力，增长才干，同时还要提高对社会的认识能力、辨别能力和适应能力。

2. 积极参与科技创新实践

现在越来越多的学校重视学生课外科技活动，积极实施大学毕业生科研活动训练计划。全国每年都举办"挑战杯"系列竞赛活动，它一方面可以提高大学毕业生的科研能力，初步掌握科学研究的方法，掌握科研器材的性能与使用技巧；同时，经过训练可以磨炼意志、坚定信心，激发为科技献身和不断提高技能的热情。

3. 认真做好毕业实践实习

毕业实践环节包括去实习单位搜索资料、调查研究和做毕业设计、毕业论文等，是大学教学活动的一个十分重要的环节，它是对大学生智力和能力的一次总检验和总体训练。重视这一环节的大学生，可以学到许多课堂上学不到的东西：一方面可以培养和锻炼自学能力，综合运用所学知识和实际动手的能力；另一方面可以使自己的创造性思维能力，工作学习的独立性和主动精神得到加强。另外，从事本专业的设计和科研，可以使所学的知识得到应用，体现它的价值，进一步增加自己的专业兴趣，更能为求职积累资本，成为向用人单位证明自己学识的手段。

要在实习活动中带着毕业设计（论文）的任务到实习单位去认真调查研究，虚心向指导老师学习，接受指导老师的指导，同时要运用已经学到的东西和掌握的技术使自己的论文更有新意。

4. 踊跃参与校园文化活动

校园文化是社会文化的重要组成部分，承担着育人的重要职责，它具有凝聚作用、引导作用和辐射作用，能让大学生通过学习、感悟、理解，从而净化灵魂，陶冶情操，完善自己。校园文化是引导人、鼓舞人、激励人的一种内在动力，它对大学生的思想政治、道德品质、行为规范，尤其是提高大学生的综合能力有着深刻的影响。在参与校园文化活动的过程中，大学生既可以做活动的组织者，又可做活动的参与者，这些都对提高大学生的组织能力和协调能力等具有重要的作用。尤其是近年来，大学校园内学生社团活动十分活跃，许多大学生根据自己的爱好与特长，在相关政策的指导下积极组建各类学生社团，它对大学生的综合能力发展起到了巨大的推动作用。

第三节　信息准备

一、信息的分类

目前我国就业制度正朝着适应社会主义市场经济需要的方向进行改革,大学毕业生就业实施"自主择业、双向选择"的就业政策。在这种情况下,大学毕业生不仅要主动地根据社会需要充实和完善自己的知识和能力,更重要的是要精心做好毕业前的各项准备工作,才能使自己在激烈的就业竞争中立于不败之地。

凡事"预则立,不预则废",目前就业岗位比较紧缺,人才市场竞争激烈,但是,求职的成功与否,不仅取决于经济形势、社会需求、个人素质等诸多因素,同时也取决于大学毕业生所掌握的就业信息数量的多少,信息质量的好坏。面对就业压力,谁及时掌握了信息,谁就可能拥有成功。在竞争激烈的就业市场中,及时、准确地了解就业信息,加强与用人单位的沟通,是成功就业的保证。只有具备"信息就是机遇,信息就是成功"的择业理念,有意识地收集并掌握大量可靠的职场供求信息,做到有的放矢,才能把握机遇,在择业中获得成功。因而,及时、准确、广泛地了解和掌握就业信息,就是迈向成功的第一步。可以说,信息是择业的基础,是走向用人单位的桥梁。谁获得了更多的就业信息,谁就获得就业竞争的主动权。大学毕业生要想获得就业成功,就应该把握一切机会,通过各种渠道和方法,主动的搜集各种就业信息。

信息从来源可分为直接信息和间接信息。直接信息是指直接与就业单位通电话或见面而进行沟通所获得的就业信息;间接信息是指通过互联网、新闻媒体、报纸杂志或通过人们口头相传而获得的就业信息。

从信息的内容上来分,可分为背景信息和职位信息。背景信息是指与求职紧密相关的大环境的信息,包括国家和地区的政治经济形势和发展趋势、劳动就业的相关法规和政策,以及就业现状、毕业生数量和行业的薪资水平等。职位信息是指与职业岗位直接相关的人才需求、应聘条件、福利待遇等方面的信息。

二、信息获取的途径和内容

(一) 信息获取的途径

1. 从学校毕业生就业指导机构获取就业信息

学校的毕业生就业指导机构,是各种用人单位招聘信息汇集地。学校就业指导中心同上级主管部门以及社会各界、用人单位保持着广泛而又密切的联系,已形成一种稳定和良好的供需网络关系。这些用人单位信息经过学校就业指导中心的筛选和分类,信息可信度、针对性、准确性和可靠性都比较强,是毕业生获取信息的理想渠道之一。

2. 从各级人事部门获取就业信息

同学校的毕业生就业指导机构一样,各级人事部门也有着稳定和良好的供需信息,这些信息是准确、及时和具体的,是毕业生获取信息的又一理想渠道。

3. 通过毕业实习等方式获取信息

毕业实习和社会实践为毕业生提供了直接与社会和用人单位接触的机会。通过毕业实习、到用人单位参观访问、参加社会服务等社会实践活动,了解用人单位对毕业生的需求情况,这样获取的需求信息,一般比较全面和准确,能够保证用人单位和毕业生更好地互相了解,减少不必要的信息误差和二次选择。同时,还可以直接与实习单位的领导和技术人员沟通,达到直接就业、互利双赢的效果,如果该单位某些岗位缺人而毕业生又表现不错,该毕业生就极有可能被优先录用。

4. 通过参加各类人才招聘会获取信息

从人才市场、招聘会等就业市场上获得的需求信息,收集方式简捷、直接、有效,一般来说,是比较准确的。

5. 从新闻传媒中捕捉信息

从广播、电视、报纸、杂志、电话等社会传播媒介上获得用人单位现状、发展前景及人才需求信息。这些信息都是公开的,人人都可以受益和利用,谁抓得及时、认识得早、接受得快,谁就可能在激烈的竞争中抓住机会,掌握主动。大学毕业生应该养成天天看报纸、看新闻的习惯,对各种信息要特别敏感和重视。

6. 其他一些获取信息的途径和方法

除了以上一些获取信息的途径以外,还有其他的一些信息获取方法,比如:通过自己的家长、朋友、老师获取信息,他们都有自己固定的社会关系网,通过他们去获得的信息往往比较准确、直接;通过同学之间的信息共享来获取信息,每个大学毕业生的信息来源不同,求职的目标有差异,对信息的实用性的看法也不一样,因此,对自己没有用的信息对别人也许有用。一个人的信息量毕竟有限,应该提倡同学之间信息的相互交流,做到信息共享,以达到互利互惠的目的。另外,也可通过各高校毕业生就业网、人才网来获取用人信息。这种方式获取的信息量大、范围广、及时快捷,但在使用时要慎重对待,提防上当受骗。

(二) 大学毕业生需要掌握的就业信息

1. 全面了解就业形势

大学毕业生要了解社会对人才的需求形势,一定阶段的社会发展,决定了对专业技术人员数量、规格和质量的要求。目前,我国正处在经济快速增长和经济体制转型时期,各行各业需要大量人才,大学生就业具有广阔前景,这是社会的总体需求形势。当然,人才需求也具有不平衡性,边远地区、艰苦行业、基层乡镇和非国有企业等需要大量大学生,而大城市、大中型企业、机关事业单位则人才济济,即使有需求,要求也很高。大学毕业生择业时要准确把握就业形势,通过收集信息,正确把握择业方向,不能只把眼光盯在条件优越而人才竞争激烈的地区和单位,而应把目光投向虽然目前条件较差,工作较艰苦,但急需人才,亟待发展的地区和单位。

2. 掌握国家就业政策

就业政策是国家和地方政府关于就业方面的制度和规定,可分为国家就业政策和地方就业政策。

国家就业政策是国家根据一定时期内社会生产力的发展和社会对人才需求情况而制定的就业行为准则,包括就业体制、程序、时间等。如国家对不同培养方式的大学毕业生就业政策,不同地区来源大学毕业生的就业政策,特殊情况的大学毕业生就业政策,有关大学毕业生就业的鼓励政策及大学毕业生就业制约政策等。

地方就业政策是各地根据本地区经济发展需要,在国家宏观政策范围内制定的适合本地区需要的就业行为准则。如吸引本地区急需人才的优惠政策,对外地大学毕业生流入本地区的政策及相关的人事代理、户籍制度等。大学毕业生在择业时,要通过多种渠道和方法了解就业政策,在就业政策规定的范围内择业。如果对就业政策缺乏足够的了解,就容易导致就业的随意性和盲目性。

3. 掌握人才需求信息

人才需求信息包括用人单位的需求信息、不同类型的企业对大学生的要求等。各地区、部门、行业具有不同的人才需求。掌握这类信息,一方面可以坚定择业信心;另一方面可以帮助选定地区、部门和行业甚至择业职位。

三、信息的整理和利用

(一) 信息的筛选

信息的筛选是使用信息不可或缺的程序。

通过各种渠道搜集来的大量信息,比较粗糙、杂乱,有的甚至是虚假信息,往往不能直接利用。大学毕业生要结合实际情况,对信息进行筛选,以便选择使用,筛选信息就是解决信息真伪和实用与否的问题。

在具体操作过程中,应注意洞察招聘信息的可信度:

完整的招聘信息应该包括用人单位的性质定位、经营业绩、规模效益、发展方向、企业文化、被聘者的知识能力要求、工资待遇等。好单位的招聘广告一般比较正规、严谨,而一些不正规的用人单位,招聘信息往往用词含混不清,甚至弄虚作假,对信息进行筛选时,首先要看这些内容是否完整,是否真实可靠。

值得说明的是,要更好地鉴别招聘信息的可信度,从根本上离不开去了解用人单位本身。可以通过单位网页或其他信息媒介,全方位地了解用人单位;也可以通过与用人单位的某些员工取得联系来了解用人单位,这样了解的信息既真实又准确。

(二) 信息的整理

通过筛选出来的信息,成为自己的有效信息。对这些有效信息,可以根据信息的不同内容进行分类整理,以便为自己的求职择业提供准确的参考。

(三) 信息的利用

1. 善于拓展

各种信息的价值往往不是直接的、孤立的,必须经过使用者的深入思考,触类旁通才能发挥它的最大价值。求职者不但要盯住大家都看得到的"位子",还要能盯住别人目前看不见的"位子",要有超前的"眼光"。要紧紧抓住国家产业结构调整和经济模式转型的重大历史机遇,学会钻"空子",为自己的职业发展寻找巨大的发展空间。

2. 迅速反馈

信息都有很强的时效性,及时使用就是财富。对信息进行分析处理后,应尽早向用人单位直接表明自己的意向。条件好的工作谁都想去争取,如果等自己先经过一番"细心"而"全面"的"思考"之后再去做反馈,就会错失良机。比较合理的是在基本确定的了解后,直接和用人单位联系,通过沟通进行进一步的核实和反馈,最后给用人单位答复。这样,既在时间上争取了主动,又不致因太过鲁莽而做出错误的决定。

第四节　个人资料准备

一、求职信

求职信作为个人简历的附信,是寄给求职单位的,是求职者有目的地针对不同用人单位的一种书面自我介绍,是目前大学毕业生求职择业的一种比较常用的、也是非常重要的手段。用人单位一般出于节约人力、物力和时间的考虑,多数不采用大面积直接面试的形式,而是要求求职者先寄送个人材料,由他们进行比较、筛选,然后才确定求职者是否参加面试。求职信既有书信的一般体例,又有非常鲜明的自我宣传的特点。因此,写好求职信是非常重要的。

(一) 求职信的主要内容

1. 个人的基本情况

简要介绍个人的基本情况,包括姓名、性别、年龄、政治面貌、就读学校、所学专业、有何特长等。重点是介绍自己与应聘岗位有关的学历水平、经历、成绩等,让招聘单位从一开始就对你产生兴趣。

写求职信的时候,应注意详略得当,同时应说明用人信息的来源,做到师出有名。

例如,"昨日在《××报》上读到贵公司的招聘广告,获悉贵公司正在拓展业务,招聘新人,前来应聘××一职。"这样师出有名,能够让招聘单位一下子就感觉到你是一个用心的人,而且无形之中也让招聘单位感到自己单位的广告很有效果,公司在外面的影响很大,对求职者可能无形中产生好感,求职的阻力也相对减小了不少。

2. 介绍自己

求职信要清楚地说明自己应聘的岗位,同时重点是要向应聘单位介绍自己的特长,如:自己的专业知识特点、经验、专业技能、性格和能力等,要让应聘单位感觉到你能胜任这项工作。

在推介自己时,一定要注意结合应聘岗位来突出介绍自己适合本岗位的各项特点、专长、经验等,切忌大写特写一些与应聘岗位不相干的东西。

3. 材料准备周全

求职信后所附的有关材料,如:各种证书、发表的作品、学校的推荐信或毕业生推荐表等,应该在求职信上做备注说明,给应聘单位留下办事认真、细致的良好印象,切忌出现虎头蛇尾,前言不搭后语的情况。

在求职信的末尾,应当适度表达对于能够应聘到该单位工作的愿望,不可喧宾夺主,说一些诸如"不达目的不罢休"的话;也不可说一些泄气的话自堕志气。

(二) 求职信的格式

求职信属于书信的范畴,基本格式应当符合书信的一般要求,但同时,求职信也有鲜明的广告色彩。

1. 称呼

求职信的称呼比一般书信的称呼要正规,根据不同的对象,其称呼也应发生相应的改变。如:写给某学校校长或人事处长,可称呼为"尊敬的某校长(老师、处长)";写给某机关的人事部门领导,可称呼为"尊敬的某处长(负责人)";写给外资企业老板,可称呼为"尊敬的某董事长(总经理)先生"……切忌随随便便,甚至直呼其名,这样会引起别人的反感,对自己的求职产生负面影响。

2. 正文

这是求职信的核心部分,一般都要求说明求职信息的来源、本人的基本情况、应聘的岗位等内容,同时应简明介绍自己适合应聘岗位的特长等,方式灵活,形式多样,应聘者应在遵从一般规律的同时,突出自己的特点,以达到最好的吸引人、打动人的效果。

3. 结尾

委婉表达希望对方给予答复,同时希望参加对方面试的愿望,不要忘了写上简短的表示敬意、祝愿之类的话语,也可用"此致,敬礼"之类的通用词。

4. 署名

可在署名前面加上一些诸如"你最忠实的"、"你最诚实的",或者"你的学生",或者直接签上自己的姓名。

5. 日期

一般写在署名右下方,最好用阿拉伯数字,且年、月、日都要写上。

6. 附录

求职信一般要求附上诸如学历证、身份证、获奖证书以及简历等资料,最好在求职信的最后面一一注明,一是方便用人单位审核,同时也可以给用人单位留下"办事细致"、"到我这里来求职是认真的"等良好印象,从而对应聘产生积极的效果。

(三) 写求职信应注意的问题

求职信对于求职者来说,是向用人单位推介自己的一个重要环节,也是影响用人单位对于人才取舍的重要因素之一。因此,求职信对于求职者非常重要,写求职信应该注意的问题就显得尤为突出了。

1. 突出重点

在介绍自己时,既要简明扼要,又要有针对性,重点是介绍与应聘岗位有关的内容,如什么学历,有何特长,与应聘岗位有何类似的经历,取得过什么成就等,能够很快就打动用人单位。

说出应聘的信息来源也是非常重要的,它能从心理上打动用人单位,使用人单位觉得你是一个有心的人,对用人单位很关心,很了解,无形之中就增加了受聘的几率。

2. 实事求是

自我介绍时,尽量多写自己的长处是很有必要的,但切忌讲大话和空话,过高地宣扬自己,给人一种浮华不实的感觉;也不要过于谦虚,将自己的能力说得平平。最好用成绩和事实来代替华而不实的修饰语,做到恰如其分,其中的尺度要根据具体的情况灵活把握。

3. 对自己的能力及特长重点推介

说明自己能胜任应聘岗位工作的工作能力是求职信的核心部分,要突出适合做这项工作的特长和个性,主要是向对方表明自己有专业知识和工作经验,有本专业所要求的技能,有与本工作要求相符的特长、兴趣和相关能力等,从多方面、多角度吸引用人单位的注意。

4. 应注意的其他一些细节

除了以上的内容,其他的一些细节也是很重要的,比如字迹一定要工整,忌用错字、别字;文笔要感情充沛;照片要用近期的,而且一定要清晰、俊朗、不失真;就连选用的信封信纸也有讲究,不要使用太薄、太黄、粗糙的信纸和信封,还可以贴上一张精美的邮票,以吸引用人单位的注意等。

二、个人简历

个人简历主要是应聘者针对想要应聘的工作,将自己的学历、工作经历、专长与成就、学术论著、求职目标等个人资料简要地列举出来,以达到推荐自己的目的。

(一) 个人简历的主要内容

个人简历并没有固定的格式,不同的人群编写的个人简历的内容是不尽相同的。一般来说,个人简历主要包括个人基本资料、学习经历、社会工作及课外活动、兴趣爱好等。

1. 个人基本资料

个人基本资料包括姓名、性别、出生年月、政治面貌、民族、身高、家庭住址等，一般书写在简历的最前面。

2. 学习经历

用人单位一般是通过个人的学习经历来了解应聘者的智力及专业能力水平，他们更关注的是应聘者现在的学历、专业技能情况。因此，在介绍自己的学习经历时，可以抓住用人单位的这一心理特点，将自己现在的学历写在前面，然后上溯书写，也不要上溯太远，一般写到中学时即可。

书写学习经历的目的是展示自己的专业特长，故而专业名称不可遗忘，特别是与应聘职位关系相对密切的专业及课程，一定要注明。

学习成绩优秀、获得奖学金或其他荣誉称号是学习经历中的闪光点，应一一列举出来。

3. 生产实习的经历

相对于有丰富工作经验的应聘者来说，应届毕业生的生产实习经历虽然比不上经验丰富者，但也是非常重要的，它为应聘者增加了阅历，积累了工作经验，因此，在个人简历中要尽量写得详细；同时，应尽可能强调在生产实习中得到的收获，这样可以有效地突出自己的长处。

4. 社会活动的经历

大学毕业生在学校参加的一些社会活动经历，是其增强自己的应变能力，培养自己的工作和管理能力的重要途径，在各种社会活动中，大学毕业生的社交能力、管理能力、人格修养等能够得到充分的展示，经过诸多社会活动磨炼后的大学生择业者，是用人单位宠爱的对象。因此，个人简历中社会活动等内容应尽可能写得详细。

5. 特长及性格特点

特长是大学毕业生所拥有的特别技能，在日益激烈的求职择业竞争中，拥有与应聘职位相对应的某方面的特长，无疑将成为应聘成功的重要砝码，因此，要有针对性地将自己的特长一一罗列。

能吃苦耐劳、敢于承担责任等坚毅的性格，也是打动用人单位的条件之一，因而，个人简历中不可不写。

(二) 撰写一份好简历的关键

1. 内容充实

一份好的简历,不是用华丽的外表装饰起来的,而是以充实的内容建立起来的。用人单位招聘时,不是看求职者华丽的文采,也不是来挑选设计漂亮的个人简历的,他们需要通过个人简历,知道求职者有什么专长,能够干什么,什么事情能够干得很好。因此,内容含混、笼统、毫无针对性的简历,是无法打动用人者的心的。所以,简历中一定要说明自己的能力、成就以及取得的经验,强调以前完成的重要事项及结果,仔细分析自己的能力并阐述能够胜任这份工作的理由,以深深打动用人单位。

2. 叙述简明扼要

一份个性化很强的简历,绝对是一份简明扼要的简历,只有这样,才能迅速抓住招聘者的心,因此,简历的设计一定要清楚醒目,要让人过目不忘,如通过改变字体格式或颜色来突出重点内容等。

简历的叙述一定要准确,阐述自己拥有的技巧、能力、经验时,要准确无误,要确信所写的内容与自己的实际能力相符,不要模棱两可,更不可夸大其词,极尽吹捧。

要使简历简明,简历的用词也很关键。要尽量多用一些富有影响力的词汇,以提高简历的说服力。

3. 认真检查修改

一份简历完成以后,应认真检查:是否准确表现出了自己的优点和专业特长;简历里面有没有多余的语句乃至字词;版面设计是否美观大方;有没有错别字等,直到让自己满意为止。同时,可以把自己的简历拿出来让同学或朋友评介一下,指出优劣,及时修改,尽量做到完美无缺。

三、其他材料

个人资料的准备还包括大学毕业生就业推荐表的填写、网络求职等。

(一) 大学毕业生就业推荐表

大学毕业生就业推荐表是指学校发给毕业生填写的、附有学校书面意见的推荐表。目前,我国大学毕业生使用的推荐表多是由各省、市、自治区负责毕业生就业的部门统一印制的,也有高校自行印制的。

1. 主要内容

大学毕业生就业推荐表的主要内容包括学校名称、就业者姓名、性别、出生年月、学号、籍贯、家庭住址、所学专业、特长、奖惩情况、院系推荐意见、学校毕业生就业指导部门意见等项。

一份完整的推荐表需要大学毕业生手工完成所有栏目的填写,并在相应栏目签盖公章。

2. 填写大学毕业生就业推荐表应注意的问题

(1)内容应真实可靠。

推荐表上的内容必须真实可靠,所有内容均需如实填写,不可弄虚作假,假的东西只能骗得了一时,到真相被揭穿时,就会失去更多的东西。

(2)评语应实事求是。

所有的评语栏应该实事求是,应该在充分肯定毕业生优点的同时,对大学毕业生的不足之处也应适当指出,这是对用人单位和大学毕业生的双重负责的态度。

(二) 网络求职

1. 网络求职的优势

(1)网络求职不受传统的集市型人才市场的时间、地域等诸多因素的限制,打破了市场信息分割、封闭的局面,实现了市场信息的共享,成本低、见效快,在节约了成本的同时,又大大提高了效率。

(2)网络求职信息量大,反应迅速、及时,并具有动态性,是网络求职的鲜明特点。在人才交流网站上,可以随时查阅数万、数十万条信息,并且,这样的信息量每天都在增加。同时,有什么疑问,双方可以在网上进行即时交流,直至达成协议。

2. 网络求职的弊端

(1)虚假信息无法防范。虚拟的网络世界给少数虚假信息提供了可乘之机,对求职者和招聘者双方来说,都存在对虚假信息的担忧。

(2)信息量太大,实效性不高。有些网站为了提高点击率,便将一些过时的招聘信息也发布在网上,使得求职者常常看到大量过时失效信息,劳而无获。

(3)适合通过网络招聘的岗位单一。一般用人单位对人才素质有自身的要求,希望直观的了解求职者,因而很少采用网络招聘。

(4)由于管理机制不健全,出现问题无法很好解决。例如,由于资料泄露,不少求职者会突然接到一些自己从来没投过简历的保险公司或传销公司的电话；有的用来求职的照片被放在了不法网站。这类问题会给求职者带来麻烦，而且解决起来的难度很大。

思考题

1. 面对即将到来的择业，你认为在心理上应该做好哪些准备？这些准备对你的择业将产生什么影响？结合实际情况谈一谈自己的切身感受。

2. 面对日益激烈的竞争压力，你觉得自己在知识方面的储备够了吗？试与同学交流一下各自的经验和感受。

3. 制作一份求职资料，并在班级组织一次求职资料的评比活动。

第四章　大学毕业生就业法律指导

第一节　中华人民共和国民事法律制度

[案例]

2005年7月1日,小齐从北京工商大学毕业。2006年3月14日,小齐来到某书店应聘,被分配到书店下属的多个部门工作。在此期间,书店按照该单位对实习生在实习期间的管理惯例,每天为小齐发放10元实习补助。6月6日,小齐与书店签订了为期1年的劳动合同及2个月的试用期合同。7月18日,书店以小齐在试用期内违反劳动纪律,未按岗位需要完成工作任务为由,解除了与小齐的劳动关系。随后,小齐将书店起诉到法院,要求书店按每月1500元支付他3月到5月的工资,并支付其7月16日至31日的工资及"五一"期间的加班工资645.32元、同时支付上述工资25%的经济补偿金1322.18元及解除劳动合同经济补偿金及额外经济补偿金2250元。

被告书店却说小齐一开始以实习生的身份来应聘的。书店称,小齐自3月14日,开始到被告单位下属多个营销部门实习,以熟悉情况,等待学校分配。同年6月,被告单位与原告签订了劳动合同,试用期为2006年6月1日至同年7月31日。由于小齐在试用期间,被告单位下属部门多次反映小齐本人的许多举动和行为不适被告单位工作岗位需要,经单位人事部门与其谈话后,双方根据劳动法的相关规定,在试用期内解除了劳动关系。被告单位并未克扣、拖欠小齐的工资,因此不同意小齐的诉讼请求。

[解析]

宣武法院经审理认为,小齐于2005年7月即已取得了毕业证书,其自2006年3月到某书店工作后,不能计算为实习期间,应视为就业。在双方未约定月工资标准的情况下,某书店应按不低于本市最低工资标准支付小齐工资。由于某书店违反了上述原则,还需支付小齐相当于工资报酬 25% 的经济补偿金。据此,法院判决书店补发小齐"实习期间"的工资差额 850 元,并加发差额部分 25% 的经济补偿金;同时补发小齐"五一"期间的加班工资 270 元,加发 25% 的经济补偿金,同时驳回小齐的其他诉请。

(资料来源:中国法院网,2007-1-8)

一、民事法律制度(简称民法)概述

(一) 民法的概念

民法是调整平等主体的公民之间、法人之间、公民和法人之间的财产关系和人身关系的法律规范的总和。1986 年 4 月 12 日,第六届全国人民代表大会第四次会议通过《中华人民共和国民法通则》,于 1986 年 4 月 12 日公布,自 1987 年 1 月 1 日起施行,它规定了民事的基本法律制度。

(二) 民法的基本原则

民法的基本原则,是指效力贯穿民法始终,体现民法的基本价值,集中反映民事立法的目的和方针,对各项民法制度和民法规范起统帅和指导作用的根本规则,是民法的宗旨和基本准则,是制定、解释、执行和研究民法的出发点,是民法精神实质之所在。

1. 平等原则

平等原则,也称为法律地位平等原则、身份平等原则、法律资格平等原则。平等原则,是指民事主体享有独立和平等的法律人格,在民事法律关系中互不隶属,各自能独立地表达自己的意志,其合法权益平等地受到法律的保护。平等以独立为前提,独立以平等为归宿。

平等原则所说的平等是民事权利能力的平等,实际上就是机会平等。它集中反映了民事法律关系的本质特征,是民事法律关系区别于其他法律关系的主要标志。

平等原则是市场经济的本质特征和内在要求在民法上的具体体现,是民法最基础、最根本的一项原则。现代社会,随着在生活、生产领域保护消费者和劳动者的呼声日高,平等原则的内涵正经历从单纯谋求民事主体抽象的法律人格的平等,到兼顾在特定类型的民事活动中,谋求当事人具体法律地位平等的转变。我国民法明文规定这一原则,强调在民事活动中一切当事人的法律地位平等,任何一方不得把自己的意志强加给对方,突出强调民法应反映社会主义市场经济的本质要求。

在理论上存在两种平等观。实体平等观认为,无论人的天赋、才能、机遇如何,通过民事活动产生的结果应是均等的。程序平等观认为,只要社会向人们提供了同等的机会,便做到了平等,即平等是机会的平等。至于人们从事民事活动得到的结果如何,那是由人们的天赋、才能、机遇去决定的事情,应该允许存在差别。在市民社会中,平等实际上只是竞赛机会的平等,而不是竞赛结果的平等。片面强调结果平等,只会窒息竞赛,而制造变相的特权。然而,结果平等也非毫无价值;相反,它是反转过来检验竞赛规则是否合乎社会正义的标准之一。

2. 自愿原则

自愿原则是指民事主体在法律允许的范围内享有广泛的行为自由,并可以根据自己的意志设定权利和义务。

在民事领域,通常情况下,法律不可能对民事主体的决策是否具有合理的理由进行监控,只有在民事主体滥用权利时才属于例外。自愿原则允许当事人在法律规定的范围内,自主地决定自己的事务,自由地从事各种民事行为;允许当事人通过法律行为调整他们之间的关系;确立了国家机关干预与民事主体的行为自由的合理界限。民事主体在法律规定的范围内享有自由,即只要不违反法律、法规的强制性规定,则国家机关不得对其进行干预。即使法律没有规定该权利,只要民事主体享有的利益未为法律所禁止,则该利益仍然受法律的保护。

3. 公平原则

公平原则是指应当以利益均衡作为价值判断标准来调整民事主体之间的物质利益关系,确定其民事权利、民事义务和民事责任。

公平原则是进步和正义的道德观在法律上的体现。它对民事主体从事民事活动和国家处理民事纠纷起着指导作用,特别是在立法尚不健全的领域赋予审判机关一定的自由裁量权,对于弥补法律规定的不足和纠正贯彻自愿原则过程中可能出现的一些弊端,有着重要意义。

公平原则在民法上主要是针对当事人间的合同关系提出的要求,是当事人缔结合同关系,尤其是确定合同内容时,所应遵循的指导性原则。它具体化为合同法上的基本原则就是合同正义原则。合同正义系属平均正义,要求维系合同双方当事人之间的利益均衡。

4. 诚实信用原则

诚实信用原则是指民事主体进行民事活动中必须意图诚实、善意,行使权利不侵害他人与社会的利益,履行义务信守承诺和法律规定,最终达到所有获取民事利益的活动,不仅应使当事人之间的利益得到平衡,而且也必须使当事人与社会之间的利益得到平衡的基本原则。平衡当事人之间的利益关系和当事人与社会之间的利益关系是诚实信用原则的本质。

诚实信用原则是市场经济伦理道德准则在民法上的反映,具有法律调节和道德调节的双重功能,使法律获得了更大的弹性。

5. 禁止权利滥用原则

禁止权利滥用原则,即权利不得滥用原则,是指民事主体在行使民事权利时,其不得超越该权利的正当界限,损害他人的权利和社会利益,否则应当承担相应的法律责任。

对民事主体的权利与合法利益加以保护是民法的首要任务,但法律保护民事主体的权利与合法利益,并不表明"权利绝对",允许权利人可以按照自己的自由意志任意行使其权利,更不等于法律容许权利人在行使自己的权利时可以不顾国家利益、社会利益,可以去侵害他人的权利与合法利益。因此,为切实保护民事主体的民事权利,保证实现其合法利益,近代法均规定有权利不得滥用原则。该原则是诚实信用原则的具体贯彻。民法通则第 7 条规定:"民事活动应当尊重社会公德,不得损害社会公共利益,破坏国家经济计划,扰乱社会经济秩序。"其内容即包含了权利不得滥用原则。

二、民事主体制度

民事主体是指在民事法律关系中独立享有民事权利和承担民事义务的人。我国民事法律关系的主体包括自然人、法人、个体工商户、农村承包经营户、个人合伙,在特定的关系中,国家也可以成为特殊的民事主体,如国家行使财产所有权或发行国库券等。

1. 自然人

自然人是指基于自然状态出生经由法律确认的生物性意义上的人类成员。自然人作为民事主体,具有民事权利能力和民事行为能力。

自然人与公民不同。公民,是一个宪法概念,是指具有一国国籍的人。一个国家的公民当然都是自然人,但是在该国的自然人并不限于其国内的公民。自然人的范围要广于公民,在民法领域,公民只是自然人的一种。公民与自然人,除了在公法和私法上有不同称谓外,还有下列深刻含义:

首先,自然人概念更能反映民事主体的市民属性。市民社会是由市民所构成,政治国家则是由公民所构成。民法是调整市民社会生活关系的法,民法上的人就是市民社会的市民。

其次,自然人概念更能体现民法规范人权的基本法性质。从个人权利角度出发,市民社会和政治国家的分离,导致了人权和公民权的确立。在市民社会中,人的目的性体现为人权;在政治国家中,人的目的性体现为公民权。

自然人的民事权利能力是指法律赋予的享受权利和承担义务的资格,是自然人取得权利、承担义务的前提或者先决条件。我国自然人的民事权利能力始于出生,终于死亡。

自然人的民事行为能力是指自然人以自己的行为参与民事法律关系,取得民事权利和承担民事义务的能力。判断自然人是否具有民事行为能力主要有两个,一是年龄;二是精神状况。我国《民法通则》综合这两个标准,将自然人的民事行为能力分为三类:完全民事行为能力、限制民事行为能力和无民事行为能力。18 周岁以上、理智健全的自然人,具有完全民事行为能力,可以独立进行民事活动,是完全民事行为能力人。在我国,16 周岁以上不满 18 周岁、以自己的劳动收入为主要生活来源的人,被视为完全民事行为能力人。限制民事行为能力人包括 10 周岁以上的未成年人和不能完全辨认自己行为的精神病人。无民事行为能力人是指不满10 周岁的未成年人和完全不能辨认自己行为的精神病人。

为保护无民事行为能力人和限制民事行为能力人的人身和财产权利,我国法律设立了监护制度。监护人的职责是:

(1) 保护被监护人的合法权益,并对其进行教育、监督。

(2) 代理被监护人进行民事活动,以及参与民事诉讼活动。

(3) 对被监护人的行为依法承担财产赔偿责任。

2. 法人

法人是具有民事权利能力和民事行为能力,依法独立享有民事权利和承担民事义务的组织。法人的民事权利能力和民事行为能力,从法人成立时产生,到法人终止时消灭。

根据民法通则的规定,法人应当具备下列条件:

(1) 依法成立。

(2) 有必要的财产或者经费。

(3) 有自己的名称、组织机构和场所。

(4) 能够独立承担民事责任。

法人的民事权利能力就是法人所享有的参与民事活动,取得民事权利,承担民事义务的资格。法人的民事权利能力从法人成立时产生,在法人解散、被撤销、被宣告破产或其他原因而终止时消灭。法人的民事权利能力的内容由法人成立的宗旨和业务范围决定,并不是无限的或相同的。法人不得进行违背其宗旨和超越其业务范围的活动,在需要超出其原有的业务范围时,应通过法定程序变更。

法人的民事行为能力是指法人以自己的行为进行民事活动,取得民事权利并承担民事义务的资格。法人的民事行为能力与民事权利能力同时产生,同时终止。两者的内容也相同。法人的民事行为能力是由法人的法定代表人来实现的。只有法人的主要行政负责人,才是法人的法定代表人。他在其权限范围内所进行的活动,就是法人的行为,不需要任何其他授权。

三、民事权利制度

(一) 民事权利的含义

民事权利和民事义务是民事法律关系的内容,而民法的中心问题是民事权利问题。民事权利是指自然人、法人或其他组织在民事法律关系中享有具体权益。

民事权利所包含的权益,可以分为财产权益和非财产权益。因此,民事权利可以分为财产权和非财产权两大类。

(二) 民事权利的分类

由于民事法律关系的种类繁多、内容复杂,作为其内容的民事权利可以按照不同的标准进行多种分类,这里仅介绍几种主要分类:

1. 财产权与人身权

以民事权利的内容或体现的利益的性质为标准,可以将权利分为财产权与人身权。

财产权　可以与权利人的人格和身份相分离并具有经济价值的民事权利。

人身权　以人身利益为内容,与权利人的人格、身份不可分离的民事权利。

应注意的是,有些权利具有财产权和人身权的双重属性,不能将其简单地归入财产权和人身权之中,而是一种混合性的权利,如知识产权。

2. 支配权、请求权、形成权、抗辩权

以权利的作用形式或功能为标准,可以将民事权利分为支配权、请求权、形成权、抗辩权。

支配权　权利人可以现实地和直接地管领、控制权利客体,并具有排他性的权利。物权是典型的支配权。

请求权　权利人要求他人完成特定行为(包括作为和不作为)的权利。债权是典型的请求权。

形成权　权利人依据自己的单方意思表示,使其与他人之间的民事法律关系发生变动的权利。属于形成权的有承认权、选择权、解除权、撤销权等。

抗辩权　又称异议权,是指对抗对方的权利请求或否认对方的权利主张的权利。抗辩权的功能就是对抗或延缓请求权的行使,或使请求权归于消灭。所以抗辩权与请求权是相辅相成的。

3. 主权利与从权利

以民事权利相互之间的依存关系为标准,可以将其分为主权利和从权利。

主权利　在相互关联的几个民事权利中,不依赖于其他权利即可独立存在的权利。

从权利　在相互关联的几个民事权利中,不能独立存在而必须依赖于主权利才能存在的权利。

主权利和从权利是一种相对的概念,只有在具有主从权利的法律关系中,才存在这种划分,即主从权利的确定,必须在具有主从地位的法律关系中才具有意义。主权利是从权利的基础和前提,从权利必须依附于主权利而存在。

四、民事义务制度

(一) 民事义务的含义

民事义务是指法律所规定的义务人应当按照权利人的要求从事一定行为(包括作为和不作为)以满足权利人的利益的法律手段。

民事义务是民事权利的对称。尽管民法是权利法,以权利为本位,但义务作为保障权利实现的手段,在民法体系中也具有重要的地位和价值。从来源上看,民事义务可产生于法律规定、当事人的约定以及其他原因;由于民法中强调意思自治,大量的民事义务是根据当事人的自由意志而产生的,在此范围内,民事义务具有任意性。从内容上来看,民事义务表现为义务人依据法律的规定或合同的约定完成一定的行为(作为和不作为)。从目的来看,义务的履行是为了满足权利人的利益,而不是为了直接实现义务人的自身利益。当然义务的内容不是无限的,义务人只承担法定的或约定的范围内的义务,而不承担超出这些范围的义务。在一般情况下,民事权利与民事义务是对立统一、相辅相成的。应承担民事义务的当事人,不论愿意与否,都必须履行该义务,否则将承担相应的民事责任。

(二) 民事义务的分类

由于民事义务和民事权利是相对应的,因此,民事义务的分类与民事权利的分类有许多相似之处,这里介绍两种主要的分类。

1. 作为的义务与不作为的义务

以义务人行为的方式为标准,可以分为作为的义务和不作为的义务。

作为的义务　也称积极义务,是指行为人应当按照法律的规定和权利人的约定,通过作出某种积极的行为以满足权利人的利益。

不作为的义务　也称消极义务,是指义务人应当按照法律的规定和权利人的约定,不从事某种行为,以保障权利人的权利得以实现。

2. 法定义务与约定义务

以民事义务发生的根据为标准,可以分为法定义务和约定义务。

法定义务　由法律、法规所规定的义务,包括根据诚实信用原则而产生的义务。

约定义务　根据当事人协商而确定的义务。约定义务不违反法律即受到法律的保护。合同义务主要是约定义务。

两者区分的意义在于约定义务体现了私法自治原则,完全按照当事人的意愿来决定义务的内容,而法定义务则体现了国家利益和社会公共利益,不允许当事人自己决定义务的内容。

五、民事责任制度

(一) 民事责任的含义

民事责任是指民事主体因违反民事义务而应当承担的民事法律的后果。我国《民法通则》第一百零六条规定,"公民、法人违反合同或者不履行其他义务的,应当承担民事责任。公民、法人由于过错侵害国家的、集体的财产,侵害他人财产、人身的,应当承担民事责任。没有过错,但法律规定应当承担民事责任的,应当承担民事责任。"

(二) 民事责任的特征

1. 民事责任是违反民事义务而承担的不利后果

民事义务是民事责任产生的前提,没有民事义务就没有民事责任,故民事责任产生的根据就是违反民事义务的行为。在正常的民事法律关系中,其内容是民事权利和民事义务,在义务人不履行自己的义务时,则民事法律关系的内容将转化为民事权利和民事责任。

2．民事责任是连接民事权利和国家公权力的中介

民事责任之所以能够使民事权利拥有法律上之力量，发挥保护民事权利的功能，就是因为民事责任常常伴有诉权，使民事责任成为连接民事权利和国家公权力的中介。由于国家公权力的活动形式，必定以民事责任为发动的根据，因此，责任是连接民事权利和诉权的中间桥梁。民事权利因受民事责任关系的保护，其利益借助于国家公权力及程序法的规定而得以实现。

3．民事责任具有强制性和一定程度的任意性

民事责任的任意性体现在，受害人可以不请求责任人承担民事责任，也可以与责任人通过协商的方式确定民事责任的承担。民事责任的强制性体现在，民事责任最终必须依赖国家强制力作保障，如果受害人请求责任人承担民事责任而责任人拒绝时，受害人有权请求法院运用国家公权力强制责任人承担。

4．民事责任主要是财产责任

民事责任经历了一个从人身责任向财产责任（主要是损害赔偿责任）发展的过程。现代民法普遍承认，民事责任主要是财产责任，并禁止对义务人实行人身强制，由此促进了法律文明的发展。

第二节　中华人民共和国劳动法律制度

一、劳动法律制度概述

(一) 劳动法的概念

劳动法是指调整劳动关系以及与劳动关系紧密相连的某些其他关系的法律规范的总称。劳动法是一系列劳动法律规范的总称，在劳动法律体系中，通常是既有劳动基本法，又有一些单行法；既有法律，又有一些行政法规。我国现行的劳动基本法是于 1994 年 7 月 5 日颁布、并于 1995 年 1 月 1 日生效施行的《中华人民共和国劳动法》。其立法宗旨是为了保护劳动者的合法权益，调整劳动关系，建立和维护适应社会主义市场经济的劳动制度，促进经济发展和社会进步。劳动法的颁布施行关系到劳动者的切身利益，是我国法制建设史上的一件大事。

劳动法调整的对象是劳动关系和与劳动关系紧密相连的某些其他关系。劳动

关系是指劳动者与用人单位之间在实现社会劳动过程中所形成的一种社会关系。它表现为劳动者与用人单位之间在实现劳动过程中所形成的各种权利与义务关系,包括完成劳动任务、工资分配、劳动保护、社会保险和福利、职业培训等方面的权利义务关系,与劳动关系紧密关系的某些其他关系主要是指处理劳动争议、管理劳动力、监督劳动法的执行、工会与用人单位的关系等方面的关系。劳动法主要是调整劳动关系。

(二) 劳动法的适用范围

《劳动法》的适用范围是指我国劳动法适用于哪些单位和个人。劳动法所适用的用人单位包括:

(1) 我国境内的各种企业:包括国有企业、集体企业、三资企业、私营企业等。

(2) 个体经济组织:指领取了工商营业执照的个体经济组织。

(3) 与劳动者建立了劳动合同关系的国家机关、事业组织和社会团体。

根据劳动法的规定,个人成为劳动者必须年满十六周岁,除文艺、体育和特种工艺单位依国家有关规定经有关部门审批后可以招用未满十六周岁的未成年人外,禁止其他单位招用未满十六周岁的未成年人。因此,不满十六周岁的未成年人一般不能成为劳动者,从而谈不上适用劳动法的问题。在劳动法适用范围之内的劳动者有:① 在我国境内各种企业就业的人员;② 在个体经济组织从业的人员;③ 与国家机关、事业组织、社会团体的工勤人员,实行企业化管理的事业组织的非工勤人员和其他通过劳动合同(包括聘用合同)与国家机关、事业组织、社会团体建立劳动关系的人员。所有这些人员既可以是中国人,也可以是依法来华从业的外国人和无国籍人。但公务员和比照实行公务员制度的事业组织和社会团体的工作人员,以及农村劳动者(乡镇企业职工和进城务工、经商的农民除外)、现役军人和家庭保姆等不适用劳动法。

二、劳动者和用人单位的权利和义务

(一) 劳动者的权利和义务

1. 劳动者的权利

1) 参加劳动的权利

劳动者有权参加用人单位所组织的劳动,有权请求用人单位依法定或合同约定为其安排劳动岗位(工种),并提供必要的劳动条件,有权拒绝各种形式的强迫劳动。

2）获得劳动报酬的权利

劳动者有权要求用人单位按自己提供劳动的数量和质量支付劳动报酬,有权获得最低工资保障、工资支付保障和实际工资保障。

3）休息权利

劳动者有权在法定工作时间外免于履行劳动义务,依法休息、休假和休养,并拒绝违法加班加点劳动。

4）获得劳动安全卫生保护的权利

劳动者有权获得用人单位提供的符合劳动安全卫生标准的劳动条件和接受安全卫生知识教育,有权获得用人单位进行健康检查;职业禁忌证患者有权要求不从事所禁忌的工作,职业病患者有权要求及时治疗并调离原岗位;有权拒绝用人单位违章指挥的劳动,并在劳动过程中遇到严重危及生命安全的危险时采取紧急避险行为;女职工和未成年工有权获得在劳动过程中的特殊保护。

5）享受社会保险的权利

劳动者有权要求用人单位按规定为其缴纳养老、医疗、工伤、失业、生育等项社会保险费,并有权享受社会保险待遇。

6）享受劳动福利的权利

劳动者有权享受用人单位的集体福利设施和社会公共福利设施,要求用人单位支付规定的福利性津贴或补贴。

7）接受职业教育的权利

劳动者有权利用用人单位提供的条件和参加用人单位组织的职业教育及技能培训,提高自己的劳动能力。

8）参加工会和企业民主管理的权利

劳动者有权加入本单位工会并参加工会组织的各项活动,有权通过一定的形式参与本单位的民主管理,有权对用人单位管理人员的违法违纪行为提出批评和控告。

9）决定劳动关系存续的权利

劳动者有权在劳动关系续延、变更、解除、终止等环节上提出自己的主张,作出自己的决定。

10) 保护合法权益不受侵犯的权利

劳动者在与用人单位发生劳动争议时,有权申请调解、仲裁和提起诉讼,有权请求保护。

2. 劳动者的义务

1) 提供劳动的义务

劳动者必须按照劳动合同和用人单位的要求向用人单位提供劳动,亲自完成劳动任务。

2) 忠实义务

基于劳动关系中劳动者与用人单位之间的人身性、隶属性,作为用人单位的一名成员,必须在劳动过程中忠实于用人单位,维护和增进而不损用人单位利益。这项义务日常主要表现在:劳动过程中服从用人单位的指挥和监督,遵守用人单位的劳动纪律和各项规章制度,保守用人单位的商业秘密和其他机密,向用人单位报告、上缴在劳动中所获得的应归用人单位所得的一切财产,学习和掌握胜任本职工作所必备的知识和技能等。

3) 派生义务

派生义务指劳动者因违反提供劳动和忠实义务所应承担的义务。例如,因违反劳动纪律接受纪律处分并赔偿违纪行为对用人单位造成的财产损失;因违反劳动合同而承担的违约责任等。

(二) 用人单位的权利和义务

1. 用人单位的权利

1) 录用职工方面的权利

用人单位有权按照国家规定和本单位需要录用职工,企业可依法自主决定招用职工的时间、条件、方式、数量及用工形式。

2) 劳动组织方面的权利

用人单位有权按照国家规定和实际需要确定机构、编制和人员任职条件,有权任免、聘用管理人员和技术人员,给职工下达生产或工作任务,并对生产过程实施指挥和监督。

3）劳动报酬分配方面的权利

用人单位有权按照国家的工资分配政策，确定本单位工资分配方式，增薪减薪办法、条件和时间等。

4）劳动纪律方面的权利

用人单位有权制定和实施劳动纪律，有权依法或依企业规章奖惩职工。

5）决定劳动关系存续的权利

用人单位有权决定在与职工劳动合同到期后是否续订合同，有权依法解除劳动合同。

2. 用人单位的义务

在劳动关系中，用人单位的用人义务主要体现在保障所使用的劳动力在劳动过程中享有权利的实现，并为其履行劳动义务提供条件。用人单位的劳动义务主要包括：

1）付酬义务

用人单位应按法定或劳动合同约定支付劳动者劳动报酬。

2）保护义务

用人单位应保护劳动者在劳动过程中的安全与健康。

3）培训义务

用人单位应建立培训制度，对劳动者实施职业教育和技能培训。

4）使用义务

用人单位应为劳动者安排适当的工作岗位，提供必要的劳动条件，不使劳动力在劳动关系存续期间处于非自愿闲置状态；此外，不得使用暴力、威胁等手段强制劳动者进行劳动。

5）帮助义务

用人单位应以参加社会保险、建立福利制度等方式为劳动者及其亲属提供物质帮助。除了对劳动者的直接义务外，用人单位的用人义务还包括对国家、社会及本单位工会组织的一些义务。

三、劳动合同法律制度

(一) 劳动合同法概述

《中华人民共和国劳动合同法》由中华人民共和国第十届全国人民代表大会常务委员会第二十八次会议于 2007 年 6 月 29 日通过,自 2008 年 1 月 1 日起施行。劳动合同法分为八章共九十八条,包括:第一章总则,第二章劳动合同的订立,第三章劳动合同的履行和变更,第四章劳动合同的解除和终止,第五章特别规定(第一节集体合同、第二节劳务派遣、第三节非全日制用工),第六章监督检查,第七章法律责任,第八章附则。

劳动合同法,是指关于调整劳动合同关系的法律规范的总称。其有广义和狭义之分:广义上的劳动合同法一般是指所有关于劳动合同的法律规范的总称。包括《中华人民共和国劳动合同法》、《集体合同规定》、《最高人民法院关于审理劳动争议案件适用法律若干问题的解释(二)》等。狭义上的劳动合同法就是指现行的《中华人民共和国劳动合同法》(简称劳动合同法),它是指国家立法机关制定的,为了规范劳动合同,调整劳动关系,当事人基于劳动合同而产生的权利义务关系的劳动法律规范的总称。

劳动合同,是指劳动者同企业、国家机关、事业单位、民办非企业单位、个体经济组织等用人单位之间建立劳动关系,订立的明确双方权利和义务的协议。根据协议,劳动者加入某一用人单位,承担某一工作和任务,遵守单位内部的劳动规则和其他规章制度。用人单位有义务按照劳动者的劳动数量和质量支付劳动报酬,并根据劳动法律、法规和双方的协议,提供各种劳动条件,保证劳动者享受本单位成员的各种权利和福利待遇。

劳动合同除具有合同的一般特征外,具有本身的法律特征:

(1) 劳动合同是建立劳动关系的一种法律形式,以合同形式确立了劳动者与用人单位的权利义务。

(2) 劳动合同双方当事人中,一方必须是具有劳动权利能力和劳动行为能力的公民本人,另一方必须是企业等用人单位的行政,不能是企业的党团组织或工会组织。

(3) 劳动合同的当事人之间存在着职业上的从属关系,即作为劳动合同一方当事人的劳动者,在订立劳动合同后,成为另一方当事人企业等用人单位的一员,用人单位有权指派劳动者完成劳动合同规定的属于劳动者劳动职能范围内的任何任务。这种职业上的从属关系,是劳动合同区别于其他合同的重要特点之一。

(4) 劳动合同双方当事人的权利和义务是统一的,即双方当事人既是劳动权利主体，又是劳动义务主体。根据签订的劳动合同，劳动者有义务完成工作任务，遵守本单位内部的劳动规则，用人单位有义务按照劳动者劳动数量和质量支付劳动报酬；劳动者有权享受法律、法规及劳动合同规定的劳动保险和生活福利待遇，用人单位有义务提供劳动法律、法规及劳动合同规定的劳动保护条件。

（5）劳动合同的订阅、变更、终止和解除，按照国家劳动法律、法规的规定。

（二）劳动合同订立的原则

《劳动合同法》第 3 条规定，"订立劳动合同，应当遵循合法、公平、平等自愿、协商一致、诚实信用的原则"。

1. 合法原则

合法是劳动合同有效的前提条件。所谓合法就是劳动合同的主体、内容、程序与形式必须符合法律、法规的规定。

（1）主体合法。即劳动合同双方当事人必须具备订立劳动合同的主体资格。对用人单位而言，是指必须具备法人资格，个体工商户必须具备民事主体的权利能力和行为能力；对劳动者而言，则必须达到法定的劳动年龄以及具备劳动权利能力与劳动行为的能力。

（2）内容合法。即双方当事人在劳动合同中设立的权利和义务条款必须符合国家法律、法规和政策的规定，不得侵害国家、社会和集体的利益。有些内容，相关的法律、法规都有规定，用人单位和劳动者必须在法律规定的限度内作出具体规定。如用人单位招用劳动者，不得要求劳动者提供担保或者以其他名义向劳动者收取财物，不得扣押劳动者的居民身份证或者其他证件；关于劳动合同的期限，什么情况下应当订立固定期限，什么情况下应当订立无固定期限，应当符合本法的规定；关于工作时间，不得违背国家关于工作时间的规定；关于劳动报酬，不得低于当地最低工资标准；劳动保护，不得低于国家规定的劳动保护标准等。如果劳动合同的内容违法，劳动合同不仅不受法律保护，当事人还要承担相应的法律责任。

（3）程序与形式合法。即劳动合同的签订要按照国家法律、行政法规规定的步骤和方式进行，并以书面形式订立。如果是口头合同，当双方发生争议，法律不承认其效力，用人单位要承担不订书面合同的法律后果。如第 82 条规定，用人单位自用工之日起超过一个月但不满一年未与劳动者订立书面劳动合同的，应当支付劳动者两倍的应得劳动报酬。

2. 公平原则

公平原则是指劳动合同的内容应当公平、合理。就是在符合法律规定的前提下，劳动合同双方公正、合理地确立双方的权利和义务。公平原则是社会公德的体现,将公平原则作为劳动合同订立的原则,可以防止劳动合同当事人尤其是用人单位滥用优势地位,损害劳动者的权利,有利于平衡劳动合同双方当事人的利益,有利于建立和谐稳定的劳动关系。有些合同内容,相关劳动法律、法规往往只规定了一个最低标准,在此基础上双方自愿达成协议,就是合法的,但有时合法的未必公平、合理。如同一个岗位,两个资历、能力都相当的人,工资收入判别很大,或者能力强的收入比能力差的还低,就是不公平。再比如用人单位提供少量的培训费用培训劳动者,却要求劳动者订立较长的服务期,而且在服务期内不提高劳动者的工资或者不按照正常工资调整机制提高工资。这些都不违反法律的强制性规定,但不合理,不公平。此外,还要注意的是用人单位不能滥用优势地位,迫使劳动者订立不公平的合同。

3. 平等自愿原则

平等自愿原则包括两层含义:平等原则与自愿原则。

所谓平等原则就是劳动者和用人单位在订立劳动合同时在法律地位是平等的,没有高低、从属之分,不存在命令和服从、管理和被管理关系。只有地位平等,双方才能自由表达真实的意思。当然在订立劳动合同后,劳动者成为用人单位的一员,受用人单位的管理,处于被管理者的地位,用人单位和劳动者的地位是不平等的。这里讲的平等,是法律上的平等,形式上的平等,在我国劳动力供大于求的形势下,多数劳动者和用人单位的地位实际上做不到平等。但用人单位不得以用人优势地位,在订立劳动合同时附加不平等的条件。

自愿原则是指订立劳动合同完全是出于劳动者和用人单位双方的真实意志,是双方协商一致达成的,任何一方不得把自己的意志强加给另一方。自愿原则包括订不订立劳动合同由双方自愿,与谁订劳动合同由双方自愿,合同的内容双方自愿约定等。根据自愿原则,任何单位和个人不得强迫劳动者订立劳动合同。

4. 协商一致原则

协商一致就是用人单位和劳动者要对合同的内容达成一致意见。合同是双方意思表示一致的结果,劳动合同也是一种合同,也需要劳动者和用人单位双方协商一致,达成合意向,一方不能凌驾于另一方之上,不得把自己的意志强加给对方,也不能强迫命令、胁迫对方订立劳动合同。在订立劳动合同时,用人单位和劳动者都要仔细研究合同的每项内容,进行充分的沟通和协商,解决分歧,达成一致意见。只有体现双方真实意志的劳动合同,双方才能忠实地按照合同约定履行。现实中劳动合同往往由用人单位提供格式合同文本。格式合同文本对用人单位的权利规定得比较多、比较清楚,对劳动者的权利规定得少,规定得模糊。这样的劳动合同就很难说是协商一致的结果。因此,在使用格式合同时,劳动者要认真研究合同条文,对自己不利的要据理力争。

5. 诚实信用原则

诚实信用是指在订立劳动合同时要诚实,讲信用。如在订立劳动合同时,双方都不得有欺诈行为。根据第8条的规定,用人单位招用劳动者时,应当如实告知劳动者工作内容、工作条件、工作地点、职业危害、安全生产状况、劳动报酬,以及劳动者要求了解的其他情况;用人单位有权了解劳动者与劳动合同直接相关的基本情况,劳动者应当如实说明。现实中,有的用人单位不告诉劳动者职业危害,或者提供的工作条件与约定的不一样等;也有劳动者提供假文凭的情况。这些行为都违反了诚实信用原则。此外,现实中有的劳动者与用人单位订立了劳动合同,但劳动者找到其他的工作后悔约,不到用人单位工作,这也违反了诚实信用原则。诚实信用是合同法的一项基本原则,也是劳动合同法的一项基本原则,它也是一项社会道德原则。

(三) 劳动合同订立的效力

劳动合同的效力就是劳动合同对当事人的约束力。其中规定,依法订立的劳动合同具有约束力,用人单位与劳动者应当履行劳动合同约定的义务。劳动合同依法订立,就受法律保护。非依法律规定或者征得对方同意,任何一方不得擅自变更或者解除劳动合同,否则就要承担法律责任。具体劳动合同的生效时间,当事人可以在劳动合同中约定,没有约定的,应当自双方签字之日起生效。应当注意的是,劳动合同的生效时间和劳动关系的建立是两回事。劳动合同是劳动关系的表现形式,有的情况下劳动关系已建立,但并没有签订劳动合同;有的情况下劳动合同已生效,但并没有实际用工,劳动关系尚未建立。因此,违反劳动合同可以分为两种情况:

(1) 违反已经履行的劳动合同。这时劳动关系已建立,违反劳动合同约定,就要按照本法的规定承担违法责任,如第87条规定,用人单位违反本法规定解除或者终止劳动合同的,应当按照第47条规定的经济补偿标准的2倍向劳动者支付赔偿金。

(2) 违反已生效但尚未履行的劳动合同。这时劳动关系尚未建立,劳动合同法没有对这种情况下违反劳动合同的责任作出规定,这就需要合同双方在订立劳动合同时约定。这时劳动合同约定了违约责任的,按约定办,没有约定违约责任的,就无从承担责任。因此,在订立劳动合同时,双方应当在合同中约定履约责任。

(四) 劳动合同的主要内容

《劳动合同法》第17条规定,劳动合同应当具备的条款有:

（1）用人单位的名称、住所和法定代表人或者主要负责人。

（2）劳动者的姓名、住址和居民身份证或者其他有效身份证件号码。

（3）劳动合同期限。

（4）工作内容和工作地点。

（5）工作时间和休息休假。

（6）劳动报酬。

（7）社会保险。

（8）劳动保护、劳动条件和职业危害防护。

（9）法律、法规规定应当纳入劳动合同的其他事项。

此外，用人单位与劳动者可以协商约定试用期、培训、保守商业秘密、补充保险和福利待遇等其他事项。

由于相当一部分劳动者和用人单位对于如何签订劳动合同，劳动合同中应具有哪些内容缺少必要的知识和经验，随意签订了劳动合同，而合同的内容不规范、不完善，从而带来一系列的问题，影响劳动关系的和谐稳定。因此第 17 条规定了劳动合同的必备条款和可备条款，使劳动合同能够明确、全面、具体，更好地规范双方的权利义务。

1. 劳动合同期限

劳动合同期限是双方当事人相互享有权利、履行义务的时间界限，即劳动合同的有效期限，它一般始于合同的生效之日，终于合同的终止之时。《劳动合同法》第 12 条规定，劳动合同分为固定期限劳动合同、无固定期限劳动合同和以完成一定工作任务为期限的劳动合同。签订劳动合同主要是建立劳动关系，但建立劳动关系必须明确期限的长短。劳动合同期限与劳动者的工作岗位、内容、劳动报酬等都有紧密关系，更与劳动关系的稳定紧密相关。合同期限不明确则无法确定合同何时终止，如何给付劳动报酬、经济补偿等，引发争议。因此一定要在劳动合同中加以明确双方签订的是何种期限的劳动合同。

固定期限劳动合同，是指用人单位与劳动者约定合同终止时间的劳动合同。具体是指劳动合同双方当事人在劳动合同中明确规定了合同效力的起始和终止的时间。劳动合同期限届满，劳动关系即告终止。

无固定期限劳动合同，是指用人单位与劳动者约定无确定终止时间的劳动合同。第 14 条规定，用人单位与劳动者协商一致，可以订立无固定期限劳动合同。有下列情形之一，劳动者提出或者同意续订、订立劳动合同的，除劳动者提出订立固定期限劳动合同外，应当订立无固定期限劳动合同：

（1）劳动者在该用人单位连续工作满 10 年的。

（2）用人单位初次实行劳动合同制度或者国有企业改制重新订立劳动合同

时,劳动者在该用人单位连续工作满 10 年且距法定退休年龄不足 10 年的。

（3）连续订立两次固定期限劳动合同,且劳动者没有第 39 条和第 40 条第一项、第二项规定的情形,续订劳动合同的。

用人单位自用工之日起满一年不与劳动者订立书面劳动合同的,视为用人单位与劳动者已订立无固定期限劳动合同。

以完成一定工作任务为期限的劳动合同,是指用人单位与劳动者约定以某项工作的完成为合同期限的劳动合同。某一项工作或工程开始之日,即为合同开始之时,此项工作或工作完毕,合同即告终止。

试用期是指用人单位对新招收的职工进行思想品德、劳动态度、实际工作能力、身体情况等进行进一步考察的时间期限。第 19 条规定,劳动合同期限三个月以上不满一年的,试用期不得超过一个月;劳动合同期限一年以上不满三年的,试用期不得超过两个月;三年以上固定期限和无固定期限的劳动合同,试用期不得超过 6 个月。同一用人单位与同一劳动者只能约定一次试用期。以完成一定工作任务为期限的劳动合同或者劳动合同期限不满三个月的,不得约定试用期。试用期包含在劳动合同期限内。劳动合同仅约定试用期的,试用期不成立,该期限为劳动合同期限。

2. 工作内容和工作地点

工作内容是指劳动法律关系所指向的对象,即劳动者具体从事什么种类或者内容的劳动,这里的工作内容是指工作岗位和工作任务或职责。这一条款是劳动合同的核心条款之一,是建立劳动关系的极为重要的因素。它是用人单位使用劳动者的目的,也是劳动者通过自己的劳动取得劳动报酬的缘由。劳动合同中的工作内容条款应当规定得明确具体,便于遵照执行。如果劳动合同没有约定工作内容或约定的工作内容不明确,用人单位将可以自由支配劳动者,随意调整劳动者的工作岗位,难以发挥劳动者所长,也很难确定劳动者的劳动报酬,造成劳动关系的极不稳定,因此是必不可少的。

工作地点是劳动合同的履行地,是劳动者从事劳动合同中所规定的工作内容的地点。它关系到劳动者的工作环境、生活环境以及劳动者的就业选择,劳动者有权在与用人单位建立劳动关系时知悉自己的工作地点,所以这也是劳动合同中必不可少的内容。

3. 工作时间和休息休假

工作时间是指劳动时间在企业、事业、机关、团体等单位中,必须用来完成其所担负的工作任务的时间。一般由法律规定劳动者在一定时间内（工作日、工作周）应该完成的工作任务,以保证最有效地利用工作时间,不断地提高工作效率。这里的工作时间包括工作时间的长短、工作时间方式的确定,如是 8 小时工作制还是 6 小时工作制,是日班还是夜班,是正常工时还是实行不定时工作制,或者是综合计算工时制。在工作时间上的不同,对劳动者的就业选择、劳动报酬等均有影响,所以是劳动合同不可缺少的内容。

休息休假是指企业、事业、机关、团体等单位的劳动者按规定不必进行工作,而自行支配的时间。休息休假的权利是每个国家的公民都应享受的权利。劳动法中规定,用人单位应当保证劳动者每周至少休息一日。休息休假的具体时间根据劳动者的工作地点、工作种类、工作性质、工龄长短等各有不同,用人单位与劳动者在约定休息休假事项时应当遵守劳动法及相关法律法规的规定。

4. 劳动报酬

劳动合同中的劳动报酬,是指劳动者与用人单位确定劳动关系后,因提供了劳动而取得的报酬。劳动报酬是满足劳动者及其家庭成员物质文化生活需要的主要来源,也是劳动者付出劳动后应该得到的回报。因此,劳动报酬是劳动合同中必不可少的内容。劳动报酬主要包括以下几个方面:

(1) 用人单位工资水平、工资分配制度、工资标准和工资分配形式。

(2) 工资支付办法。

(3) 加班、加点工资及津贴、补贴标准和奖金分配办法。

(4) 工资调整办法。

(5) 试用期及病、事假等期间的工资待遇。

(6) 特殊情况下职工工资(生活费)支付办法。

(7) 其他劳动报酬分配办法。劳动合同中有关劳动报酬条款的约定,要符合我国有关最低工资标准的规定。

5. 社会保险

社会保险是政府通过立法强制实施,由劳动者、劳动者所在的工作单位或社区以及国家三方面共同筹资,帮助劳动者及其亲属在遭遇年老、疾病、工伤、生育、失业等风险时,防止收入的中断、减少和丧失,以保障其基本生活需求的社会保障制度。社会保险由国家成立的专门性机构进行基金的筹集、管理及发放,不以营利为目的。一般包括医疗保险、养老保险、失业保险、工伤保险和生育保险。社会保险强调劳动者、劳动者所在用人单位以及国家三方共同筹资。体现了国家和社会对劳动者提供基本生活保障的责任。劳动者所在用人单位的缴费,使社会保险资金来源避免了单一渠道,增加了社会保险制度本身的保险系数。由于社会保险由国家强制实施,因此成为劳动合同不可缺少的内容。

6. 劳动保护、劳动条件和职业危害防护

劳动保护是指用人单位为了防止劳动过程中的安全事故,采取各种措施来保障劳动者的生命安全和健康。在劳动生产过程中,存在着各种不安全、不卫生因素,如不采取措施加以保护,将会发生工伤事故。例如,矿井作业可能发生瓦斯爆炸、冒顶、水火灾害等事故;建筑施工可能发生高空坠落、物体打击和碰撞等。所有这些,都会危害劳动者的安全健康,妨碍工作的正常进行。国家为了保障劳动者的身体安全和生命健康,通过制定相应的法律和行政法规、规章,规定劳动保护,用人单位也应根据自身的具体情况,规定相应的劳动保护规则,以保证劳动者的健康和安全。

劳动条件,主要是指用人单位为使劳动者顺利完成劳动合同约定的工作任务,为劳动者提供必要的物质和技术条件,如必要的劳动工具、机械设备、工作场地、劳动经费、辅助人员、技术资料、工具书以及其他一些必不可少的物质、技术条件和其他工作条件。

职业危害是指用人单位的劳动者在职业活动中,因接触职业性有害因素如粉尘、放射性物质和其他有毒、有害物质等而对生命健康所引起的危害。根据《职业病防治法》第 30 条的规定,用人单位与劳动者订立劳动合同时,应当将工作过程中可能产生的职业病危害及其后果、职业病防护措施和待遇等如实告知劳动者,并在劳动合同中写明,不得隐瞒或者欺骗。此外,职业病防治法中还规定了用人单位在职业病防护中的义务:用人单位应当为劳动者创造符合国家职业卫生标准和卫生要求的工作环境和条件,并采取措施保障劳动者获得职业卫生保护;应当建立、健全职业病防治责任制,加强对职业病防治的管理,提高职业病防治水平,对本单位产生的职业病危害承担责任;必须采用有效的职业病防护设施,并为劳动者提供个人使用的职业病防护用品;应当对劳动者进行上岗前的职业卫生培训和在岗期间的定期职业卫生培训,普及职业卫生知识,督促劳动者遵守职业病防治法律、法规、规章和操作规程,指导劳动者正确使用职业病防护设备和个人使用的职业病防护用品。

7. 可以在劳动合同中约定的事项

对于某些事项,法律不做强制性规定,由当事人根据意愿选择是否在合同中约定,劳动合同缺乏这种条款不影响其效力,可以将这种条款成为可备条款。法定可备条款是指法律明文规定的劳动合同可以具备的条款。劳动合同的某些内容是非常重要的,关系到劳动者的切身利益,但是这些条款不是在每个劳动合同中都应当具备的,所以法律不能把其作为必备条款,只能在法律中特别地予以提示。

劳动合同除必备条款外,当事人可以协商约定其他内容。根据劳动法中规定:

"劳动合同除前款规定的必备条款外,用人单位与劳动者可以协商约定试用期、培训、保守商业秘密、补充保险和福利待遇等其他事项。"这里所规定的"试用期、培训、保守商业秘密、补充保险和福利待遇"都属于法定可备条款。

1) 试用期

试用期是指对新录用的劳动者进行试用的期限。用人单位与劳动者可以在劳动合同中就试用期的期限和试用期期间的工资等事项做出约定,但不得违反本法有关试用期的规定。第19条对如何确定试用期作出了明确规定,劳动合同的长短、劳动合同的类型不同,试用期的长短也有所不同。第20条对试用期的工资作出了明确规定,即:劳动者在试用期的工资不得低于本单位同岗位最低档工资或者劳动合同约定工资的80%,并不得低于用人单位所在地的最低工资标准。在试用期内,用人单位与劳动者之间的劳动关系尚处于不完全确定的状态。根据第21条规定,在试用期中,除劳动者被证明不符合录用条件外,用人单位不得解除劳动合同。用人单位在试用期解除劳动合同的,应当向劳动者说明理由。

2) 培训

培训是按照职业或者工作岗位对劳动者提出的要求,以开发和提高劳动者的职业技能为目的的教育和训练过程。根据1996年劳动和社会保障部印发的《企业职工培训规定》的规定,职工培训是指企业按照工作需要对职工进行的思想政治、职业道德、管理知识、技术业务、操作技能等方面的教育和训练活动。企业职工培训应以培养有理想、有道德、有文化、有纪律、掌握职业技能的职工队伍为目标,促进企业职工队伍整体素质的提高。企业应建立健全职工培训的规章制度,根据本单位的实际对职工进行在岗、转岗、晋升、转业培训,对新录用人员进行上岗前的培训,并保证培训经费和其他培训条件。职工应按照国家规定和企业安排参加培训,自觉遵守培训的各项规章制度,并履行培训合同规定的各项义务,服从单位工作安排,搞好本职工作。

3) 保守商业秘密

商业秘密是不为大众所知悉,能为权利人带来经济利益,具有实用性并经权利人采取保密措施的技术信息和经营信息。在激烈的市场竞争中,任何一个企业生产经营方面的商业秘密都十分重要。在市场经济条件下,企业用人和劳动者选择职业都有自主权,有的劳动者因工作需要,了解或掌握了本企业的技术信息或经营信息等资料,如果企业事先不向劳动者提出保守商业秘密、承担保密义务的要求,有的劳动者就有可能带着企业的商业秘密另谋职业,通过擅自泄露或使用原企业的商业秘密,以谋取更高的个人利益,如果没有事先约定,企业往往难以通过法律讨回公道,从而使企业遭受重大经济损失。因此,用人单位可以在合同中就保守商业秘密的具体内容、方式、时间等,与劳动者约定,防止自己的商业秘密被侵占或泄露。

4）补充保险

补充保险是指除了国家基本保险以外,用人单位根据自己的实际情况为劳动者建立的一种保险,它用来满足劳动者高于基本保险需求的愿望,包括补充医疗保险、补充养老保险等。补充保险的建立依用人单位的经济承受能力而定,由用人单位自愿实行,国家不作强制的统一规定,只要求用人单位内部统一。用人单位必须在参加基本保险并按时足额缴纳基本保险费的前提下,才能实行补充保险。因此补充保险的事项不作为合同的必备条款,由用人单位与劳动者自行约定。

5）福利待遇

随着市场经济的发展,用人单位给予劳动者的福利待遇也成为劳动者收入的重要指标之一。福利待遇包括住房补贴、通讯补贴、交通补贴、子女教育等。不同的用人单位福利待遇也有所不同,福利待遇已成为劳动者就业选择的一个重要因素。

（五）劳动合同的解除

1. 协商解除劳动合同

劳动合同的解除,是指劳动合同在订立以后,尚未履行完毕或者未全部履行以前,由于合同双方或者单方的法律行为导致双方当事人提前消灭劳动关系的法律行为。可分为协商解除、法定解除和约定解除三种情况。协商解除,是指用人单位与劳动者在完全自愿的情况下,互相协商,在彼此达成一致意见的基础上提前终止劳动合同的效力。第 36 条规定,用人单位与劳动者协商一致,可以解除劳动合同。协商解除劳动合同过程中,用人单位要按照第 46 条第（二）项和《违反和解除劳动合同的经济补偿办法》的规定,如果用人单位提出解除劳动合同的,应依法向劳动者支付经济补偿金。

2. 劳动者单方解除劳动合同

在劳动关系中,劳动者相对于用人单位而言始终处于弱势地位,从保护劳动者权益出发,法律赋予了劳动者单方解除劳动合同的权利。第 37 条规定,劳动者提前 30 日以书面形式通知用人单位,可以解除劳动合同。劳动者在试用期内提前 3 日通知用人单位,可以解除劳动合同。劳动者在行使解除劳动合同权利的同时必须遵守法定的程序,主要体现在:① 遵守解除预告期;② 书面形式通知用人单位。如果劳动者违反法律法规规定的条件解除劳动合同,给用人单位造成经济损失的,还应当承担赔偿责任。劳动者提出解除劳动合同的,用人单位可以不给付经济补偿金。

因用人单位的过错劳动者可以解除劳动合同的规定。社会上一些用人单位,任意克扣职工工资,停发、少发甚至完全不发工资,不为职工缴纳社会保险费,有的用人单位为了赚钱不顾劳动者死活,让职工在有毒气体、无防护设备等恶劣的生产环境下劳动,导致职工中毒生病、死亡或残废。针对这种情况,为保护劳动者的合法权益,劳动法中明确规定,劳动者享有特别解除权,可无条件与用人单位解除劳动合同。特别解除权是劳动者无条件单方解除劳动合同的权利,是指如果出现了法定的事由,劳动者无需向用人单位预告就可通知用人单位解除劳动合同。当然只限于在用人单位有过错行为的情况下允许劳动者行使特别解除权。

3. 用人单位单方解除劳动合同

1) 过失性辞退

因劳动者的过失而使用人单位单方解除劳动合同。《劳动合同法》在赋予劳动者单方解除权的同时,也赋予用人单位对劳动合同的单方解除权,以保障用人单位的用工自主权,但为了防止用人单位滥用解除权,随意与劳动者解除劳动合同,立法上严格限定企业与劳动者解除劳动合同的条件,保护劳动者的劳动权。禁止用人单位随意或武断地与劳动者解除劳动合同。第 39 条规定,劳动者有下列情形之一的,用人单位可以解除劳动合同:

(1) 在试用期间被证明不符合录用条件的。
(2) 严重违反用人单位的规章制度的。
(3) 严重失职,营私舞弊,给用人单位造成重大损害的。
(4) 劳动者同时与其他用人单位建立劳动关系,对完成本单位的工作任务造成严重影响,或者经用人单位提出,拒不改正的。
(5) 因第 26 条第一款第一项规定的情形致使劳动合同无效的。
(6) 被依法追究刑事责任的。

2) 无过失性辞退

用人单位根据劳动合同履行中客观情况的变化而解除劳动合同。这里的客观情况既包括用人单位的,也有劳动者自身的原因。前者可能是由于经营上的原因发生困难,亏损或业务紧缩;也可能因为市场条件、国际竞争、技术革新等造成工作条件的改变而导致使用劳动者数量下降。后者则是由于原本胜任的工作在用人单位采取自动化或新生产技术后不能胜任,或者是因为身体原因不能胜任。第40条对因客观情况变化导致劳动合同解除规定了"提前通知"或"额外支付劳动者一个月工资",目的在于对劳动者的保护,为劳动者寻找新的工作提供必要的时间保障。

3) 经济性裁员

经济性裁员就是指企业由于经营不善等经济性原因,解雇多个劳动者的情形。它是用人单位行使解除劳动合同权的主要方式之一。劳动合同法允许一定条件下用人单位进行经济性裁员,其原因是法律赋予了企业享有经营自主权。但是,第41条规定,用人单位依照企业破产法规定进行重整规定进行裁减人员的,在6个月内重新招用人员的,应当通知被裁减的人员,并在同等条件下优先招用被裁减的人员。

4. 用人单位不得解除劳动合同的情形

根据《劳动合同法》第39条、第40条、第41条的规定,出现法定情形时,用人单位可以单方解除劳动合同。为保护一些特定群体劳动者的合法权益,《劳动合同法》第42条同时又规定在六类法定情形下,禁止用人单位根据劳动合同法第40条、第41条的规定单方解除劳动合同。

第42条规定,劳动者有下列情形之一的,用人单位不得依照第40条、第41条的规定解除劳动合同:

(1) 从事接触职业病危害作业的劳动者未进行离岗前职业健康检查,或者疑似职业病病人在诊断或者医学观察期间的。

(2) 在本单位患职业病或者因工负伤并被确认丧失或者部分丧失劳动能力的。

(3) 患病或者非因工负伤,在规定的医疗期内的。

(4) 女职工在孕期、产期、哺乳期的。

(5) 在本单位连续工作满15年,且距法定退休年龄不足5年的。

(6) 法律、行政法规规定的其他情形。

对用人单位不得解除劳动合同的规定要注意两个方面:

(1) 第42条禁止的是用人单位单方解除劳动合同,并不禁止劳动者与用人单位协商一致解除劳动合同。

(2) 第42条的前提是用人单位不得根据劳动合同法第40条、第41条解除劳动合同,即使劳动者具备了规定的6种情形之一,用人单位仍可以根据劳动合同法第39条的规定解除合同。

四、社会保险制度

党中央、国务院始终高度重视发展社会保险事业。改革开放以来,我国社会保险事业取得长足进展:制度逐步建立和完善,覆盖范围不断扩大,基金收支规模持续增长,经办管理服务不断加强,各项待遇水平稳步提高,为保障人民基本生活、促进经济发展、维护社会稳定、构建社会主义和谐社会发挥了积极作用。

(一) 社会保险的概念和特征

社会保险是指国家通过颁布法律,对社会全体公民或一定范围内的劳动者的生、老、病、死、伤残、失业以及在生活中出现的其他困难,依法给予一定的物质帮助,保证公民和劳动者的基本生活需要的一种社会制度。社会保险是社会保障体系中最重要的项目,是社会保障的核心,社会保险具有下列基本特征。

1. 强制性

社会保险是以国家法律保证其强制实施的,参加社会保险的成员资格是由国家通过立法确认的,在国家法律法规指定的范围内,每一个社会成员或劳动者都必须依法参加社会保险,每个劳动者或受保人都必须根据法律规定缴纳保险费。

2. 保障性

社会保险是根据国家法律规定,强调个人缴费(税),筹集社会保险基金,未雨绸缪,对劳动者和社会成员的各种劳动风险进行事先预防。当劳动者遇到年老、患病、负伤、残疾、生育、死亡和失业等风险时,保障其基本生活需要。

3. 福利性

社会保险是政府和社会为公众服务的一项社会公益事业,其经营管理的最终目的是促进社会公平、促进全社会的经济发展与社会进步。所有参加社会保险的劳动者都能依法从国家及社会获得一定的物质帮助,从而保障其获得基本生活需要。这些支付和服务都是非营利的。

4. 互济性

互济作用是社会保险最重要的特征。所谓互济性,就是指通过社会保险制度的实施,实现社会的"一人为大家,大家为一人"的互济性社会协议。社会保险的互济性贯穿在保险基金的筹集、管理、支付全过程之中,依靠国家、单位和劳动者三方共同筹资,充分发挥社会保险的互济作用。

（二）社会保险的主要内容

在我国现阶段，社会保险的内容包括五大险种。

1. 养老保险

养老保险，是指劳动者在达到法定退休年龄退休后，从政府和社会得到一定的经济补偿、物质帮助和服务的一项社会保险制度。我国养老保险实行社会统筹与个人账户相结合的模式，通过建立养老保险基金，保障劳动者退休后的基本生活。

养老保险的产生与发展，是与国家的政治、经济和社会文化紧密结合在一起的，它是社会化大生产的产物，也是社会进步的标志。目前，世界上实行养老保险制度的国家可分为三种类型，即投保资助型（也叫传统型）养老保险、强制储蓄型养老保险（也称公积金模式）和国家统筹型养老保险。我国是一个发展中国家，经济还不发达，为了使养老保险既能发挥保障生活和安定社会的作用，又能适应不同经济条件的需要，以利于劳动生产率的提高。为此，创造性地实施了"社会统筹与个人账户相结合"的基本养老保险改革模式。

我国的养老保险由三个部分（或层次）组成：第一部分是基本养老保险；第二部分是企业补充养老保险；第三部分是个人储蓄性养老保险。

基本养老保险亦称国家基本养老保险，是按国家统一政策规定强制实施的为保障广大离退休人员基本生活需要的一种养老保险制度。我国在 20 世纪 90 年代之前，企业职工实行的是单一的养老保险制度。1991 年，《国务院关于企业职工养老保险制度改革的决定》中明确提出："随着经济的发展，逐步建立起基本养老保险与企业补充养老保险和职工个人储蓄性养老保险相结合的制度。"从此，我国逐步建立起多层次的养老保险体系。在这种多层次养老保险体系中，基本养老保险可称为第一层次，也是最高层次。

企业补充养老保险是指由企业根据自身经济实力，在国家规定的实施政策和实施条件下为本企业职工所建立的一种辅助性的养老保险。它居于多层次的养老保险体系中的第二层次，由国家宏观指导、企业内部决策执行。企业补充养老保险与基本养老保险既有区别又有联系。其区别主要体现在两种养老保险的层次和功能上的不同，其联系主要体现在两种养老保险的政策和水平相互联系、密不可分。企业补充养老保险由劳动保障部门管理，单位实行补充养老保险，应选择经劳动保障行政部门认定的机构经办。企业补充养老保险的资金筹集方式有现收现付制、部分积累制和完全积累制三种。企业补充养老保险费可由企业完全承担，或由企业和员工双方共同承担，承担比例由劳资双方协议确定。企业内部一般都设有由劳、资双方组成的董事会，负责企业补充养老保险事宜。

1) 基本养老保险费的筹集

坚持社会统筹与个人账户相结合的基本养老保险制度,基本养老保险费由企业和职工共同负担。企业依法缴纳基本养老保险费,缴费比例一般不得超过企业工资总额的 20%。《试点方案》规定,企业缴费目前高于 20% 的地区,可暂维持不变。企业缴费部分不再划入个人账户,全部纳入社会统筹基金,并以省(自治区、直辖市)为单位进行调剂。养老保险社会统筹基金纳入财政专户,实行收支两条线管理,不能占用个人账户基金,严禁截留、挤占、挪用。职工个人账户规模为本人缴费工资的 11%,其中 8% 由个人缴纳,3% 为企业缴费划入。《试点方案》规定,个人账户规模由本人缴费工资的 11% 调整为 8%。个人账户储存额的多少,取决于个人缴费额和个人账户基金收益,并由社会保险经办机构定期公布。个人账户基金只用于职工养老,不得提前支取。职工跨统筹范围流动时,个人账户随同转移。职工或退休人员死亡,个人账户可以继承。个人账户基金由省级社会保险经办机构统一管理,按国家规定存入银行,全部用于购买国债,以实现保值增值,收益率要高于银行同期存款利率。

2) 职工领取基本养老金的条件

职工按月领取基本养老金的条件,一是达到法定退休年龄,并已办理退休手续;二是所在单位和个人依法参加养老保险并履行了养老保险缴费义务;三是个人缴费至少满 15 年(过渡期内缴费年限包括视同缴费年限)。符合上述条件的人员,按月支付养老金。目前,我国的企业职工法定退休年龄为:男职工 60 岁;从事管理和科研工作的女职工 55 岁;从事生产和工勤辅助工作的女职工 50 岁。基本养老金领取者死亡后,其遗属按国家有关规定领取丧葬补助金,丧葬补助金由基本养老保险社会统筹基金支付。基本养老金水平的调整,由劳动和社会保障部和财政部参照城市居民生活费用价格指数和在职职工工资增长情况,提出方案报国务院审定后统一组织实施。

2. 医疗保险

医疗保险是指保障劳动者及其供养亲属非因工患病或负伤后在医疗上获得物质帮助的一种社会保险制度。

我国基本医疗保险的制度模式是社会统筹与个人账户相结合。社会统筹是指对基本医疗保险基金实行统一筹集、统一管理、统一调剂、统一使用。个人账户是参保人用于储蓄个人医疗资金并用于支付一定范围的医疗保险费用的专门账户。建立个人账户,有利于强化对供需双方的制约作用,较为有效地遏制医疗资源的浪费,促使参保人在年轻健康时为年老多病时积累医疗保险保险金,缓解参保人个人患重病、大病以及将来年老时医疗费用支出的压力。

统账结合机制的建立,使个人账户和统筹基金优势互补、相得益彰,既可以发挥基本医疗保险基金的均衡负担、分散风险、互助共济的作用,又可以发挥个人医疗账户的积累作用,增加个人节约医疗费用的意识和自我保障的能力。

我国基本医疗保险制度的主要内容如下:

(1)建立新的筹资机制,医疗保险费用由用人单位和职工共同负担医疗保险费由用人单位和职工个人双方共同缴纳。

用人单位缴费率控制在工资总额的6%左右,职工个人缴费比例一般为本人工资的2%。各统筹地区的具体筹资标准由当地政府确定。筹资标准随今后经济发展可作相应调整。

(2)建立统筹基金与个人账户相结合的管理模式。

用人单位缴纳的基本医疗保险费分为两部分,一部分用于建立统筹基金,另一部分即单位缴费的30%左右划入职工个人账户,具体划入比例由统筹地区根据个人账户的支付范围和职工年龄等因素确定。职工缴纳的基本医疗保险费,全部计入个人账户。个人账户的本金和利息归个人所有,但只能用于支付本人的医疗费。

(3)划分统筹基金和个人账户的支付范围和支付办法。

统筹基金主要用于支付大额和住院医疗费用,个人账户主要支付小额和门诊医疗费用。统筹基金支付医疗费用时,要按照"以收定支,收支平衡"的原则,确定起付标准和最高支付限额。起付标准原则上控制在当地职工年平均工资的10%左右,最高支付限额原则上控制在当地职工年平均工资的4倍左右。统筹基金起付标准以下的医疗费用由个人账户支付,不足部分由个人自付;起付标准以上、最高支付限额以下的医疗费用,主要从统筹基金中支付,但个人也要负担一定的比例。超过最高支付限额以上的医疗费用,不再由统筹基金支付,而是通过企业补充医疗保险、公务员医疗补助、商业医疗保险等途径解决。

(4)基本医疗保险管理和服务实现社会化。

基本医疗保险管理服务社会化的标志,一是各统筹地区要建立独立于企业事业单位的、政府主管的医疗保险经办机构,负责基本医疗保险基金的收缴、管理和支付;二是在一个较大的地域范围进行统筹。在这一范围内,所有单位及其职工都要按照属地管理的原则,参加所在统筹地区的基本医疗保险,执行统一政策,基金统一筹集、管理和使用。基本医疗保险统筹范围原则上以地级以上行政区为统筹单位,也可以以县(市)为统筹单位,直辖市原则上在全市范围内实行统筹。

(5)健全医疗保险基金管理和监督机制。

加强医疗保险基金的管理和监督,一是基本医疗保险基金必须纳入财政专户管理,做到专款专用,任何单位和个人都不得挤占和挪用;二是社会保险经办机构的事业经费由各级财政预算解决,不得从基本医疗保险基金中提取;三是基本医疗保险统筹基金不能出现赤字,要以收定支,量入为出,收支平衡。必须建立健全医疗保险基金的预决算制度、财务会计制度和社会保险经办机构内部审计制度。

(6) 强化医疗服务管理,发展社区卫生服务事业。

强化医疗服务管理的主要政策包括:基本医疗保险实行定点医疗机构和定点药店管理,并制定科学合理的医疗费用结算办法;职工可在定点医疗机构就医、购药、也可持处方到定点药店购药。制定基本医疗保险的药品目录、诊疗项目和医疗服务设施标准及相应的管理办法,不符合药品目录、诊疗项目和医疗服务设施标准范围的医疗费用,不在基本医疗保险统筹基金的支付之列。实行医、药分开核算,分别管理。按照区域卫生规划的要求,推进医疗卫生服务体系结构调整,加快医疗机构改革,规范医疗行为,减员增效,提高卫生资源的利用效率。要加快发展社区卫生服务,建立社区卫生服务机构与医院的双向转诊制度,形成布局合理、方便职工的医疗卫生服务网络。

(7) 妥善解决特殊群体的医疗待遇。

离休人员、老红军、二等乙级以上革命伤残军人的医疗保险待遇不变,医疗费用按原资金渠道解决,支付确有困难的,同级人民政府帮助解决。退休人员参加基本医疗保险,个人不缴纳基本医疗保险费;对退休人员个人账户的计入金额和个人负担医疗费的比例给予适当照顾。国家公务员参加基本医疗保险,执行统一的基本医疗保险政策和待遇标准,在此基础上享受医疗补助。国有企业下岗职工的基本医疗保险费,由再就业服务中心按当地职工平均工资的 60% 为基数代职工缴纳,并享受相应的医疗保险待遇。

3. 生育保险

生育保险是指保障女职工因怀孕和分娩而从社会上获得物质帮助的一种保险制度。生育保险具有以下特点:

(1) 生育保险享受的对象主要是女职工。随着社会经济的发展,有些地区允许在女职工生育后,给予丈夫一定的有薪假期。

(2) 生育保险提供的医疗服务一般不需要特殊治疗。生育所引起的暂时丧失劳动能力,一般属于正常的生理改变。

(3) 生育保险实行产前与产后都享受的原则。女职工怀孕后,在临产前一段时间,由于行动不便,已经不能正常工作;分娩以后,需要休息一段时间以便身体恢复和照顾婴儿。所以,生育保险的假期等待遇包括产前和产后。

(4) 生育保险不仅仅是为了弥补女职工生育期间的收入损失,更是对女职工担当劳动力扩大再生产和人类世代延续的社会责任给予肯定和尊重。

生育保险的待遇主要有:劳动法规定女职工正常生育,给予产假 90 天(其中产前假 15 天);难产者加假期 15 天,多胞胎生育,每多生一个婴儿,增加产假 15

天;产假期间工资照发。女职工生育的检查费、接生费、手术费、住院费和药费由生育保险基金支付。

4. 工伤保险

工伤保险是依法对因工负伤、致残、死亡而暂时或永久丧失劳动能力的劳动者及其所供养的直系亲属所给予必要的物质帮助。

按相关法规规定,用人单位应当参加工伤保险,为本单位全部职工或者雇工缴纳工伤保险费。此项费用由用人单位按时缴纳,而不是由职工个人承担。我国境内的各类企业的职工和个体工商户的雇工,均有享受工伤保险待遇的权利。

2004年1月1日开始生效的《工伤保险条例》对享受工伤保险的条件和工伤保险待遇作出了明确规定。

享受工伤保险待遇的条件是职工因公伤残或者患职业病,具体分为"应当认定为工伤"和"视同工伤"两种。

应当认定为工伤的有:

(1) 在工作时间和工作场所内,因工作原因受到事故伤害的。

(2) 工作时间前后在工作场所内,从事与工作有关的预备性或者收尾性工作受到事故伤害的。

(3) 在工作时间和工作场所内,因履行工作职责受到暴力等意外伤害的。

(4) 患职业病的。

(5) 因工外出期间,由于工作原因受到伤害或者发生事故下落不明的。

(6) 在上下班途中,受到机动车事故伤害的。

(7) 法律、行政法规规定应当认定为工伤的其他情形。

视同工伤的有:

(1) 在工作时间和工作岗位,突发疾病死亡或者在48小时之内经抢救无效死亡的。

(2) 在抢险救灾等维护国家利益、公共利益活动中受到伤害的。

(3) 职工原在军队服役,因战、因公负伤致残,已取得革命伤残军人证,到用人单位后旧伤复发的。职工有视同工伤第(1)项、第(2)项情形的,享受工伤保险待遇;职工有前款第(3)项情形的,享受除一次性伤残补助金以外的工伤保险待遇。

同时该条例还明确规定,职工有下列情形之一的,不得认定为工伤或者视同工伤:

(1) 因犯罪或者违反治安管理伤亡的。

(2) 醉酒导致伤亡的。

(3) 自残或者自杀的。

职工因工作遭受事故伤害或者患职业病进行治疗,享受工伤医疗待遇。治疗

工伤所需费用符合工伤保险诊疗项目目录、工伤保险药品目录、工伤保险住院服务标准的,从工伤保险基金支付。具体规定为:

(1) 职工住院治疗工伤的,由所在单位按照本单位因公出差伙食补助标准的70%发给住院伙食补助费;经医疗机构出具证明,报经办机构同意,工伤职工到统筹地区以外就医的,所需交通、食宿费用由所在单位按照本单位职工因公出差标准报销。

(2) 工伤职工到签订服务协议的医疗机构进行康复性治疗的费用,符合规定的,从工伤保险基金支付。

(3) 工伤职工因日常生活或者就业需要,经劳动能力鉴定委员会确认,可以安装假肢、矫形器、义眼、义齿和配置轮椅等辅助器具,所需费用按照国家规定的标准从工伤保险基金支付。

(4) 职工因工作遭受事故伤害或者患职业病需要暂停工作接受工伤医疗的,在停工留薪期内,原工资福利待遇不变,由所在单位按月支付。停工留薪期一般不超过 12 个月。工伤职工在停工留薪期满后仍需治疗的,继续享受工伤医疗待遇。生活不能自理的工伤职工在停工留薪期需要护理的,由所在单位负责。

(5) 工伤职工已经评定伤残等级并经劳动能力鉴定委员会确认需要生活护理的,从工伤保险基金按月支付生活护理费。生活护理费按照生活完全不能自理、生活大部分不能自理或者生活部分不能自理 3 个不同等级支付,其标准分别为统筹地区上年度职工月平均工资的 50%、40% 或者 30%。

(6) 职工因工致残被鉴定为一级至四级伤残的(完全丧失劳动能力),保留劳动关系,退出工作岗位,享受以下待遇:

① 从工伤保险基金按伤残等级支付一次性伤残补助金,标准为:一级伤残为24 个月的本人工资;二级伤残为 22 个月的本人工资;三级伤残为 20 个月的本人工资;四级伤残为 18 个月的本人工资。

② 从工伤保险基金按月支付伤残津贴,标准为:一级伤残为本人工资的90%;二级伤残为本人工资的 85%;三级伤残为本人工资的 80%;四级伤残为本人工资的 75%。伤残津贴实际金额低于当地最低工资标准的,由工伤保险基金补足差额。

③ 工伤职工达到退休年龄并办理退休手续后,停发伤残津贴,享受基本养老保险待遇。基本养老保险待遇低于伤残津贴的,由工伤保险基金补足差额。

(7) 职工因工致残被鉴定为五级、六级伤残的(大部分丧失劳动能力),享受以下待遇:

① 从工伤保险基金按伤残等级支付一次性伤残补助金,标准为:五级伤残为16 个月的本人工资,六级伤残为 14 个月的本人工资。

② 保留与用人单位的劳动关系,由用人单位安排适当工作。难以安排工作

的,由用人单位按月发给伤残津贴,标准为:五级伤残为本人工资的70%,六级伤残为本人工资的60%,并由用人单位按照规定为其缴纳应缴纳的各项社会保险费。伤残津贴实际金额低于当地最低工资标准的,由用人单位补足差额。经工伤职工本人提出,该职工可以与用人单位解除或者终止劳动关系,由用人单位支付一次性工伤医疗补助金和伤残就业补助金。

(8) 职工因工致残被鉴定为七级至十级伤残的(部分丧失劳动能力),享受以下待遇:

① 从工伤保险基金按伤残等级支付一次性伤残补助金,标准为:七级伤残为12个月的本人工资;八级伤残为10个月的本人工资;九级伤残为8个月的本人工资;十级伤残为6个月的本人工资。

② 劳动合同期满终止,或者职工本人提出解除劳动合同的,由用人单位支付一次性工伤医疗补助金和伤残就业补助金。

(9) 职工因工死亡,其直系亲属按照下列规定从工伤保险基金领取丧葬补助金、供养亲属抚恤金和一次性工亡补助金。

① 丧葬补助金为6个月的统筹地区上年度职工月平均工资。

② 供养亲属抚恤金按照职工本人工资的一定比例发给由因工死亡职工生前提供主要生活来源、无劳动能力的亲属。标准为:配偶每月40%,其他亲属每人每月30%,孤寡老人或者孤儿每人每月在上述标准的基础上增加10%,核定的各供养亲属的抚恤金之和不应高于因工死亡职工生前的工资。

③ 一次性工亡补助金标准为:48～60个月的统筹地区上年度职工月平均工资。伤残职工在停工留薪期内因工伤导致死亡的,其直系亲属享受以上三项规定的待遇。一级至四级伤残职工在停工留薪期满后死亡的,其直系亲属可以享受第①项、第②项规定的待遇。

(10) 工伤职工有下列情形之一的,停止享受工伤保险待遇:

① 丧失享受待遇条件的。

② 拒不接受劳动能力鉴定的。

③ 拒绝治疗的。

④ 被判刑正在收监执行的。

5. 失业保险

失业保险,我国又称待业保险,是指劳动者在失业期间,由国家和社会给予一定物质帮助,以保障其基本生活并促进其再就业的一种保险制度。1999年,国务院颁布《失业保险条例》,劳动保障部和各地相继制定了配套规章及规范性文件。以《条例》为核心的失业保险制度体系基本形成。

构成失业保险的物质基础是失业保险基金,它由下列各项构成:

（1）城镇企业事业单位、城镇企业事业单位职工缴纳的失业保险费。

（2）失业保险基金的利息。

（3）财政补贴。

（4）依法纳入失业保险基金的其他资金。

失业保险基金必须存入财政部门在国有商业银行开设的社会保障基金财政专户，实行收支两条线管理，由财政部门依法进行监督。城镇企业事业单位按照本单位工资总额的2％缴纳失业保险费，城镇企业事业单位职工按照本人工资的1％缴纳失业保险费，城镇企业事业单位招用的农民合同制工人本人不缴纳失业保险费。

失业保险基金用于支出的项目为：

（1）失业保险金。

（2）领取失业保险金期间的医疗补助金。

（3）领取失业保险金期间死亡的失业人员的丧葬补助金和其供养的配偶、直系亲属的抚恤金。

（4）领取失业保险金期间接受职业培训、职业介绍的补贴，补贴的办法和标准由省、自治区、直辖市人民政府规定。

（5）国务院规定或者批准的与失业保险有关的其他费用。

根据《失业保险条例》的规定，享受失业保险待遇的条件主要有：失业者依法参加失业保险，用人单位和个人交费满12个月；非本人意愿失业；已经办理失业登记，并有求职要求。此外，农民合同制工人连续工作满1年，用人单位已经缴纳了失业救济金。失业人员在领取失业保险金期间，按照规定同时享受其他失业保险待遇。

失业人员在领取失业保险金期间有下列情形之一的，停止领取失业保险金，并同时停止享受其他失业保险待遇：

（1）重新就业的。

（2）应征服兵役的。

（3）移居境外的。

（4）享受基本养老保险待遇的。

（5）被判刑收监执行或者被劳动教养的。

（6）无正当理由，拒不接受当地人民政府指定的部门或者机构介绍的工作的。

（7）有法律、行政法规规定的其他情形的。

失业救济金的发放以职工失业前所在单位和本人按照规定累计缴费时间为依据：累计缴费时间满1年不足5年的，领取失业保险金的期限最长为12个月；累计缴费时间满5年不足10年的，领取失业保险金的期限最长为18个月；累计缴费时间10年以上的，领取失业保险金的期限最长为24个月。重新就业后，再次失业的,缴费时间重新计算,领取失业保险金的期限可以与前次失业应领取而尚未领取的失业保险金的期限合并计算,但是最长不得超过 24 个月。

五、劳动争议处理制度

生产力的发展要求有与之相适应的生产关系。劳动过程中必然要形成一定的劳动关系。维护和调节劳动关系,调解劳动过程中出现的各种矛盾,要靠教育、道德、纪律和法律等多种手段。劳动关系中的矛盾,经常地、主要地发生在生产者与管理者、雇员与雇主、个人与单位之间。为了调节和处理他们之间的关系,各级政府设有劳动争议仲裁委员会,办事机构设在劳动和社会保障部门。

由于在劳动过程中出现争议、纠纷是不可避免的,因而建立劳动争议仲裁制度是十分必要的。我国的劳动争议仲裁制度,是劳动制度改革中建立的一项重要劳动法律制度。当发生劳动争议时,争议的当事人可以要求仲裁部门给予解决,一般首先要求双方协商解决,或者由仲裁部门进行调解解决;如果仍不能解决,可由仲裁委员会组成仲裁庭,按少数服从多数的原则作出仲裁决议;如果一方不服裁决,可向法庭起诉,通过审判解决。在仲裁和审判中,仍可以进行协商调解。

(一) 劳动争议处理的概念和原则

劳动争议处理制度,是通过国家立法,将劳动争议处理原则、机构、人员和程序作为制度确定下来,成为劳动法制的组成部分。

处理劳动争议的普遍原则是"公正、及时、有效",处理劳动争议的法律和政策均提倡"通过协商,取得一致"的原则,协商是处理劳动争议的首要措施和程序。在争议处于激化状态、对立状态和利益冲突较大的情况下,协商不能解决问题,需要第三者或中间人介入劳动争议的处理过程。第三者可以是个人,如调解人;也可以是机构,如仲裁委员会。

(二) 劳动争议处理的方式

1. 协商

劳动争议发生后,当事人首先应当协商解决,如不愿意协商解决的可以申请调解。

2. 调解

即在争议双方主体自我协商失败的情况下,第三者介入争议处理过程,并可以提出自己的建议,促使双方当事人达成和解协议。

3. 仲裁

即在争议双方主体自我协商失败的情况下,第三者介入争议处理过程,并可以作出处理争议的决定(公断)。仲裁人更接近于法官,具有仲裁决定权。实践中有自愿仲裁和强制性仲裁两种情况。

自愿仲裁　是以当事人之间是否存在协议和是否接受裁决为仲裁决定的生效条件。如争议双方当事人之间签订了协议,因履行该协议发生了争议,该争议的裁决必须得到双方当事人的自愿接受。进行裁决的全过程必须遵循自愿的原则。根据一方当事人的请求作出的裁决,或根据官方决定作出的裁决,只要双方当事人接受了这个裁决,也可以被认为是自愿裁决。

强制仲裁　不以当事人之间存在协议和是否接受裁决为生效条件。从我国法律、法规的规定看,我国目前实行的是强制仲裁制度。县级以上劳动行政单位设立的劳动争议仲裁委员会,是处理劳动争议的主要机构。

4. 诉讼

劳动争议诉讼,即劳动争议当事人向人民法院的起诉、上诉以至人民法院对劳动争议案件的终局审理等全过程。它是我国"人民法院终局审理劳动争议案件原则"在劳动争议处理过程中的实际运用,是我国司法审判制度的组成部分。劳动争议诉讼是当事人不服从劳动争议仲裁决定后的司法求助。劳动争议当事人对仲裁裁决不服的,可以自收到仲裁裁决书之日起 15 日内向人民法院提起诉讼。

人民法院审理劳动争议案件时,当事人有权申请回避,进行辩论,收集、提供证据,请求调解,提起上诉,申请强制执行。

第三节　大学毕业生就业权益及其保护

根据国家有关法律和政策精神,大学毕业生和接受大学毕业生单位还具有如下权利和义务。

一、大学毕业生的权利和义务

(一) 大学毕业生的权利

(1) 大学毕业生有了解国家就业方针、政策和学校有关就业规定的权利。

大学毕业生为了在择业、就业过程中规范好自己的行为,正确行使自己的权利,应当在就业前充分了解国家有关的就业方针、政策和学校的就业规定。学校主管毕业生就业的部门有责任和义务把国家的就业政策及学校的就业规定告诉大学毕业生,就业指导人员应耐心细致地解答大学毕业生提出的有关就业方面的政策性问题。

（2）接受毕业教育和就业指导的权利。

毕业教育和就业指导是高校教学工作的重要组成部分。学校通过各种形式对大学毕业生进行毕业教育和就业指导,使学生了解国家就业方针、政策,树立正确的择业观。并教育大学毕业生以国家利益为重,处理好国家利益与个人发展的关系,自觉服从国家需要,到基层去,到艰苦的地方去。培养学生正确的人生观、价值观、择业观。

（3）大学毕业生有权参加各类毕业生就业供需见面会和双向选择活动,有权在国家就业政策规定范围内自主选择用人单位。

大学毕业生在择业过程中选择哪个用人单位完全由毕业生本人决定,其他人无权干涉或强迫毕业生选择本人不愿意的单位。

（4）大学毕业生有了解用人单位情况的权利。

大学毕业生在择业过程中有权了解用人单位的所有制性质、经营项目、主管部门、职位、经济效益、用人特点、工资待遇、奖金数额、福利待遇、职位职权、内部结构等。

（5）大学毕业生有单方面提出变更或解除原协议的权利。

大学毕业生用人单位签订就业协议后,由于特殊原因,不能或不适合到已签约的用人单位工作时,大学毕业生在依照就业协议书中有关条款的规定的前提下,可提出变更或解除原协议。

（6）对用人单位单方面提出变更或解除原协议的,大学毕业生有要求用人单位承担违约责任和赔偿损失的权利。

有的用人单位在大学毕业生与用人单位签订就业协议后,由于各种原因不能正常履行就业协议而提出变更或解除原协议,有可能给大学毕业生带来巨大的损失。在这种情况下,用人单位应对大学毕业生承担违约责任,还应给大学毕业生一定的经济赔偿。对于那些一心一意去协议单位的大学毕业生,在签订就业协议时,可以与用人单位对承担违约责任的赔偿的金额进行约定。

（7）大学毕业生在签订协议后,有拒绝其他方向自己收取不合理费用的权利。

大学毕业生在签订就业协议后,有拒绝用人单位、学校向自己收取协议条款未商定的和国家就业政策不允许的任何不合理费用的权利。

（二）大学毕业生的义务

大学毕业生有执行国家就业方针、政策和根据需要为国家服务的义务。大学毕业生既有自主择业的权利,又有服从国家需要的义务。大学毕业生应认真执行国家方针、政策,从大局出发,服从国家需要,为西部大开发和国家重点建设工程作贡献。

(1) 大学毕业生有如实地向用人单位介绍自己基本情况的义务。

大学毕业生应如实介绍自己的基本情况,不许弄虚作假。因用人单位在招聘毕业生时,要对大学毕业生的德、智、体、美各方向作全面、细致的了解。

(2) 大学毕业生有自觉履行就业协议,按照规定期限及时到用人单位报到的义务。

大学毕业生应按协议书的有关条款切实履行赴岗就业前的各项准备工作,如进行毕业前的身体检查,办理离校时的各项离校手续,按时到用人单位报到等。因为,大学毕业生的就业协议经批准并报经大学毕业生就业分配主管部门审批后,就列入了国家就业计划,这是一件非常严肃的事情,而且带有一定的强制性,所以,大学毕业生一定要认真对待。

(3) 大学毕业生有配合学校做好毕业总结及毕业鉴定的义务。

根据教育部的有关就业规定,高校毕业生在离校前,要根据国家的有关规定,结合大学毕业生在校期间及生产实习期间各方面的表现,客观地对毕业作出鉴定。

(4) 大学毕业生有保护学校知识产权的义务。

部分大学毕业生在校学习期间,可能了解到学校一些科技成果,甚至参与成果的研究和开发,大学毕业生应注意保护学校的知识产权,不能以此作为与用人单位签约的筹码和作为选择用人单位的前提条件;否则,将侵犯学校的知识产权,必将受到法律的严惩。

二、接受大学毕业生单位的权利和义务

(一) 接受大学毕业生单位的权利

(1) 有根据单位用人的实际情况,对大学毕业生进行考核、选择、录用的权利。

双向选择的用人制度,给大学毕业生带来了自主选择用人单位的机遇,也给用人单位选拔人才创造了条件,推荐和应聘都应充分尊重用人单位的自主权。

(2) 有要求大学毕业生提供真实个人材料的权利。

大学毕业生的推荐书、毕业证书、身份证及各种奖励证书等个人材料是用人单位选择毕业生的参考依据。大学毕业生应向用人单位提供真实可靠的个人材料,不可弄虚作假,故意"美化"自己。否则有可能造成不良后果。

(3) 有要求学校为大学毕业生提供与就业相关证明的权利。

学校有义务为用人单位提供大学毕业生在校期间的政治思想表现、学习

成绩、各项技能操作考核成绩等方面的材料，这些相关材料更具说服力和权威性。

（二）接受大学毕业生单位的义务

（1）有向学校和大学毕业生如实介绍本单位情况及对毕业生的要求和录（聘）用的目的的义务。

用人单位应尊重学校和大学毕业生的知情权，客观地、实事求是地将本单位的情况介绍给学校和毕业生，不能只报喜不报忧，避免使大学毕业生上岗后出现上当受骗的感觉，影响大学毕业生的心理和工作积极性。

（2）有做好接收大学毕业生各项工作的义务。

用人单位与大学毕业生签订了就业意向后，就应主动向主管部门申报用人计划，安排大学毕业生的工作岗位、岗前培训内容及生活等。有履行与大学毕业生签订的就业协议中规定的各项义务。用人单位只有履行就业协议中规定的各项义务，才能使大学毕业生安心工作。

思考题

1. 就业后应如何使用法律武器保障自身权益？
2. 如何看待法律中的权利与义务？

附录1　中华人民共和国劳动合同法

中华人民共和国劳动合同法

第一章　总　　则

第一条　为了完善劳动合同制度，明确劳动合同双方当事人的权利和义务，保护劳动者的合法权益，构建和发展和谐稳定的劳动关系，制定本法。

第二条　中华人民共和国境内的企业、个体经济组织、民办非企业单位等组织（以下称用人单位）与劳动者建立劳动关系，订立、履行、变更、解除或者终止劳动合同，适用本法。

国家机关、事业单位、社会团体和与其建立劳动关系的劳动者，订立、履行、变更、解除或者终止劳动合同，依照本法执行。

第三条　订立劳动合同，应当遵循合法、公平、平等自愿、协商一致、诚实信用的原则。

依法订立的劳动合同具有约束力，用人单位与劳动者应当履行劳动合同约定的义务。

第四条　用人单位应当依法建立和完善劳动规章制度，保障劳动者享有劳动权利、履行劳动义务。

用人单位在制定、修改或者决定有关劳动报酬、工作时间、休息休假、劳动安全卫生、保险福利、职工培训、劳动纪律以及劳动定额管理等直接涉及劳动者切身利益的规章制度或者重大事项时,应当经职工代表大会或者全体职工讨论,提出方案和意见,与工会或者职工代表平等协商确定。

在规章制度和重大事项决定实施过程中,工会或者职工认为不适当的,有权向用人单位提出,通过协商予以修改完善。

用人单位应当将直接涉及劳动者切身利益的规章制度和重大事项决定公示,或者告知劳动者。

第五条　县级以上人民政府劳动行政部门会同工会和企业方面代表,建立健全协调劳动关系三方机制,共同研究解决有关劳动关系的重大问题。

第六条　工会应当帮助、指导劳动者与用人单位依法订立和履行劳动合同,并与用人单位建立集体协商机制,维护劳动者的合法权益。

第二章　劳动合同的订立

第七条　用人单位自用工之日起即与劳动者建立劳动关系。用人单位应当建立职工名册备查。

第八条　用人单位招用劳动者时,应当如实告知劳动者工作内容、工作条件、工作地点、职业危害、安全生产状况、劳动报酬,以及劳动者要求了解的其他情况;用人单位有权了解劳动者与劳动合同直接相关的基本情况,劳动者应当如实说明。

第九条　用人单位招用劳动者,不得扣押劳动者的居民身份证和其他证件,不得要求劳动者提供担保或者以其他名义向劳动者收取财物。

第十条　建立劳动关系,应当订立书面劳动合同。

已建立劳动关系,未同时订立书面劳动合同的,应当自用工之日起一个月内订立书面劳动合同。

用人单位与劳动者在用工前订立劳动合同的,劳动关系自用工之日起建立。

第十一条　用人单位未在用工的同时订立书面劳动合同,与劳动者约定的劳动报酬不明确的,新招用的劳动者的劳动报酬按照集体合同规定的标准执行;没有集体合同或者集体合同未规定的,实行同工同酬。

第十二条　劳动合同分为固定期限劳动合同、无固定期限劳动合同和以完成一定工作任务为期限的劳动合同。

第十三条　固定期限劳动合同,是指用人单位与劳动者约定合同终止时间的劳动合同。用人单位与劳动者协商一致,可以订立固定期限劳动合同。

第十四条　无固定期限劳动合同,是指用人单位与劳动者约定无确定终止时间的劳动合同。

用人单位与劳动者协商一致,可以订立无固定期限劳动合同。有下列情形之一,劳动者提出或者同意续订、订立劳动合同的,除劳动者提出订立固定期限劳动合同外,应当订立无固定期限劳动合同:

(一)劳动者在该用人单位连续工作满十年的;

(二)用人单位初次实行劳动合同制度或者国有企业改制重新订立劳动合同时,劳动者在该用人单位连续工作满十年且距法定退休年龄不足十年的;

(三)连续订立二次固定期限劳动合同,且劳动者没有本法第三十九条和第四十条第一项、第二项规定的情形,续订劳动合同的。

　　用人单位自用工之日起满一年不与劳动者订立书面劳动合同的,视为用人单位与劳动者已订立无固定期限劳动合同。

　　第十五条　以完成一定工作任务为期限的劳动合同,是指用人单位与劳动者约定以某项工作的完成为合同期限的劳动合同。用人单位与劳动者协商一致,可以订立以完成一定工作任务为期限的劳动合同。

　　第十六条　劳动合同由用人单位与劳动者协商一致,并经用人单位与劳动者在劳动合同文本上签字或者盖章生效。劳动合同文本由用人单位和劳动者各执一份。

　　第十七条　劳动合同应当具备以下条款:

　　(一)用人单位的名称、住所和法定代表人或者主要负责人;

　　(二)劳动者的姓名、住址和居民身份证或者其他有效身份证件号码;

　　(三)劳动合同期限;

　　(四)工作内容和工作地点;

　　(五)工作时间和休息休假;

　　(六)劳动报酬;

　　(七)社会保险;

　　(八)劳动保护、劳动条件和职业危害防护;

　　(九)法律、法规规定应当纳入劳动合同的其他事项。

　　劳动合同除前款规定的必备条款外,用人单位与劳动者可以约定试用期、培训、保守秘密、补充保险和福利待遇等其他事项。

　　第十八条　劳动合同对劳动报酬和劳动条件等标准约定不明确,引发争议的,用人单位与劳动者可以重新协商;协商不成的,适用集体合同规定;没有集体合同或者集体合同未规定劳动报酬的,实行同工同酬;没有集体合同或者集体合同未规定劳动条件等标准的,适用国家有关规定。

　　第十九条　劳动合同期限三个月以上不满一年的,试用期不得超过一个月;劳动合同期限一年以上不满三年的,试用期不得超过二个月;三年以上固定期限和无固定期限的劳动合同,试用期不得超过六个月。

　　同一用人单位与同一劳动者只能约定一次试用期。以完成一定工作任务为期限的劳动合同或者劳动合同期限不满三个月的,不得约定试用期。试用期包含在劳动合同期限内。劳动合同仅约定试用期的,试用期不成立,该期限为劳动合同期限。

　　第二十条　劳动者在试用期的工资不得低于本单位相同岗位最低档工资或者劳动合同约定工资的百分之八十,并不得低于用人单位所在地的最低工资标准。

　　第二十一条　在试用期中,除劳动者有本法第三十九条和第四十条第一项、第二项规定的情形外,用人单位不得解除劳动合同。用人单位在试用期解除劳动合同的,应当向劳动者说明理由。

　　第二十二条　用人单位为劳动者提供专项培训费用,对其进行专业技术培训的,可以与该劳动者订立协议,约定服务期。

　　劳动者违反服务期约定的,应当按照约定向用人单位支付违约金。违约金的数额不得超过用人单位提供的培训费用。用人单位要求劳动者支付的违约金不得超过服务期尚未履行部分所应分摊的培训费用。

用人单位与劳动者约定服务期的,不影响按照正常的工资调整机制提高劳动者在服务期期间的劳动报酬。

第二十三条　用人单位与劳动者可以在劳动合同中约定保守用人单位的商业秘密和与知识产权相关的保密事项。

对负有保密义务的劳动者,用人单位可以在劳动合同或者保密协议中与劳动者约定竞业限制条款,并约定在解除或者终止劳动合同后,在竞业限制期限内按月给予劳动者经济补偿。劳动者违反竞业限制约定的,应当按照约定向用人单位支付违约金。

第二十四条　竞业限制的人员限于用人单位的高级管理人员、高级技术人员和其他负有保密义务的人员。竞业限制的范围、地域、期限由用人单位与劳动者约定,竞业限制的约定不得违反法律、法规的规定。

在解除或者终止劳动合同后,前款规定的人员到与本单位生产或者经营同类产品、从事同类业务的有竞争关系的其他用人单位,或者自己开业生产或者经营同类产品、从事同类业务的竞业限制期限,不得超过二年。

第二十五条　除本法第二十二条和第二十三条规定的情形外,用人单位不得与劳动者约定由劳动者承担违约金。

第二十六条　下列劳动合同无效或者部分无效:

(一) 以欺诈、胁迫的手段或者乘人之危,使对方在违背真实意思的情况下订立或者变更劳动合同的;

(二) 用人单位免除自己的法定责任、排除劳动者权利的;

(三) 违反法律、行政法规强制性规定的。

对劳动合同的无效或者部分无效有争议的,由劳动争议仲裁机构或者人民法院确认。

第二十七条　劳动合同部分无效,不影响其他部分效力的,其他部分仍然有效。

第二十八条　劳动合同被确认无效,劳动者已付出劳动的,用人单位应当向劳动者支付劳动报酬。劳动报酬的数额,参照本单位相同或者相近岗位劳动者的劳动报酬确定。

第三章　劳动合同的履行和变更

第二十九条　用人单位与劳动者应当按照劳动合同的约定,全面履行各自的义务。

第三十条　用人单位应当按照劳动合同约定和国家规定,向劳动者及时足额支付劳动报酬。

用人单位拖欠或者未足额支付劳动报酬的,劳动者可以依法向当地人民法院申请支付令,人民法院应当依法发出支付令。

第三十一条　用人单位应当严格执行劳动定额标准,不得强迫或者变相强迫劳动者加班。用人单位安排加班的,应当按照国家有关规定向劳动者支付加班费。

第三十二条　劳动者拒绝用人单位管理人员违章指挥、强令冒险作业的,不视为违反劳动合同。

劳动者对危害生命安全和身体健康的劳动条件,有权对用人单位提出批评、检举和控告。

第三十三条　用人单位变更名称、法定代表人、主要负责人或者投资人等事项,不影响劳动合同的履行。

第三十四条　用人单位发生合并或者分立等情况,原劳动合同继续有效,劳动合同由承继其权利和义务的用人单位继续履行。

第三十五条　用人单位与劳动者协商一致,可以变更劳动合同约定的内容。变更劳动合同,应当采用书面形式。变更后的劳动合同文本由用人单位和劳动者各执一份。

第四章　劳动合同的解除和终止

第三十六条　用人单位与劳动者协商一致,可以解除劳动合同。

第三十七条　劳动者提前三十日以书面形式通知用人单位,可以解除劳动合同。劳动者在试用期内提前三日通知用人单位,可以解除劳动合同。

第三十八条　用人单位有下列情形之一的,劳动者可以解除劳动合同:

(一)未按照劳动合同约定提供劳动保护或者劳动条件的;

(二)未及时足额支付劳动报酬的;

(三)未依法为劳动者缴纳社会保险费的;

(四)用人单位的规章制度违反法律、法规的规定,损害劳动者权益的;

(五)因本法第二十六条第一款规定的情形致使劳动合同无效的;

(六)法律、行政法规规定劳动者可以解除劳动合同的其他情形。

用人单位以暴力、威胁或者非法限制人身自由的手段强迫劳动者劳动的,或者用人单位违章指挥、强令冒险作业危及劳动者人身安全的,劳动者可以立即解除劳动合同,不需事先告知用人单位。

第三十九条　劳动者有下列情形之一的,用人单位可以解除劳动合同:

(一)在试用期间被证明不符合录用条件的;

(二)严重违反用人单位的规章制度的;

(三)严重失职,营私舞弊,给用人单位造成重大损害的;

(四)劳动者同时与其他用人单位建立劳动关系,对完成本单位的工作任务造成严重影响,或者经用人单位提出,拒不改正的;

(五)因本法第二十六条第一款第一项规定的情形致使劳动合同无效的;

(六)被依法追究刑事责任的。

第四十条　有下列情形之一的,用人单位提前三十日以书面形式通知劳动者本人或者额外支付劳动者一个月工资后,可以解除劳动合同:

(一)劳动者患病或者非因工负伤,在规定的医疗期满后不能从事原工作,也不能从事由用人单位另行安排的工作的;

(二)劳动者不能胜任工作,经过培训或者调整工作岗位,仍不能胜任工作的;

(三)劳动合同订立时所依据的客观情况发生重大变化,致使劳动合同无法履行,经用人单位与劳动者协商,未能就变更劳动合同内容达成协议的。

第四十一条　有下列情形之一,需要裁减人员二十人以上或者裁减不足二十人但占企业职工总数百分之十以上的,用人单位提前三十日向工会或者全体职工说明情况,听取工会或者职工的意见后,裁减人员方案经向劳动行政部门报告,可以裁减人员:

(一)依照企业破产法规定进行重整的;

（二）生产经营发生严重困难的；

（三）企业转产、重大技术革新或者经营方式调整，经变更劳动合同后，仍需裁减人员的；

（四）其他因劳动合同订立时所依据的客观经济情况发生重大变化，致使劳动合同无法履行的。

裁减人员时，应当优先留用下列人员：

（一）与本单位订立较长期限的固定期限劳动合同的；

（二）与本单位订立无固定期限劳动合同的；

（三）家庭无其他就业人员，有需要扶养的老人或者未成年人的。

用人单位依照本条第一款规定裁减人员，在六个月内重新招用人员的，应当通知被裁减的人员，并在同等条件下优先招用被裁减的人员。

第四十二条　劳动者有下列情形之一的，用人单位不得依照本法第四十条、第四十一条的规定解除劳动合同：

（一）从事接触职业病危害作业的劳动者未进行离岗前职业健康检查，或者疑似职业病病人在诊断或者医学观察期间的；

（二）在本单位患职业病或者因工负伤并被确认丧失或者部分丧失劳动能力的；

（三）患病或者非因工负伤，在规定的医疗期内的；

（四）女职工在孕期、产期、哺乳期的；

（五）在本单位连续工作满十五年，且距法定退休年龄不足五年的；

（六）法律、行政法规规定的其他情形。

第四十三条　用人单位单方解除劳动合同，应当事先将理由通知工会。用人单位违反法律、行政法规规定或者劳动合同约定的，工会有权要求用人单位纠正。用人单位应当研究工会的意见，并将处理结果书面通知工会。

第四十四条　有下列情形之一的，劳动合同终止：

（一）劳动合同期满的；

（二）劳动者开始依法享受基本养老保险待遇的；

（三）劳动者死亡，或者被人民法院宣告死亡或者宣告失踪的；

（四）用人单位被依法宣告破产的；

（五）用人单位被吊销营业执照、责令关闭、撤销或者用人单位决定提前解散的；

（六）法律、行政法规规定的其他情形。

第四十五条　劳动合同期满，有本法第四十二条规定情形之一的，劳动合同应当续延至相应的情形消失时终止。但是，本法第四十二条第二项规定丧失或者部分丧失劳动能力劳动者的劳动合同的终止，按照国家有关工伤保险的规定执行。

第四十六条　有下列情形之一的，用人单位应当向劳动者支付经济补偿：

（一）劳动者依照本法第三十八条规定解除劳动合同的；

（二）用人单位依照本法第三十六条规定向劳动者提出解除劳动合同并与劳动者协商一致解除劳动合同的；

（三）用人单位依照本法第四十条规定解除劳动合同的；

（四）用人单位依照本法第四十一条第一款规定解除劳动合同的；

（五）除用人单位维持或者提高劳动合同约定条件续订劳动合同，劳动者不同意续订的情形外，依照本法第四十四条第一项规定终止固定期限劳动合同的；

（六）依照本法第四十四条第四项、第五项规定终止劳动合同的；

（七）法律、行政法规规定的其他情形。

第四十七条　经济补偿按劳动者在本单位工作的年限，每满一年支付一个月工资的标准向劳动者支付。六个月以上不满一年的，按一年计算；不满六个月的，向劳动者支付半个月工资的经济补偿。

劳动者月工资高于用人单位所在直辖市以及设区的市级人民政府公布的本地区上年度职工月平均工资三倍的，向其支付经济补偿的标准按职工月平均工资三倍的数额支付，向其支付经济补偿的年限最高不超过十二年。

本条所称月工资是指劳动者在劳动合同解除或者终止前十二个月的平均工资。

第四十八条　用人单位违反本法规定解除或者终止劳动合同，劳动者要求继续履行劳动合同的，用人单位应当继续履行；劳动者不要求继续履行劳动合同或者劳动合同已经不能继续履行的，用人单位应当依照本法第八十七条规定支付赔偿金。

第四十九条　国家采取措施，建立健全劳动者社会保险关系跨地区转移接续制度。

第五十条　用人单位应当在解除或者终止劳动合同时出具解除或者终止劳动合同的证明，并在十五日内为劳动者办理档案和社会保险关系转移手续。

劳动者应当按照双方约定，办理工作交接。用人单位依照本法有关规定应当向劳动者支付经济补偿的，在办结工作交接时支付。

用人单位对已经解除或者终止的劳动合同的文本，至少保存两年备查。

第五章　特　别　规　定
第一节　集　体　合　同

第五十一条　企业职工一方与用人单位通过平等协商，可以就劳动报酬、工作时间、休息休假、劳动安全卫生、保险福利等事项订立集体合同。集体合同草案应当提交职工代表大会或者全体职工讨论通过。

集体合同由工会代表企业职工一方与用人单位订立；尚未建立工会的用人单位，由上级工会指导劳动者推举的代表与用人单位订立。

第五十二条　企业职工一方与用人单位可以订立劳动安全卫生、女职工权益保护、工资调整机制等专项集体合同。

第五十三条　在县级以下区域内，建筑业、采矿业、餐饮服务业等行业可以由工会与企业方面代表订立行业性集体合同，或者订立区域性集体合同。

第五十四条　集体合同订立后，应当报送劳动行政部门；劳动行政部门自收到集体合同文本之日起十五日内未提出异议的，集体合同即行生效。

依法订立的集体合同对用人单位和劳动者具有约束力。行业性、区域性集体合同对当地本行业、本区域的用人单位和劳动者具有约束力。

第五十五条　集体合同中劳动报酬和劳动条件等标准不得低于当地人民政府规定的最低标准；用人单位与劳动者订立的劳动合同中劳动报酬和劳动条件等标准不得低于集体合同规定的标准。

第五十六条　用人单位违反集体合同，侵犯职工劳动权益的，工会可以依法要求用人单位承担责任；因履行集体合同发生争议，经协商解决不成的，工会可以依法申请仲裁、提起诉讼。

第二节　劳 务 派 遣

第五十七条　劳务派遣单位应当依照公司法的有关规定设立，注册资本不得少于五十万元。

第五十八条　劳务派遣单位是本法所称用人单位，应当履行用人单位对劳动者的义务。劳务派遣单位与被派遣劳动者订立的劳动合同，除应当载明本法第十七条规定的事项外，还应当载明被派遣劳动者的用工单位以及派遣期限、工作岗位等情况。

劳务派遣单位应当与被派遣劳动者订立二年以上的固定期限劳动合同，按月支付劳动报酬；被派遣劳动者在无工作期间，劳务派遣单位应当按照所在地人民政府规定的最低工资标准，向其按月支付报酬。

第五十九条　劳务派遣单位派遣劳动者应当与接受以劳务派遣形式用工的单位(以下称用工单位)订立劳务派遣协议。劳务派遣协议应当约定派遣岗位和人员数量、派遣期限、劳动报酬和社会保险费的数额与支付方式以及违反协议的责任。

用工单位应当根据工作岗位的实际需要与劳务派遣单位确定派遣期限，不得将连续用工期限分割订立数个短期劳务派遣协议。

第六十条　劳务派遣单位应当将劳务派遣协议的内容告知被派遣劳动者。

劳务派遣单位不得克扣用工单位按照劳务派遣协议支付给被派遣劳动者的劳动报酬。

劳务派遣单位和用工单位不得向被派遣劳动者收取费用。

第六十一条　劳务派遣单位跨地区派遣劳动者的，被派遣劳动者享有的劳动报酬和劳动条件，按照用工单位所在地的标准执行。

第六十二条　用工单位应当履行下列义务：

(一) 执行国家劳动标准，提供相应的劳动条件和劳动保护；

(二) 告知被派遣劳动者的工作要求和劳动报酬；

(三) 支付加班费、绩效奖金，提供与工作岗位相关的福利待遇；

(四) 对在岗被派遣劳动者进行工作岗位所必需的培训；

(五) 连续用工的，实行正常的工资调整机制。

用工单位不得将被派遣劳动者再派遣到其他用人单位。

第六十三条　被派遣劳动者享有与用工单位的劳动者同工同酬的权利。用工单位无同类岗位劳动者的，参照用工单位所在地相同或者相近岗位劳动者的劳动报酬确定。

第六十四条　被派遣劳动者有权在劳务派遣单位或者用工单位依法参加或者组织工会，维护自身的合法权益。

第六十五条　被派遣劳动者可以依照本法第三十六条、第三十八条的规定与劳务派遣单位解除劳动合同。

被派遣劳动者有本法第三十九条和第四十条第一项、第二项规定情形的，用工单位可以将劳动者退回劳务派遣单位，劳务派遣单位依照本法有关规定，可以与劳动者解除劳动合同。

第六十六条　劳务派遣一般在临时性、辅助性或者替代性的工作岗位上实施。

第六十七条　用人单位不得设立劳务派遣单位向本单位或者所属单位派遣劳动者。

第三节　非全日制用工

第六十八条　非全日制用工,是指以小时计酬为主,劳动者在同一用人单位一般平均每日工作时间不超过四小时,每周工作时间累计不超过二十四小时的用工形式。

第六十九条　非全日制用工双方当事人可以订立口头协议。

从事非全日制用工的劳动者可以与一个或者一个以上用人单位订立劳动合同;但是,后订立的劳动合同不得影响先订立的劳动合同的履行。

第七十条　非全日制用工双方当事人不得约定试用期。

第七十一条　非全日制用工双方当事人任何一方都可以随时通知对方终止用工。终止用工,用人单位不向劳动者支付经济补偿。

第七十二条　非全日制用工小时计酬标准不得低于用人单位所在地人民政府规定的最低小时工资标准。

非全日制用工劳动报酬结算支付周期最长不得超过十五日。

第六章　监督检查

第七十三条　国务院劳动行政部门负责全国劳动合同制度实施的监督管理。

县级以上地方人民政府劳动行政部门负责本行政区域内劳动合同制度实施的监督管理。

县级以上各级人民政府劳动行政部门在劳动合同制度实施的监督管理工作中,应当听取工会、企业方面代表以及有关行业主管部门的意见。

第七十四条　县级以上地方人民政府劳动行政部门依法对下列实施劳动合同制度的情况进行监督检查:

(一)用人单位制定直接涉及劳动者切身利益的规章制度及其执行的情况;

(二)用人单位与劳动者订立和解除劳动合同的情况;

(三)劳务派遣单位和用工单位遵守劳务派遣有关规定的情况;

(四)用人单位遵守国家关于劳动者工作时间和休息休假规定的情况;

(五)用人单位支付劳动合同约定的劳动报酬和执行最低工资标准的情况;

(六)用人单位参加各项社会保险和缴纳社会保险费的情况;

(七)法律、法规规定的其他劳动监察事项。

第七十五条　县级以上地方人民政府劳动行政部门实施监督检查时,有权查阅与劳动合同、集体合同有关的材料,有权对劳动场所进行实地检查,用人单位和劳动者都应当如实提供有关情况和材料。

劳动行政部门的工作人员进行监督检查,应当出示证件,依法行使职权,文明执法。

第七十六条　县级以上人民政府建设、卫生、安全生产监督管理等有关主管部门在各自职责范围内,对用人单位执行劳动合同制度的情况进行监督管理。

第七十七条　劳动者合法权益受到侵害的,有权要求有关部门依法处理,或者依法申请仲裁、提起诉讼。

第七十八条　工会依法维护劳动者的合法权益,对用人单位履行劳动合同、集体合同的情况进行监督。用人单位违反劳动法律、法规和劳动合同、集体合同的,工会有权提出意见或者要求纠正;劳动者申请仲裁、提起诉讼的,工会依法给予支持和帮助。

第七十九条　任何组织或者个人对违反本法的行为都有权举报,县级以上人民政府劳动行政部门应当及时核实、处理,并对举报有功人员给予奖励。

第七章　法律责任

第八十条　用人单位直接涉及劳动者切身利益的规章制度违反法律、法规规定的,由劳动行政部门责令改正,给予警告;给劳动者造成损害的,应当承担赔偿责任。

第八十一条　用人单位提供的劳动合同文本未载明本法规定的劳动合同必备条款或者用人单位未将劳动合同文本交付劳动者的,由劳动行政部门责令改正;给劳动者造成损害的,应当承担赔偿责任。

第八十二条　用人单位自用工之日起超过一个月不满一年未与劳动者订立书面劳动合同的,应当向劳动者每月支付二倍的工资。

用人单位违反本法规定不与劳动者订立无固定期限劳动合同的,自应当订立无固定期限劳动合同之日起向劳动者每月支付二倍的工资。

第八十三条　用人单位违反本法规定与劳动者约定试用期的,由劳动行政部门责令改正;违法约定的试用期已经履行的,由用人单位以劳动者试用期满月工资为标准,按已经履行的超过法定试用期的期间向劳动者支付赔偿金。

第八十四条　用人单位违反本法规定,扣押劳动者居民身份证等证件的,由劳动行政部门责令限期退还劳动者本人,并依照有关法律规定给予处罚。

用人单位违反本法规定,以担保或者其他名义向劳动者收取财物的,由劳动行政部门责令限期退还劳动者本人,并以每人五百元以上两千元以下的标准处以罚款;给劳动者造成损害的,应当承担赔偿责任。

劳动者依法解除或者终止劳动合同,用人单位扣押劳动者档案或者其他物品的,依照前款规定处罚。

第八十五条　用人单位有下列情形之一的,由劳动行政部门责令限期支付劳动报酬、加班费或者经济补偿;劳动报酬低于当地最低工资标准的,应当支付其差额部分;逾期不支付的,责令用人单位按应付金额百分之五十以上百分之一百以下的标准向劳动者加付赔偿金:

(一)未按照劳动合同的约定或者国家规定及时足额支付劳动者劳动报酬的;

(二)低于当地最低工资标准支付劳动者工资的;

(三)安排加班不支付加班费的;

(四)解除或者终止劳动合同,未依照本法规定向劳动者支付经济补偿的。

第八十六条　劳动合同依照本法第二十六条规定被确认无效,给对方造成损害的,有过错的一方应当承担赔偿责任。

第八十七条　用人单位违反本法规定解除或者终止劳动合同的,应当依照本法第四十七条规定的经济补偿标准的二倍向劳动者支付赔偿金。

第八十八条　用人单位有下列情形之一的,依法给予行政处罚;构成犯罪的,依法追究刑事责任;给劳动者造成损害的,应当承担赔偿责任:

(一)以暴力、威胁或者非法限制人身自由的手段强迫劳动的;

(二)违章指挥或者强令冒险作业危及劳动者人身安全的;

(三)侮辱、体罚、殴打、非法搜查或者拘禁劳动者的;

(四)劳动条件恶劣、环境污染严重,给劳动者身心健康造成严重损害的。

第八十九条 用人单位违反本法规定未向劳动者出具解除或者终止劳动合同的书面证明,由劳动行政部门责令改正;给劳动者造成损害的,应当承担赔偿责任。

第九十条 劳动者违反本法规定解除劳动合同,或者违反劳动合同中约定的保密义务或者竞业限制,给用人单位造成损失的,应当承担赔偿责任。

第九十一条 用人单位招用与其他用人单位尚未解除或者终止劳动合同的劳动者,给其他用人单位造成损失的,应当承担连带赔偿责任。

第九十二条 劳务派遣单位违反本法规定的,由劳动行政部门和其他有关主管部门责令改正;情节严重的,以每人一千元以上五千元以下的标准处以罚款,并由工商行政管理部门吊销营业执照;给被派遣劳动者造成损害的,劳务派遣单位与用工单位承担连带赔偿责任。

第九十三条 对不具备合法经营资格的用人单位的违法犯罪行为,依法追究法律责任;劳动者已经付出劳动的,该单位或者其出资人应当依照本法有关规定向劳动者支付劳动报酬、经济补偿、赔偿金;给劳动者造成损害的,应当承担赔偿责任。

第九十四条 个人承包经营违反本法规定招用劳动者,给劳动者造成损害的,发包的组织与个人承包经营者承担连带赔偿责任。

第九十五条 劳动行政部门和其他有关主管部门及其工作人员玩忽职守、不履行法定职责,或者违法行使职权,给劳动者或者用人单位造成损害的,应当承担赔偿责任;对直接负责的主管人员和其他直接责任人员,依法给予行政处分;构成犯罪的,依法追究刑事责任。

第八章 附 则

第九十六条 事业单位与实行聘用制的工作人员订立、履行、变更、解除或者终止劳动合同,法律、行政法规或者国务院另有规定的,依照其规定;未作规定的,依照本法有关规定执行。

第九十七条 本法施行前已依法订立且在本法施行之日存续的劳动合同,继续履行;本法第十四条第二款第三项规定连续订立固定期限劳动合同的次数,自本法施行后续订固定期限劳动合同时开始计算。

本法施行前已建立劳动关系,尚未订立书面劳动合同的,应当自本法施行之日起一个月内订立。

本法施行之日存续的劳动合同在本法施行后解除或者终止,依照本法第四十六条规定应当支付经济补偿的,经济补偿年限自本法施行之日起计算;本法施行前按照当时有关规定,用人单位应当向劳动者支付经济补偿的,按照当时有关规定执行。

第九十八条 本法自 2008 年 1 月 1 日起施行。

附录2 劳动合同范本

固定期限劳动合同范本(北京新劳动合同范本)

劳动合同书(固定期限)

甲方:_____

乙方:_____

签订日期:_____年_____月_____日

根据《中华人民共和国劳动法》、《中华人民共和国劳动合同法》和有关法律、法规,甲乙双方经平等自愿、协商一致签订本合同,共同遵守本合同所列条款。

一、劳动合同双方当事人基本情况

第一条　甲方_____

法定代表人(主要负责人)或委托代理人_____

注册地址_____

经营地址_____

第二条　乙方____性别____

户籍类型(非农业、农业)_____

居民身份证号码_____

或者其他有效证件名称_____证件号码_____

在甲方工作起始时间____年____月____日

家庭住址_____邮政编码_____

在京居住地址_____邮政编码_____

户口所在地____省(市)____区(县)____街道(乡镇)

二、劳动合同期限

第三条　本合同为固定期限劳动合同。

本合同于____年____月____日生效,其中试用期至____年____月____日止。本合同于____年____月____日终止。

三、工作内容和工作地点

第四条　乙方同意根据甲方工作需要,担任_____岗位(工种)工作。

第五条　根据甲方的岗位(工种)作业特点,乙方的工作区域或工作地点为_____

_____。

第六条　乙方工作应达到_____

_____标准。

四、工作时间和休息休假

第七条　甲方安排乙方执行_____工时制度。

执行标准工时制度的,乙方每天工作时间不超过 8 小时,每周工作不超过 40 小时。每周休息日为_____。

甲方安排乙方执行综合计算工时工作制度或者不定时工作制度的,应当事先取得劳动行政部门特殊工时制度的行政许可决定。

第八条　甲方对乙方实行的休假制度有_____。

五、劳动报酬

第九条　甲方每月____日前以货币形式支付乙方工资,月工资为_____元或按_____

_____执行。

乙方在试用期期间的工资为_____元。

甲乙双方对工资的其他约定_____。

第十条　甲方生产工作任务不足使乙方待工的,甲方支付乙方的月生活费为_____元或按_____执行。

六、社会保险及其他保险福利待遇

第十一条　甲乙双方按国家和北京市的规定参加社会保险。甲方为乙方办理有关社会保险手续,并承担相应社会保险义务。

第十二条　乙方患病或非因工负伤的医疗待遇按国家、北京市有关规定执行。甲方按____

_____支付乙方病假工资。

第十三条　乙方患职业病或因工负伤的待遇按国家和北京市的有关规定执行。

第十四条　甲方为乙方提供以下福利待遇_____

_____

_____

_____

七、劳动保护、劳动条件和职业危害防护

第十五条　甲方根据生产岗位的需要,按照国家有关劳动安全、卫生的规定为乙方配备必要的安全防护措施,发放必要的劳动保护用品。

第十六条　甲方根据国家有关法律、法规,建立安全生产制度;乙方应当严格遵守甲方的劳动安全制度,严禁违章作业,防止劳动过程中的事故,减少职业危害。

第十七条　甲方应当建立、健全职业病防治责任制度,加强对职业病防治的管理,提高职业病防治水平。

八、劳动合同的解除、终止和经济补偿

第十八条　甲乙双方解除、终止、续订劳动合同应当依照《中华人民共和国劳动合同法》和国家及北京市有关规定执行。

第十九条　甲方应当在解除或者终止本合同时,为乙方出具解除或者终止劳动合同的证明,并在十五日内为乙方办理档案和社会保险关系转移手续。

第二十条　乙方应当按照双方约定,办理工作交接。应当支付经济补偿的,在办结工作交接时支付。

九、当事人约定的其他内容

第二十一条　甲乙双方约定本合同增加以下内容:

_____

_____

_____

_____

_____

十、劳动争议处理及其他

第二十二条　双方因履行本合同发生争议,当事人可以向甲方劳动争议调解委员会申请调解;调解不成的,可以向劳动争议仲裁委员会申请仲裁。

当事人一方也可以直接向劳动争议仲裁委员会申请仲裁。

第二十三条　本合同的附件如下_____

_____

第二十四条 本合同未尽事宜或与今后国家、北京市有关规定相悖的,按有关规定执行。

第二十五条 本合同一式两份,甲乙双方各执一份。

甲方(公　章)　　　　　　　　乙方(签字或盖章)

法定代表人(主要负责人)或委托代理人

(签字或盖章)

签订日期:____年____月____日

使用说明:

一、本合同书可作为用人单位与职工签订劳动合同时使用。

二、用人单位与职工使用本合同书签订劳动合同时,凡需要双方协商约定的内容,协商一致后填写在相应的空格内。

签订劳动合同,甲方应加盖公章;法定代表人或主要负责人应本人签字或盖章。

三、经当事人双方协商需要增加的条款,在本合同书中第二十一条中写明。

四、当事人约定的其他内容,劳动合同的变更等内容在本合同内填写不下时,可另附纸。

五、本合同应使钢笔或签字笔填写,字迹清楚,文字简练、准确,不得涂改。

六、本合同一式两份,甲乙双方各持一份,交乙方的不得由甲方代为保管。

2007 年 11 月　　　北京市劳动和社会保障局监制

无固定期限劳动合同范本(北京新劳动合同范本)

劳动合同书(无固定期限)

甲方:_____

乙方:_____

签订日期:____年____月____日

根据《中华人民共和国劳动法》《中华人民共和国劳动合同法》和有关法律、法规,甲乙双方经平等自愿、协商一致签订本合同,共同遵守本合同所列条款。

一、劳动合同双方当事人基本情况

第一条 甲方_____

法定代表人(主要负责人)或委托代理人_____

注册地址_____

经营地址_____

第二条 乙方_____性别____

户籍类型(非农业、农业)_____

居民身份证号码_____

或者其他有效证件名称_____证件号码_____

在甲方工作起始时间____年____月____日

家庭住址_____邮政编码_____

在京居住地址_____邮政编码_____

户口所在地____省(市)____区(县)____街道(乡镇)

二、劳动合同期限

第三条 本合同为无固定期限劳动合同。

本合同于____年____月____日生效,其中试用期至____年____月____日止。

三、工作内容和工作地点

第四条 乙方同意根据甲方工作需要,担任_____岗位(工种)工作。

第五条 根据甲方的岗位(工种)作业特点,乙方的工作区域或工作地点为_____。

第六条 乙方工作应达到_____

_____标准。

四、工作时间和休息休假

第七条 甲方安排乙方执行_____工时制度。

执行标准工时制度的,乙方每天工作时间不超过 8 小时,每周工作不超过 40 小时。每周休息日为_____。

甲方安排乙方执行综合计算工时工作制度或者不定时工作制度的,应当事先取得劳动行政部门特殊工时制度的行政许可决定。

第八条 甲方对乙方实行的休假制度有_____

_____

五、劳动报酬

第九条 甲方每月____日前以货币形式支付乙方工资,月工资为_____元或按_____

_____执行。

乙方在试用期期间的工资为_____元。

甲乙双方对工资的其他约定_____。

第十条 甲方生产工作任务不足使乙方待工的,甲方支付乙方的月生活费为_____元或按_____执行。

六、社会保险及其他保险福利待遇

第十一条 甲乙双方按国家和北京市的规定参加社会保险。甲方为乙方办理有关社会保险手续,并承担相应社会保险义务。

第十二条 乙方患病或非因工负伤的医疗待遇按国家、北京市有关规定执行。甲方按____

_____支付乙方病假工资。

第十三条 乙方患职业病或因工负伤的待遇按国家和北京市的有关规定执行。

第十四条 甲方为乙方提供以下福利待遇_____

_____

_____

七、劳动保护、劳动条件和职业危害防护

第十五条　甲方根据生产岗位的需要，按照国家有关劳动安全、卫生的规定为乙方配备必要的安全防护措施，发放必要的劳动保护用品。

第十六条　甲方根据国家有关法律、法规，建立安全生产制度；乙方应当严格遵守甲方的劳动安全制度，严禁违章作业，防止劳动过程中的事故，减少职业危害。

第十七条　甲方应当建立、健全职业病防治责任制度，加强对职业病防治的管理，提高职业病防治水平。

八、劳动合同的解除、终止和经济补偿

第十八条　甲乙双方解除、终止劳动合同应当依照《中华人民共和国劳动合同法》和国家及北京市有关规定执行。

第十九条　甲方应当在解除或者终止本合同时，为乙方出具解除或者终止劳动合同的证明，并在十五日内为乙方办理档案和社会保险关系转移手续。

第二十条　乙方应当按照双方约定，办理工作交接。应当支付经济补偿的，在办结工作交接时支付。

九、当事人约定的其他内容

第二十一条　甲乙双方约定本合同增加以下内容：

_____

_____

_____

_____

十、劳动争议处理及其他

第二十二条　双方因履行本合同发生争议，当事人可以向甲方劳动争议调解委员会申请调解；调解不成的，可以向劳动争议仲裁委员会申请仲裁。

当事人一方也可以直接向劳动争议仲裁委员会申请仲裁。

第二十三条　本合同的附件如下_____

_____

_____

第二十四条　本合同未尽事宜或与今后国家、北京市有关规定相悖的，按有关规定执行。

第二十五条　本合同一式两份，甲乙双方各执一份。

甲方（公章）　　　　　　　　　　　乙方（签字或盖章）

法定代表人（主要负责人）或委托代理人
（签字或盖章）

签订日期：　　　年　　月　　日

使用说明：

一、本合同书可作为用人单位与职工签订劳动合同时使用。

二、用人单位与职工使用本合同书签订劳动合同时，凡需要双方协商约定的内容，协商一致后填写在相应的空格内。

签订劳动合同，甲方应加盖公章；法定代表人或主要负责人应本人签字或盖章。

三、经当事人双方协商需要增加的条款，在本合同书中第二十一条中写明。

四、当事人约定的其他内容，劳动合同的变更等内容在本合同内填写不下时，可另附纸。

五、本合同应用钢笔或签字笔填写，字迹清楚，文字简练、准确，不得涂改。

六、本合同一式两份，甲乙双方各持一份，交乙方的不得由甲方代为保管。

2007 年 11 月　　　　北京市劳动和社会保障局监制

非全日制劳动合同范本（北京新劳动合同范本）

劳动合同书（非全日制从业人员使用）

甲方：＿＿＿＿＿＿＿＿＿＿＿＿＿

乙方：＿＿＿＿＿＿＿＿＿＿＿＿＿

签订日期：＿＿＿年＿＿＿月＿＿＿日

根据《中华人民共和国劳动法》《中华人民共和国劳动合同法》和有关法律、法规，甲乙双方经平等自愿、协商一致签订本合同，共同遵守本合同所列条款。

第一条　甲方＿＿＿＿＿＿＿

法定代表人（主要负责人）或委托代理人＿＿＿＿＿＿＿

注册地址＿＿＿＿＿＿＿＿＿＿＿＿＿＿＿＿＿＿＿＿＿＿＿＿＿＿＿＿＿＿＿＿＿＿＿＿＿

经营地址＿＿＿＿＿＿＿＿＿＿＿＿＿＿＿＿＿＿＿＿＿＿＿＿＿＿＿＿＿＿＿＿＿＿＿＿＿

第二条　乙方＿＿＿＿＿＿＿性别＿＿＿＿

户籍类型（非农业、农业）＿＿＿＿＿＿＿＿

居民身份证号码＿＿＿＿＿＿＿＿＿＿＿＿＿＿＿＿

或者其他有效证件名称＿＿＿＿＿＿＿证件号码＿＿＿＿＿＿＿

在甲方工作起始时间＿＿＿年＿＿＿月＿＿＿日

家庭住址＿＿＿＿＿＿＿＿＿＿＿＿＿＿＿＿＿邮政编码＿＿＿＿＿＿＿

在京居住地址＿＿＿＿＿＿＿＿＿＿＿＿＿＿＿邮政编码＿＿＿＿＿＿＿

户口所在地＿＿＿省（市）＿＿＿区（县）＿＿＿街道（乡镇）

第三条　本合同于＿＿＿年＿＿＿月＿＿＿日生效。

第四条　乙方同意根据甲方工作需要，担任的以下工作：

＿＿

＿＿

＿＿

＿＿

＿＿

第五条　乙方的工作时间为＿＿＿＿＿＿＿＿＿＿＿＿＿＿＿＿＿＿＿＿＿

＿＿＿＿＿＿＿＿＿＿＿＿＿＿＿＿＿＿＿＿＿＿＿＿＿＿＿＿＿＿＿＿＿＿

＿＿＿＿＿＿＿＿＿＿＿＿＿＿＿＿＿＿＿＿＿＿＿＿＿＿＿＿＿＿＿＿＿＿

＿＿＿＿＿＿＿＿＿＿＿＿＿＿＿＿＿＿＿＿＿＿＿＿＿＿＿＿＿＿＿＿＿＿

第六条　乙方完成本合同约定的工作内容后,甲方应当以货币形式向乙方支付劳动报酬,劳动报酬标准为每小时＿＿＿＿＿元。甲方向乙方支付劳动报酬的周期不得超过 15 日。

支付劳动报酬的其他约定＿＿＿＿＿＿＿＿＿＿＿＿＿＿＿＿＿＿＿＿＿＿

＿＿＿＿＿＿＿＿＿＿＿＿＿＿＿＿＿＿＿＿＿＿＿＿＿＿＿＿＿＿＿＿＿＿

第七条　甲方应当按照北京市工伤保险的规定为乙方缴纳工伤保险费。

第八条　甲方根据生产岗位的需要,按照国家有关劳动安全、卫生的规定对乙方进行安全卫生教育和职业培训,并为乙方提供以下劳动条件:

＿＿＿＿＿＿＿＿＿＿＿＿＿＿＿＿＿＿＿＿＿＿＿＿＿＿＿＿＿＿＿＿＿＿

＿＿＿＿＿＿＿＿＿＿＿＿＿＿＿＿＿＿＿＿＿＿＿＿＿＿＿＿＿＿＿＿＿＿

第九条　甲方应当建立、健全职业病防治责任制,加强对职业病防治的管理,提高职业病防治水平。

第十条　甲乙双方可以随时终止劳动合同。

第十一条　甲方违反本合同的约定支付劳动报酬或支付的小时工资低于北京市非全日制从业人员小时最低工资标准的,乙方有权向劳动保障监察部门举报。

第十二条　甲乙双方约定本合同增加以下内容:

＿＿＿＿＿＿＿＿＿＿＿＿＿＿＿＿＿＿＿＿＿＿＿＿＿＿＿＿＿＿＿＿＿＿

＿＿＿＿＿＿＿＿＿＿＿＿＿＿＿＿＿＿＿＿＿＿＿＿＿＿＿＿＿＿＿＿＿＿

＿＿＿＿＿＿＿＿＿＿＿＿＿＿＿＿＿＿＿＿＿＿＿＿＿＿＿＿＿＿＿＿＿＿

＿＿＿＿＿＿＿＿＿＿＿＿＿＿＿＿＿＿＿＿＿＿＿＿＿＿＿＿＿＿＿＿＿＿

第十三条　双方因履行本合同发生争议,当事人可以向甲方劳动争议调解委员会申请调解;调解不成的,可以向劳动争议仲裁委员会申请仲裁。当事人一方也可以直接向劳动争议仲裁委员会申请仲裁。

第十四条　本合同的附件如下＿＿＿＿＿＿＿＿＿＿＿＿＿＿＿＿＿＿＿＿

＿＿＿＿＿＿＿＿＿＿＿＿＿＿＿＿＿＿＿＿＿＿＿＿＿＿＿＿＿＿＿＿＿＿

＿＿＿＿＿＿＿＿＿＿＿＿＿＿＿＿＿＿＿＿＿＿＿＿＿＿＿＿＿＿＿＿＿＿

第十五条　本合同未尽事宜或与今后国家、北京市有关规定相悖的,按有关规定执行。

第十六条　本合同一式两份,甲乙双方各执一份。

甲方(公章)　　　　　　　　　　乙方(签字或盖章)

法定代表人(主要负责人)或委托代理人

(签字或盖章)

签订日期:　　年　　月　　日

使用说明：

一、本合同书适用于非全日制从业人员，即在本市行政区域内的企业、个体经济组织、民办非企业单位、国家机关、事业单位及社会团体（以下统称为用人单位）所使用的平均每日工作时间不超过4小时，每周工作时间累积不超过24小时，并以小时为单位计算发放工资的劳动者与用人单位签订劳动合同时使用。

二、用人单位与职工使用本合同书签订劳动合同时，凡需要双方协商约定的内容，协商一致后填写在相应的空格内。签订劳动合同，甲方应加盖公章；法定代表人或主要负责人应本人签字或盖章。

三、经当事人双方协商需要增加的条款，在本合同书中第十二条中写明。

四、当事人约定的其他内容，劳动合同的变更等内容在本合同内填写不下时，可另附纸。

五、本合同应用钢笔或签字笔填写，字迹清楚，文字简练、准确，不得涂改。

六、本合同一式两份，甲乙双方各持一份，交乙方的不得由甲方代为保管。

　　　　　　　　　　　　　　2007年11月　　　　北京市劳动和社会保障局监制

劳务派遣劳动合同范本（北京新劳动合同范本）

劳动合同书（劳务派遣）

甲方：＿＿＿＿＿＿＿＿＿＿＿＿

乙方：＿＿＿＿＿＿＿＿＿＿＿＿

签订日期：＿＿＿年＿＿＿月＿＿＿日

根据《中华人民共和国劳动法》《中华人民共和国劳动合同法》和有关法律、法规，甲乙双方经平等自愿、协商一致签订本合同，共同遵守本合同所列条款。

一、劳动合同双方当事人基本情况

第一条　甲方＿＿＿＿＿

法定代表人（主要负责人）或委托代理人＿＿＿＿＿

注册地址＿＿＿＿＿＿＿＿＿＿＿＿＿＿＿＿＿＿＿＿＿＿＿＿＿＿＿＿

经营地址＿＿＿＿＿＿＿＿＿＿＿＿＿＿＿＿＿＿＿＿＿＿＿＿＿＿＿＿

第二条　乙方＿＿＿＿　性别＿＿＿　户籍类型（非农业、农业）＿＿＿＿

居民身份证号码＿＿＿＿＿＿＿＿＿＿＿＿＿＿＿＿

或者其他有效证件名称＿＿＿＿＿＿　证件号码＿＿＿＿＿＿

在甲方工作起始时间＿＿＿年＿＿＿月＿＿＿日

家庭住址＿＿＿＿＿＿＿＿＿＿＿＿＿＿＿＿＿　邮政编码＿＿＿＿＿＿

在京居住地址＿＿＿＿＿＿＿＿＿＿＿＿＿＿＿＿　邮政编码＿＿＿＿＿

户口所在地＿＿＿省（市）＿＿＿区（县）＿＿＿街道（乡镇）

二、劳动合同期限

第三条　本合同为固定期限劳动合同。

本合同于＿＿＿年＿＿＿月＿＿＿日生效，其中试用期至＿＿＿年＿＿＿月＿＿＿日止。本合同于＿＿＿年＿＿＿月＿＿＿日终止。

甲方派遣乙方到用工单位的派遣期限自＿＿＿年＿＿＿月＿＿＿日开始。

三、工作内容和工作地点

第四条　甲方派遣乙方工作的用工单位名称＿＿＿＿＿＿＿＿＿＿＿＿＿＿＿＿＿＿＿

第五条　乙方同意根据用工单位工作需要,担任＿＿＿＿＿＿＿＿＿＿＿＿岗位(工种)工作。

第六条　根据用工单位的岗位(工种)作业特点,乙方的工作区域或工作地点为＿＿＿＿＿＿＿

＿＿＿＿＿＿＿＿＿＿＿＿＿＿＿＿。

第七条　乙方按用工单位的要求应达到＿＿＿＿＿＿＿＿＿＿＿＿＿＿＿＿＿＿＿＿＿

＿＿＿＿＿＿＿＿＿＿＿＿＿＿工作标准。

四、工作时间和休息休假

第八条　用工单位安排乙方执行＿＿＿＿＿＿工时制度。

执行标准工时制度的,乙方每天工作时间不超过8小时,每周工作不超过40小时。每周休息日为＿＿＿＿＿＿＿。

用工单位安排乙方执行综合计算工时工作制度或者不定时工作制度的,应当事先取得劳动行政部门特殊工时制度的行政许可决定。

第九条　甲方和用工单位对乙方实行的休假制度有＿＿＿＿＿＿＿＿＿＿＿＿＿＿＿＿＿

＿＿＿＿＿＿＿＿＿＿＿＿＿＿＿＿＿＿＿＿＿＿＿＿＿＿＿＿＿＿＿＿＿＿＿。

五、劳动报酬

第十条　甲方每月＿＿＿日前以货币形式支付乙方工资,月工资为＿＿＿＿＿＿＿元。

乙方在试用期期间的工资为＿＿＿＿＿＿＿元。

甲乙双方对工资的其他约定＿＿＿＿＿＿＿＿＿＿＿＿＿＿＿＿＿＿＿＿＿＿＿＿＿＿

＿＿＿＿＿＿＿＿＿＿＿＿＿＿＿＿＿＿＿＿＿＿＿＿＿＿＿＿＿＿＿＿＿＿＿＿＿＿

第十一条　甲方未能安排乙方工作或者被用工单位退回期间,按照北京市最低工资标准支付乙方报酬。

六、社会保险及其他保险福利待遇

第十二条　甲乙双方按国家和北京市的规定参加社会保险。甲方为乙方办理有关社会保险手续,并承担相应社会保险义务。

第十三条　乙方患病或非因工负伤的医疗待遇按国家、北京市有关规定执行。甲方按＿＿＿

＿＿＿＿＿＿＿＿＿＿＿＿＿＿＿＿支付乙方病假工资。

第十四条　乙方患职业病或因工负伤的待遇按国家和北京市的有关规定执行。

第十五条　甲方为乙方提供以下福利待遇＿＿＿＿＿＿＿＿＿＿＿＿＿＿＿＿＿＿＿＿

＿＿＿＿＿＿＿＿＿＿＿＿＿＿＿＿＿＿＿＿＿＿＿＿＿＿＿＿＿＿＿＿＿＿＿＿＿＿

＿＿＿＿＿＿＿＿＿＿＿＿＿＿＿＿＿＿＿＿＿＿＿＿＿＿＿＿＿＿＿＿＿＿＿＿＿＿

七、劳动保护、劳动条件和职业危害防护

第十六条　甲方应当要求用工单位根据生产岗位的需要,按照国家有关劳动安全、卫生的规定为乙方配备必要的安全防护措施,发放必要的劳动保护用品。

第十七条　甲方应当要求用工单位根据国家有关法律、法规,建立安全生产制度;乙方应当严格遵守甲方和用人单位的劳动安全制度,严禁违章作业,防止劳动过程中的事故,减少职业危害。

第十八条　甲方应当要求用工单位建立、健全职业病防治责任制,加强对职业病防治的管理,提高职业病防治水平。

八、劳动合同的解除、终止和经济补偿

第十九条　甲乙双方解除、终止、续订劳动合同应当依照《中华人民共和国劳动合同法》和国家及北京市有关规定执行。

第二十条　甲方应当在解除或者终止本合同时,为乙方出具解除或者终止劳动合同的证明,并在十五日内为乙方办理档案和社会保险关系转移手续。

第二十一条　乙方应当按照双方约定,办理工作交接。应当支付经济补偿的,在办结工作交接时支付。

九、当事人约定的其他内容

第二十二条　甲乙双方约定本合同增加以下内容:

_____

_____

_____

_____

_____

十、劳动争议处理及其他

第二十三条　双方因履行本合同发生争议,当事人可以向甲方劳动争议调解委员会申请调解;调解不成的,可以向劳动争议仲裁委员会申请仲裁。

当事人一方也可以直接向劳动争议仲裁委员会申请仲裁。

第二十四条　本合同的附件如下_____

_____

_____

第二十五条　本合同未尽事宜或与今后国家、北京市有关规定相悖的,按有关规定执行。

第二十六条　本合同一式两份,甲乙双方各执一份。

甲方(公章)　　　　　　　　　　乙方(签字或盖章)

法定代表人(主要负责人)或委托代理人

(签字或盖章)

签订日期:___年___月___日

使用说明:

一、本合同书可作为用人单位与职工签订劳动合同时使用。

二、用人单位与职工使用本合同书签订劳动合同时,凡需要双方协商约定的内容,协商一致后填写在相应的空格内。

签订劳动合同,甲方应加盖公章;法定代表人或主要负责人应本人签字或盖章。

三、经当事人双方协商需要增加的条款,在本合同书中第二十二条中写明。

四、当事人约定的其他内容,劳动合同的变更等内容在本合同内填写不下时,可另附纸。

五、本合同应用钢笔或签字笔填写,字迹清楚,文字简练、准确,不得涂改。

六、本合同一式两份,甲乙双方各持一份,交乙方的不得由甲方代为保管。

2007 年 11 月　　北京市劳动和社会保障局监制

第五章　大学毕业生创业技术指导

[案例]

　　"咱地里"蔬菜自助店是河南教育学院 2007 级毕业生郭高林等人联合开办的。开业以来,店里每天的营业额已从几百元增加到一千多元。为了实现利润多元化,他们还加盟了双汇集团,经营双汇冷鲜肉。"这几个学生娃开的店可实在,秤也足。"经常来买菜的申大妈说,听说大学生开店卖菜,一开始人们只是看热闹,后来发现这里的菜确实很干净,价格也实惠,回头客自然就多了。

　　"我上大二时就决心毕业后创业,给别人打工,不如自己当老板!"郭高林说,他的创业之路是从大三练摊卖衣服开始的。

　　大三暑假,他发现学校附近的都市村庄流动人口多,消费层次也不高,摆摊卖衣服、杂货、小吃的很多。郭高林就批进服装,和女朋友摆起了地摊。"摆摊的时候,我发现旁边卖菜的生意挺好。我就琢磨为啥肉类已经有了品牌店,蔬菜还没有打得响的品牌?"郭高林说,那时候他就有了开蔬菜超市的心思。"以品牌蔬菜为主,兼营五谷杂粮、冷鲜肉等,附带一些副食。"经过一番市场调研,郭高林初步确定了品牌蔬菜超市的初步模式。他想和双汇一样,走品牌化经营、多元化发展的道路。郭高林把自己的想法告诉了同学,几个人一拍即合。最终,大家凑了 5 万多元作为启动资金。毕业后,很多同学还没找到工作,郭高林和同伴们已经成了"老板"。2007 年 8 月 22 日,几个大学生办起的"咱地里"蔬菜自助店开张了。

　　"大学生卖菜? 他们肯定吃不了这个苦!"郭高林说,起初,大家对他们质疑最多的,就是他们创业是不是"三分钟热度"。郭高林说,他们已经用实际行动给出了答案。每天早上 5 时,他和王彦峰都要爬出热被窝,顶着寒风,蹬三轮车到蔬菜批发市场进菜。"每一根菜叶都要精挑细选,每一毛钱都要和人家讨价还价。"王彦峰说。

　　开业第一天,都不会用收款机;收过假钱,也丢过东西;别人吃饭的时候他们最忙,过了高峰期才能轮流吃饭。进入冬季,屋里既没暖气又没空调,因为要净菜、剁肉,还未入冬,几个人的手都冻了。"今天很残酷,明天更残酷,后天很美好"。郭高林说,阿里巴巴首席执行官马云的这句话很经典,他们一直都以此自勉。

"要想发展壮大,必须正规科学。"郭高林说,目前他们和小摊贩没什么本质区别,但再往前走就可以体现出大学生的素质优势。店里现有的蔬菜都是从批发市场进的,将来他们准备实行产品"特许生产制",蔬菜、五谷杂粮、调料、副食品等都将由固定厂家或农户"特许生产"。

[解析]

从郭高林等同学的创业经历可以看出,创业并不是高不可攀、遥不可及的事情。只要从身边的实际出发,选准目标,并付诸艰苦的努力,就可以迈出成功的第一步。

第一节　大学毕业生创业政策与形势

一、大学毕业生创业政策

(一) 国家鼓励大学毕业生自主创业政策

1. 主要政策

2002 年 3 月国务院办公厅转发教育部等部门《关于进一步深化普通高等学校毕业生就业制度改革有关问题的意见的通知》(国办发[2002]19 号)中明确规定:"鼓励和支持高校毕业生自主创业,工商和税收部门要简化审批手续,积极给予支持","从事个体经营和自由职业社会保险登记,缴纳社会保险费","到非公有制单位就业的高校毕业生,公安机关要积极放宽建立集体户口的审批条件,及时、便捷地办理落户手续"。

2003 年 5 月,国务院办公厅在《关于做好 2003 年普通高等学校毕业生就业工作的通知》(国办发[2003]49 号)中规定:"鼓励高校毕业生就业自主创业和灵活就业。凡高校毕业生从事个体经营的,免除国家限制的行业外,自工商部门批准其经营之日起 1 年内免缴登记类和管理类的各项行政事业收费。有条件的地区由地区担保政府确定,在现有渠道中为高校毕业生提供创业小额贷款和担保"。

2003 年 6 月,财政部、国家发展和改革委员会联合下发《关于切实落实 2003 年普通高等学校毕业生从事个体经营有关收费优惠政策的通知》(财综[2003]48号),为切实落实国办发[2003]49 号文件精神,鼓励高校毕业生自主创业和灵活就业,提供了 6 项有利于大学毕业生自主创业的政策规定。

2003 年 6 月,劳动与社会保障部在《关于贯彻落实国务院办公厅做好 2003 年普通高等学校毕业生就业工作的通知若干问题的意见》（劳社部发［2003］14 号）文件中，明确规定："各地劳动保障部门要认真总结近几年来开展创业培训工作的经验，积极组织面向高校毕业生的创业培训，并与就业劳动保障部门远程创业培训网络和创业培训项目，集中开发一批适合高校毕业生的创业项目库，收集一批创业信息，为高校毕业生创业提供帮助。"

2003 年 6 月，国家工商行政管理局《关于 2003 年普通高等学校毕业生从事个体经营有关收费优惠政策的通知》（工商个字［2003］第 76 号）文件中，就高校毕业生从事个体经营、灵活就业和自主创业，制定了一系列有关收费优惠政策，促进高校毕业生自谋职业、自主创业。

2003 年 6 月，共青团中央、教育部、财政部、人事部联合下发《关于实施大学生志愿服务西部计划的通知》（中青联发［2003］26 号），为鼓励大学生毕业生到西部地区工作，满足西部开发对人才的需求。文件规定了激励表彰和经费保障政策，并鼓励大学生自主创业。

2003 年 9 月，国家发展和改革委员会下发《关于鼓励中小企业聘用高校毕业生搞好就业工作的通知》（发改企业［2003］1209 号），鼓励高校毕业生自主创业。明确规定各有关部门要加强对高校毕业生自主创业的辅导，开展多渠道、多层次的创业培训活动，帮助他们树立主动创业的精神，掌握企业经营与管理知识，提高捕捉商机的本领和处理问题的能力。高校毕业生从事个体经营和创办企业的，任何部门不得在法律、行政法规之外设置其他等级类前置审批条件。高校毕业生在各级中小企业管理部门组织的创业基地内设立企业的，除国家限制的行业外，自工商部门批准其经营之日起 1 年内免缴创业基地收取的各项行政性收费。列入全国中小企业信用担保体系试点范围的担保机构，应当优先为高校毕业生创业提供小额贷款担保。

2005 年 6 月，中共中央办公厅、国务院办公厅印发了《关于引导和鼓励高校毕业生面向基层就业的意见》的通知（中办发［2005］18 号）。积极鼓励、支持高校毕业生到基层自主创业。对高校毕业生从事个体经营的，除国家限制的行业外，自工商行政管理部门登记之日起 3 年内免缴登记类、管理类和证照类的各项行政事业性收费。要加强对大学生毕业生提供有针对性的项目、咨询等信息服务，对其中有贷款需求的提供小额贷款担保或贴息补贴。有条件的地区，可以通过和社会两条渠道筹集"高校毕业生创业资金"。

2000 年 1 月 1 日《中华人民共和国个人独资企业法》的正式实施，规范了个人独资企业行为，拉动了社会就业，同时也有利于大学生自主创业。

2. 主要内容

1）注册资本优惠

大学毕业生在毕业后两年内自主创业，到创业实体所在地的工商部门办理营业执照,注册资金(本)在 50 万元以下的,允许分期到位,首期到位资金不低于注册资本的 10%(出资额不低于 3 万元),1 年内实缴注册资本追加到 50% 以上,余款可在 3 年内分期到位。

2) 所得税优惠

大学毕业生新办咨询业、信息业、技术服务业的企业或经营单位,经税务部门批准,免征企业所得税两年;新办从事交通运输、邮电通讯的企业或经营单位,经税务部门批准,第一年免征企业所得税,第二年减半征收企业所得税;新办从事公用事业、商业、物资业、对外贸易业、旅游业、物流业、仓储业、居民服务业、饮食业、教育文化事业、卫生事业的企业或经营单位,经税务部门批准,免征企业所得税一年。

3) 贷款优惠

各国有商业银行、股份制银行、城市商业银行和有条件的城市信用社要为自主创业的大学毕业生提供小额贷款,并简化程序,提供开户和结算便利,贷款额度在 2 万元左右。贷款期限最长为两年,到期确定需延长的,可申请延期一次。贷款利息按照中国人民银行公布的贷款利率确定,担保最高限额为担保基金的 5 倍,期限与贷款期限相同。

4) 人事代理优惠

政府人事行政部门所属的人才中介服务机构,免费为自主创业毕业生保管人事档案(包括代办社保、职称、档案工资等有关手续)两年;提供免费查询人才、劳动力供求信息,免费发布招聘广告等服务;适当减免参加人才集市或人才劳务交流活动收费;优惠为创办企业的员工提供一次培训、测评服务。

(二) 各地大学生创业优惠政策

各地政府为了扶持当地大学生创业,也出台了相关的政策法规,而且更加细化,更贴近实际。

1. 湖北省优惠政策

高校毕业生创业不仅可申请小额担保贷款,还可享受创业培训补贴。

1) 创业培训补贴

对有创业意愿的高校毕业生参加 3 个月以上创业培训的,给予一次性创业技能培训补贴,补贴标准为市州级 1200 元/人,县级 1000 元/人。

2）小额担保贷款和贴息补贴

高校毕业生从事个体经营自筹资金不足的,可申请 2 万元左右的小额担保贷款,贷款期限 2 年,可展期 1 次。高校毕业生申请小额担保贷款并从事微利项目的,由财政给予 50％的贴息,贴息 2 年,展期不贴息。

3）创业免交 46 项行政事业性收费

对高校毕业生从事个体经营的(除国家限制行业外),工商部门注册登记日期在其毕业后两年以内,自工商行政管理部门登记注册之日起 3 年内免交有关登记类、证照类和管理类等各项行政事业性收费,共 46 项。

2. 北京市优惠政策

从 2006 年 5 月起,除拥有北京《再就业优惠证》的人员外,持有北京户口的未就业大学毕业生想要从事个体经营或自主、合伙创办小企业自筹资金不足的,也可申请小额担保贷款。

大学生毕业后有创业要求的,只需带着自己的学历证明和北京市户口,到户口或经营所在地的社保所申请即可。

3. 上海市优惠政策

1）大学毕业生创业四项优惠政策

根据国家和上海市政府的有关规定,上海地区应届大学毕业生创业可享受免费风险评估、免费政策培训、无偿贷款担保及部分税费减免等优惠政策。具体包括:

(1) 高校毕业生(含大学专科、大学本科、研究生)从事个体经营的,自批准经营日起,1 年内免交个体户登记注册费、个体户管理费、经济合同示范文本工本费等。此外,如果成立非正规企业,只需到所在区县街道进行登记,即可免税 3 年。

(2) 自主创业的大学生,向银行申请开业贷款担保额度最高可为 7 万元,并享受贷款贴息。

(3) 上海市设立了专门针对应届大学毕业生的创业教育培训中心,免费为大学生提供项目风险评估和指导,帮助大学生更好地把握市场机会。

2）资助大学生科技创业

2005 年 3 月,上海市政府启动大学生科技创业基金,支持创业。截至 2005 年底,共有 172 个项目获得创业基金资助,受助总额达 2475.4 万元,注册成立公司

110 多家。

从 2006 年起,大学生科技创业基金的总量进一步扩大为每年 1 亿元,由新成立的基金会负责运作,组织协调大学生科技创业工作。

3)设立大学生创业"天使基金"

为了激发"天之骄子"的创业激情,上海市专门设立了大学生创业"天使基金"。大学生开办企业可获 5 万~30 万元支持。

"天使基金"根据学生的申报计划,严格评估学生创业项目,然后确定实际支持金额。这笔资金以股权形式投入到学生企业中,获利部分将成为创业者的利润,而一旦创业失败也无需学生还款。

4. 天津市优惠政策

由天津市工商局制订的大学生创办私企优惠政策包括:放宽注册资本缴付标准与时限、允许毕业生以人力资源和智力成果投资入股、放宽私企经营范围、工商部门上门为企业服务等。

天津市工商部门允许创办私营企业的应届高校毕业生分期缴付注册资本,以生产性和零售业务为主的商业性公司,首期出资 5 万元以上并提交相关证明和承诺书即可获得营业执照;而咨询服务性公司首期出资 2 万元以上即可。

同时,允许具有管理才能、技术特长或者有专利成果的大学毕业生以人力资源和智力成果向私营企业投资入股,最高可达注册资本的 20%;如以高新技术成果入股,经有关部门同意,其所占份额可占注册资本的 35%。

5. 广州市优惠政策

广州市物价局 2006 年下发的有关通知称,对从事个体经营的下岗失业人员和高校毕业生,免交有关管理类、登记类和证照类行政事业性收费共 26 项;对从事个体经营的下岗失业人员和高校毕业生,免交或按最低标准交纳有关经营服务性收费,特别是政府定价和政府指导价的经营服务性收费项目,共 16 项。两类相加,共42 项。高校毕业生从事个体经营的,且在工商部门注册登记日期在其毕业后两年以内的,自其在工商部门登记注册之日起 3 年内凭毕业证享受有关收费优惠政策。

二、大学生创业形势

(一)大学生选择创业的比例低且逐年下降

大学生创业如今已成为一个热点话题,但根据中华英才网发布的"2006 中国大学生择业价值观及求职心理调查报告"，大学生在回答"毕业后的意向"时，79.2％选择找工作，选择毕业后创业的仅有4.3％。

通过一份对北京大学、北京航空航天大学、中国矿业大学、扬州大学等近10所高校进行的抽样调查显示：接受调查的50名大学生中，有65％的大学生表示更倾向于毕业后就业，30％的大学生表示自己虽有创业的念头，但付诸实践会很难，有5％的大学生则明确表示，毕业后会选择自己创业或以创业为目标。

与此形成鲜明对比的是，在发达国家，大学生创业的比例一般占到20％～30％。

不仅如此，随着国内经济的转型和成熟，创业的机会相应的在减少，同时成功的难度也越来越大，既没有资源也没有相关经验的大学生近几年来创业热情逐年下降，2003年的比例为15％，2004年为14％，2005年为9.8％。

（二）目前大学生创业的三个方向

1. 智力服务领域

智力是大学生创业的资本，在智力服务领域创业，大学生游刃有余。例如，家教领域，一方面，这是大学生勤工俭学的传统渠道，积累了丰富的经验；另一方面，大学生能够充分利用高校教育资源，更容易赚到"第一桶金"。

2. 科技含量较高的行业

身处高新科技前沿阵地的大学生，在这一领域创业有着近水楼台先得月的优势。具有管理才能、技术特长或者有专利成果的大学毕业生以人力资源和技术优势与他人合作，共同创办企业。例如，"易得方舟"、"视美乐"等大学生创业企业的成功，就是得益于创业者的技术优势。

3. 店面经营

大学生开店，一方面可充分利用高校的学生顾客资源；另一方面，由于熟悉同龄人的生活习惯、饮食习惯、消费习惯等，入门较为容易。正由于走"学生路线"，很容易靠价廉物美来吸引顾客。如书店、咖啡店、学校周围的餐馆、时尚饰品店等。

加盟连锁店也是店面经营的一种方式。统计数据显示，在相同的经营领域，个人创业的成功率低于20％，而加盟创业的则高达80％。目前许多的大学生，借助连锁加盟的品牌、技术、营销、设备优势，以较少的投资、较低的门槛实现自主创业。如快餐业、家政服务、数码速印店等。

（三）创业形势的优势

1. 新兴行业给创业者带来机遇

在欧洲和美国等发达国家,许多行业都已经被知名企业占据,这些企业有较高的市场占有率和品牌知名度,创业者在那样的环境下发展是相当困难的。而中国的许多行业还是开始不久,很多行业还处于一个"跑马圈地"的时代,都处在同一起跑线上,创业者之间并没有太大的实力差距。正是因为这样,才给创业者创造了很多机会。

2. 国家和各级政府出台优惠政策鼓励创业

近年来,为支持大学生创业,国家各级政府出台了许多优惠政策,涉及融资、开业、税收、创业培训、创业指导等诸多方面。

温家宝总理在十届全国人大五次会议上作政府工作报告时,特别强调了要加强高校毕业生的就业指导和服务。

2007年3月12日,国家工商行政管理总局副局长钟攸平做客中央电视台《大家看法》两会特别节目《互动在12》演播室时透露,各级工商局将为支持大学生创业,放宽市场准入和减免行政性收费,开设大学生创业的绿色通道。

3. 中国的创业成本较低

世界银行最近对133个国家进行的调查报告显示,中国的创业成本为人均收入的14%,远远低于东南亚地区56.8%的平均水平。而且中国的劳动力的价格远远低于发达国家,据一项调查报告显示:2003年中国的生产工人每小时平均工资(包括福利)为0.80美元,韩国为9.99美元/小时,英国为17.87美元/小时,日本为20.68美元/小时,美国为21.86美元/小时,相差十几甚至二十几倍。

（四）创业形势的劣势

刚毕业的大学生,由于缺乏经验和资金、缺乏创业平台等客观条件,让很多大学毕业生在打算创业或创业初期常常因为无法承受风险带来的打击,在面对困难时浅尝辄止或一蹶不振。

1. 缺乏资金

缺乏资金已成为大学生创业的一大"拦路虎"。对一直是纯消费者的刚毕业的大学生来说,想过这一关,难度确实不小。绝大部分大学生创业的资金来源主要依靠父母资助。

2. 盲目创业、缺乏经验、纸上谈兵

具体表现为大学生创业者缺乏开拓市场的经验与相关的知识，缺乏从职业角度整合资源、实行管理的能力。对目标市场和竞争对手情况缺乏了解，缺乏财务税法和市场经济等相关知识及经验。

此外，一些创业者缺乏风险意识，没有良好的心理素质，无法承受创业风险，也常令不少大学生创业失败。

3. 缺乏合适的人才和团队

一个好的企业，必须要有好的团队才能运作。很多创业者带着良好的技术，却无法胜任或找不到合适的管理人才。缺乏人才，也成为不少创业者创业征途上的难题。

第二节　创业品质的培养

一、创业意识的养成

所谓创业意识，是指在创业实践活动中对人起动力作用的个性心理倾向，包括需要、动力、兴趣、思想、信念和世界观等心理成分。创业意识集中表现了创业素质中的社会性质，支配着创业者对创业活动的态度和行为，是创业素质的重要组成部分。

创业意识是激发人们进行创业实践活动的欲望，是心理上的一种内在的动力机制。创业意识的形成，源自人的强烈的创业需求。培养创业意识，关键是要养成大胆意识、竞争意识、风险意识、开创意识和老板意识。

我国大学生普遍缺乏创业热情，要转换这一现状，应积极提高下列意识：

1）提高独立、自主与创新的意识

20 世纪 80 年代以后出生的"独生子女"，所接受的教育一直是应试教育、"呵护"式教育，缺乏独立、自主与创新的意识，缺乏冒险精神与竞争意识。目前在我国基础教育领域，应试教育仍占主导地位，我国高等教育阶段虽然早就倡导素质教育，但教育体制与模式没有太大改变。尤其是大学扩招后，不少学校只注重对学生的知识灌输以及考勤考试，无暇顾及素质教育，缺乏对学生创业意识的培养与引导。

2）提高市场经济竞争意识

计划经济体制下传统就业观念依然影响着人们的思维模式。这些年来，大学生就业制度经历了由"计划分配"到"供需见面"、"双向选择"再到"自主择业"等阶段。大学生就业也应顺应市场需求,他们也面临失业与自主创业的问题。从"工作找我"到"我找工作"再到"我去创造工作",这期间所经历的思想和认识上的转变,是一个非常艰难的过程。

3) 提高自主创业的荣誉感

长期以来,人们在职业的选择上往往有高低贵贱之分。传统观念认为大学生属社会精英,不了解大众化教育阶段的大学生只是"普通劳动者"。社会舆论的偏好和习惯势力的认同,阻碍着大学生的创业欲望和创业激情,阻碍着他们自身价值的最大实现。

二、创业精神的确立

创业精神是一个过程,即某个人或者某个群体通过有组织的努力,以创新的和独特的方式追求机会、创造价值和谋求增长,不管这些人手中是否拥有资源。创业精神包括发现机会和调度资源去开发这些机会。

从创业精神的定义看,主要有:

(1) 对机会的追求。创业精神是追求环境的趋势和变化而且往往是尚未被人们注意的趋势和变化。

(2) 创新。创业精神包含了变革、革新、转换和引入新方法——即新产品、新服务或者是做生意的新方式。

(3) 增长。创业者追求增长,他们不满足于停留在小规模或现有的规模上,创业者希望他的企业能够尽可能的增长,员工能够拼命工作。因为他们在不断寻找新趋势和机会,不断地创新,不断地推出新产品和新的经营方式。

我国社会主义现代化建设还处在艰巨的创业时期,必须大力发扬创业精神。江泽民同志在八届全国人大一次会议中指出,"解放思想,实事求是,积极探索,勇于创新,艰苦奋斗、知难而进,学习外国、自强不息,谦虚谨慎,不骄不躁,同心同德、顾全大局,勤俭节约、清正廉洁,励精图治、无私奉献,这些都应该成为新时期我们推进现代化建设,所要大加倡导和发扬的创业精神"。江泽民同志所归纳的这64个字,全面概括了新时期创业精神的基本内容,言简意赅,内涵丰富。

"解放思想,实事求是"是创业精神的核心和精髓

建设中国特色社会主义是全新的事业,一无现成的本本可搬,二无现成的模式可套。要创这样的大业,没有大无畏的革命胆略不行,没有正确的思想路线不行。要有创业的胆、创业的识,从根本上来说,靠的就是"解救思想,实事求是"。大学生创业要顺应时代的召唤,积极投身于中国特色社会主义事业。

"积极探索，勇于创新"是由创业的开拓性所决定的

我们创业的目标是明确的，这就是把我国建设成为富强、民主、文明、和谐的社会主义现代化国家。实现这个目标的具体道路、具体政策、具体方法，要依靠人民群众在实践中积极探索，要锐意改革，勇于创新，不断总结，开拓前进。"创业"，最突出的特点就体现在一个"创"字上。

"艰苦奋斗、知难而进"是创业者必须具有的精神风貌

在改革开放和现代化建设中不可能一帆风顺，会遇到无数的艰难险阻，也难免有这样那样的曲折坎坷，需要大学生保持昂扬的斗志和坚忍不拔的作风，坚定不移地朝着既定目标奋进。不要夜郎自大，敢于正视自己之短、他人之长，善于学他人之长，补自己之短。学是为了长知识，添本领，更好地发展自己。借鉴是为了保优势，扬特色，更好地创造前进。决不能自卑自馁，更不仰人鼻息。

"谦虚谨慎、不骄不躁"是创业者应有的风格

在创业中总会不断取得新的成绩，也会听到各种赞扬之声。在成绩面前要知不足，在赞扬声中要明差距，永远保持清醒的头脑。决不可因胜利而冲昏头脑，要注意倾听不同意见，注意民主决策，科学决策。

"同心同德、顾全大局"是局部与全局的关系

创业需要同心同德，团结奋斗。在创业过程中，各个局部情况不同，条件不同，发展速度不同，难免发生这样那样的矛盾，要认真调节。要正确处理全局利益和局部利益的关系。在发生矛盾时，提倡局部利益服从全局利益，个人利益服从集体利益。这样，才能成就大业。

"勤俭节约、清正廉洁"是创业者应有的节操

我国社会总体生活水平不算高，大学生创业要永远保持勤俭节约的美德。贪图享乐、挥霍浪费，会销蚀创业精神、瓦解创业精神。要造成勤俭光荣、挥霍可耻的社会舆论。

"励精图治，无私奉献"要求具有强烈的事业心、高度的责任感

大学生在创业过程中，要有正确的人生观、价值观，要有为了伟大的理想而献身的精神。拥有创业精神，可以让大学生在创业过程中信念坚定、目标明确、意志顽强，一步一步走向成功的彼岸。

三、创业能力的培育

一个青年人要想创业，必须有相应的创业能力作为保证，只有不断地加强学习，提高自己的创业能力，才能迅速地跨入创业之门。创业能力是一种能够顺利实现创业目标的特殊能力，主要包括：意志能力、判断决策能力、创新能力、灵活应变能力、人际交往能力、经营管理能力、专业技术能力等。

1. 意志能力

创业比做其他事情的压力都大得多,一个人的创业要有百折不挠的意志能力。意志是一种特殊的能力。在心理学中,意志是指人善于控制自己的行为,善于动员自身的力量去战胜客观困难。意志是人的心理活动,它反映在有意识的有目的的行为上。创业时困难无处不在,无时不有的,这就要求创业者要有良好的精神意志和创业精神,这种必胜心、信念、决心、恒心、信心是最重要的。因此,意志与创业者是形影相随的伙伴。

信心在一个人的奋斗中相当重要。有人说:"决心就是力量,信心就是成功。"自信就是一个人对自己的信心。拥有自信的人,相信自己能够做好即将来临的任务,认为自己能够比一般人出色,并时时展现这种出色。对创业者来说,信心就是创业的动力。要对自己有信心,对未来有信心,要坚信成败并非命中注定而是全靠自己努力,更要坚信自己能战胜一切困难。

日本八佰伴集团创始人和田一夫开始时仅经营一家小水果铺,还被一场大火烧得赤手空拳。但是,在"不摧毁旧的,就不能建设新的"信念支持下,他最终东山再起,成为名噪一时的创业家。

2. 判断决策能力

判断决策能力是社会职业能力中最重要的能力之一。正确的决策来源于正确的判断;正确的判断来源于准确的信息和周密的调查研究。一个创业者的决策正确与否,事关创业的成败。学会决策关系到创业的成败,真正的创业者往往是在别人跃跃欲试时,他已果断做出决策,抓住机遇,符合经济规律,在机遇来临时,即可大胆决策,抢占先机。决策能力是决定创业活动采取哪一种最有效的方式的决断能力。决策能力具体体现在以下方面:

(1)需要有选择最佳方案的决策能力。决策就是方案选优。不过,这个选择不是简单在是非之间挑选,而往往是在一种方案不一定全优于他种方案的情况下进行。科学决策必建立在对多种方案对比选优的基础上,这就要求具有方案对比选优的能力。

(2)需要有风险决策的精神。客观情况是复杂多变的,现实生活中,常常遇到一些不确定型、风险型的决策,这就要求有敢想敢干、敢冒风险的精神。

(3)要有当机立断的决策魄力。"当断不断,反受其乱"。决策往往是在一定的时间和地点内进行,错过一定的时间和地点,最佳方案可能成为最差方案。

3. 创新能力

创新能力是一种产生新想法、解决新问题的能力。只有具备较强的创新能力,才能不断地更新自己的思想和企业的经营管理技巧,更新企业的产品,在充满竞争的市场中稳住脚跟,不断进步。创业人员如果总是走别人走过的路,跟在别人的后面,不会有大的发展。创业者只有创新意识时刻在脑海中闪现,创新行动不断在新的决策下实施,才会在不断变化的市场中使自己处于主动地位。

"长虹"总裁倪润峰深谙此道。1988 年,长虹集团日营业额均在 200 万元以上。然而当年 12 月 9 日销售额骤减。许多人都感到茫然不解。倪润峰拿起 12 月中旬的一份《经济日报》时,看出问题的症结:国家将对彩电征收消费税。此税摊在谁头上?各商家一片慌恐。倪润峰果断决策:抛开商家,直接向消费者零售。在商家和绝大多数彩电厂家观望时,长虹利用元旦、春节创造了回笼资金 1.5 亿元的"长虹神话"。同行在羡慕之余,不得不佩服倪润峰对经济规律的深刻认识和强烈的市场创新意识。

4. 灵活应变能力

应变能力,是一种根据不断发展变化的主客观条件,随时调整行为的能力。它是复杂的市场活动对创业者素质提出的一条起码的要求,也是确保经营活动获得圆满成功的一个先决条件。

具有应变能力的人,不例行公事,不因循守旧,不墨守成规,能够从表面"平静"中及时发现新情况、新问题,从中探索新路子,总结新经验,对前进中遇到新事物、新工作,能够倾听各方面的意图,认真分析,勇于开拓,大胆提出新设想、新方案;对已取得的成绩,不满足、不陶醉,能够在取得成绩的时候,不得意忘形,能透过成绩找差距、挖隐患,百尺竿头,更进一步。

在工作的过程中,要根据事物的发展变化审时度势地作出机智果断的应变,在当今世界,事物各方面的发展日新月异,千姿百态。一个创业者只有不断地提高自己的灵活应变能力,才能在瞬息万变的市场经济大潮中,左右逢源,行走自如。英国企业家迈克尔说得好:"商战中的风云人物,都是驾驭形势的高手。"一个真正的创业者只有具备了高超的灵活应变能力,才能驾驭形势,成为胜利者。

5. 人际交往能力

创业的过程是创业者了解社会、认识社会并充分利用社会给予自己的条件开创事业的过程。创业过程中创业者要和方方面面的人打交道,争取他们的支持和帮助,从而促使创业的成功。因此,学习人际交往知识,提高人际交往能力,是每一个创业者适应社会、开展创业活动中必不可少的一项基本功。提高自己的人际交往能力必须注意以下几个方面:

1) 相互尊重

要想让别人尊重你,就要主动表现出对他人的感情尊重。大量的交际事实证明,凡是主动表达尊重对方感情的一方,往往易于获得他人的好感,并能很快得到另一方的回报。人人都有受尊重的需要,一旦这种需要得到满足,就会激发出做好工作的动力。

2）诚实守信

诚实守信是建立良好社交关系的基础,待人以诚,不仅能显示交际者诚实忠厚,而且容易感染对方。交际时如果吞吞吐吐,欲言又止,转弯抹角,甚至以虚伪欺骗的面目出现,就必然导致对方的反感,从而中止交际。所以,交际双方都应以坦率的态度讲实话,讲真话,公开亮明自己的观点,敢于开展批评,不护短,不包庇。这样才能赢得对方的信任,促使对方以同样的态度来对待自己。守信,即信守诺言。交际双方是否守信,会对交际效果产生不同影响。无论是企业之间,还是个体之间,都应取信于人,信守诺言,言行一致。诚信是交友成功的无形资本。创业先做人,只有诚信做人,才能创业成功。

古希腊有一个动人的故事。有一个人被判死刑,他请求法官让他回乡看望一次卧床生病的老母,法官不答应,犯人的一个朋友挺身而出,愿意替他坐牢,如果犯人不依期返回,愿代他受刑。法官答应了他们的请求,日子一天天地过去,到了行刑的日子,犯人还未回来,市民都嘲笑犯人的朋友太傻了,不该用生命来担保友情。可是这个人对他的朋友充满信心。行刑的一刻终于到了,刑场上寂静下来,大家都屏着气看那悲剧的一刹那! 突然,广场的一角出现了犯人的影子。他一面拼命地跑,一面高声喊:"我回来了!"他一直冲上刑台,拥抱他的朋友,两人热泪纵横。诚信赢得了市民们的热烈掌声,法官被这动人的友情所感动,终于赦免了犯人的死刑。

3）宽容体谅

宽容体谅是交往过程中必须遵循的一个重要原则。所谓宽容,即宽宏大量,豁达大度。一个拥有坦荡宽广胸怀的人在交际中往往能够宽容对方,体谅对方,不计得失,易于被对方接纳、信任,从而建立起良好的人际关系。反之,心胸狭窄,斤斤计较,挑剔苛求,以己之长,比人之短,则会造成交际双方感情的疏远,甚至导致关系破裂。

宽容体谅要做到:

(1) 要严于律己。在交往中,凡是要求别人做到的,自己首先要做到,要让对方在实际行动中感受到自己的美好的品格,赢得对方的信任。

(2) 要宽以待人。"水至清则无鱼,人至察则无徒。"交际双方难免有性格、兴趣、处世为人等方面的差异,有时还会发生争执,但只要不是原则性问题,"得饶人处且饶人",要充分体谅对方。

(3) 要坚持原则。宽容体谅并不是不讲原则。而是为了求大同存小异,减少摩擦。如遇到大是大非的问题,就要开诚布公、襟怀坦白、亮明观点。这样做也许对方一时不能接受,但明白事理之后,就会备受感动,从而发展双方的关系。

6. 经营管理能力

在创业能力中,经营管理能力是一种极其重要的、较高层次的能力。特别是当创业已有一定基础和规模的时候,经营管理能力尤其显得举足轻重。所以,组织管理能力既是控制与调节的艺术,又是人才的发现和使用艺术,更是资金的运筹艺术。一个企业的领导者如果缺乏足够的组织管理能力,有时企业垮掉了还不知原因在哪里。

据报道,深圳市某总经理等人违纪进行投机交易,给国家造成经济损失高达1842.48万元。令人吃惊的是,在审讯中,这个总经理说:“我这几年没日没夜地工作,我敢用脑袋担保,不贪污、不受贿,跟腐败沾不上边。”但在审讯笔录中,他对“你是否懂得期货交易的经营操作?”“共投入多少资金?”“为什么将这个交易交给一个聘用的业务员来负责?”这几个问题的答复却是:一个“不知道”,三个“我不清楚”。这样的企业领导者连起码的企业管理基本知识都没有,哪有不出乱子的道理。提高经营管理能力,必须做到三个“善于”。

1) 善于经营

良好的经营管理是企业取胜之本。美国创业家协会把经营管理之道归纳为以下内容:

(1) 力求创新。只有努力创新的企业才会有前途。任何企业都必须表现出自己的特色,才能不断增加消费者。面对困难和挫折,要靠自己去突破,要拿出魄力和决断力,在创新方面去寻求机会。

(2) 追求成长。一个创业者不向更高的目标挑战,就无法品味出其中的喜悦。如果抱着只想混口饭吃的无所谓的心理,那么合作者自然会很散漫。

(3) 确保合理的利润。不能靠贱卖的方式去吸引消费者,而应该以优质的产品和服务获得正常的利润。从正常的利润中,取出部分再投资到事业中去,以便长期性地对消费者提供更佳的产品和服务,只有这样才能不断发展。

(4) 以消费者为出发点。创业者必须以群众利益为出发点,应千方百计去了解消费者的需要,然后去满足他们。

(5) 倾听消费者的意见。必须了解消费者的需要。做到这一点,最好的办法是倾听。要顺应自然,集思广益,然后才去做该做的事,必然会取得成效。

(6) 掌握良机。创业的成功,系于是否能够掌握良机。要选择适当的时机,调查消费者的需求;要表现出亲切、仔细的态度;如果消费者对你有好感,就会倾向于用你的产品。

（7）发挥特色。没有特色的企业是不值得品味的。要考虑本地区的收入水平、文化水平、民俗习惯等。并且从可能的事项入手，一步步去发挥特色。特色并不限于商品，其他方面诸如良好的服务、华丽的店面、诚恳的态度等，只要发挥其中一两项特点，就能够吸引消费者。

2）善于理财

企业是以营利为目的的经济组织，善于理财是创业成功的一个重要保证。创业者不仅要善于生财，还要善于理财。每做一事，都须掂量一下，看看是否有利于企业发展，有没有效益。善于理财的创业者，不仅钱财用度节俭，出入谨慎，账目清明，而且有极强的盈利观念和资金时间价值观念。他们懂得盈利是积累财富、扩大再生产的唯一源泉；他们能巧妙地把钱花在刀刃上，做到少花钱多办事。

3）善于用人

创业成功者，无不爱才，谙熟用才之道。刚刚创业时必然要招揽人才，这时必须牢记：人才是公司取胜之本。没有优秀的人才，也不会有优秀的企业。

用人的第一步是选才，要根据企业的需求选择有关专业人员，选择不同层次的工作人员。用人的第二步是育人，因材育人，及时培训。用人要会留人，要关心他们，以心换心，多劳多得，优质优价。要注意在自己职工中选拔人才，以调动广大职工的积极性；谨防任人唯亲、盲目培养自己的小集团，这样会挫伤企业内部员工的积极性。

知人善任。汉高祖刘邦说过一句名言："夫运筹帷幄之中，决胜千里之外，吾不如张良；连百万之众，战必克，攻必取，吾不如韩信；抚百姓，筹军饷，不绝粮道者，吾不如萧何；吾能用之，所以能得天下。"可见知人善任是何等重要。知人善任必须做到用人不疑，要放手让员工大胆工作。同时要给员工创造一个展示才华的机会和平台，如果由于你用人不当造成人才流失，在员工心里造成的影响会影响到工作。在员工中必须形成"能者上，庸者下，平者让"的观念，要给员工创造一个和谐、竞争的环境。

7. 专业技术能力

专业技术能力是指掌握一定的专业技术知识，并运用这些知识去解决领导实践中遇到的专业技术难题的一种能力，包括专业知识和专业技能。专业知识是指从事某一专业工作所必须具备的知识，一般指具有较为系统的内容体系和知识范围。掌握专业知识是培养专业技术能力的基础。专业技能是由一系列外部动作构成的，是经过反复训练形成和巩固起来的一种合乎法则的随意行动方式。专业技能的形成，对于解决生产中的难题、进行技术上的更新和创造以及开创性个性品质的养成，将有很大的作用。

创业者以自己的服务或产品为社会作贡献,其劳动价值要能得到社会的承认,当然要以精通专业技术为条件。专业技术能力是最为基本的能力,是人们从事某一特定社会职业所必须具备的能力和本领。专业技术能力作为一种创业能力,具有以下功能:

(1) 为创业者走上社会、投身于创业实践活动提供基本的条件和手段。

(2) 在一定的条件下影响创业实践活动的效率,如从事某一项目的生产实践时,专业技术能力的强弱直接决定了生产的方法和效率。

(3) 在一定的条件下对高层次创业能力的有效发挥具有促进作用。

一个具有丰富经验和较高水平的经营管理者,如果不熟悉、不了解某一专业或职业的特殊性,就无法施展和发挥其经营管理或综合性能力,而只有把握住了某一专业、职业特点,才能对症下药,因事制宜,采取适当的经营管理方法。

第三节　创业的基本方法

一、选择创业目标

(一) 创业方向

选择创业的方向就是要确定创业干什么,即选择什么行业或项目作为自己的创业方向。在众多的社会行业中,究竟选择哪一个项目作为自己一显身手的领域呢? 应根据什么来确定自己的创业目标呢?

要想创业且又做到有把握,一定要对某一行业越熟悉越好,不要仅凭想象、冲劲、理念做事。若立志投身一项事业,不妨在该行业工作一年半载,摸清摸熟行径再创业也不迟。虽然这比较花时间,但与创业后不赚钱相比要好得多。理想上当然是因为有一门专业是熟悉的,因而萌发自立门户之念。如果心目中有一门事业认为可供发展,就应该大胆付诸行动。而付诸行动的步骤不是立即创业,而是先进行资料搜集和各项准备工作。创业者的准备工作若做得充足,信心自然就高,这样就已经迈出创业的第一步了。但不是每一行业都可小本创业,也不是每一种行业都是正值创业的时机。大学毕业生在开始创业的时候,一般资金都比较少。在资金比较少的情况下,选择创业的方向要考虑以下一些因素:

1) 选择资金周转期短的行业

创业起步阶段,因为自己的资金有限,而且有限的资金要用于办理各种手续,购置固定资产,购买原材料等,因此,创业起步阶段选择的行业,其资金周转期要尽可能短一些。在确定创业项目之后,如果有资本而无周转资金,创业经营就会困难重重,创业目标就难以实现。

2) 选择技术性要求不太高的行业

一般来说,小资本创业阶段应尽量避免技术性要求过高的行业,因为技术过高的行业往往对创业资本要求比较高。在小资本创业初期,可以选择技术性要求不很高、资本需要量不大的行业。

3) 选择库存品比较少的行业

在创业初期,不要选择需要库存品比较多的行业。因为大量的库存品必然会造成资金周转缓慢,这不是小资本所能维持的,若市场波动,或周期长卖不出去,必然会造成资金周转不灵,生产经营困难,甚至陷入倒闭的困境。如果产品可以在短时间内卖出,库存品比较少,资金回收率就比较高,资金周转就比较快,生产经营所需要的流动资金就比较少。

4) 选择成长性的行业

创业就是要使自己的事业不断发展壮大。一个成功的创业者所选的创业行业应该是成长性行业。企业经营业绩比较好,而且逐年增长,甚至有高速发展的前景,这才是最有前途的投资创业行为。有发展前途的行为,即是对创业者的挑战,也能够给创业者以更多的回报。在投资创业初期,很多人由于不熟悉市场,往往是跟着感觉走,看到别人做什么生意赚了钱,盲目仿效跟风,也不考虑自身情况。这样,往往因为市场供过于求或不适合做这项经营,结果血本无归。因此,在投资时要学会钻空子、找冷门,做到"人无我有"。所以,在选择创业行业的时候一定要考虑所选行业的成长性。

5) 选择需要人手少的行业

走上创业之路以后,可以从小做起,从简单做起,逐步做大做强。在创业之初,因为资金比较少,经验不多,从事小本经营,应选择需要人手少的行业,原则上是人手越少越好。等到经营良好、必须扩大营业时,再酌情增加人员,逐步发展壮大。

6) 估算创业利润

选择创业之路,必然要获取创业利润。创业起步阶段由于创业资本比较少,承受风险的能力比较低,在确定创业目标之前,必须做好利润预估工作,尽可能地降低创业风险。估算创业利润,这是创业中很重要的一个问题。如果利润的估计发生错误或偏差,就会蒙受比较大的损失,甚至造成企业的倒闭。但是,利润预估工作要有长远和发展的眼光。一般地,青年学生刚开始创业要尽可能避开竞争激烈的热门行业,而选择那些较少有人问津的冷门行业可能更容易成功。

(二) 创业形式

选择创业的形式是实现创业目标的开端。选择恰当的创业形式,可以打开创业的思路,确定实现创业目标的道路。要想创业成功,可以根据自身的实际情况,选择最合适的创业形式。根据创业成功者的经验,创业形式一般有以下几种。

1. 开办新的企业

实现创业目标的最佳形式之一就是开办自己的企业。从头干起,这是很多成就大业的创业者最常用的方法。从头开始虽然相对比较困难,但最大的好处是一张白纸可以描绘最新最美的图画。

创业一般分两个阶段,即创建阶段与经营阶段。首先,要根据自己的创业构想,创建自己的事业。例如,开店必须确定店址,办理手续,装修店堂,采购商品,招聘员工,做好开业准备。办工厂则要选择产品,确定厂址、厂房,办理手续,购买机器设备,招聘技术人员和工人,购买原材料,进行试生产等。做好以上工作以后,才能进入企业的经营阶段。开店就要想办法经营好店铺;办工厂就必须生产出质量优良的产品,通过各种渠道做好新产品的销售工作。

2. 购买现有企业

购买现有企业是指用各种方式获得一家现成的企业。这家企业可能正在营运,也可能已经停业,可能赚钱,也可能会亏损。购买现有的企业,可以节省大量的时间与精力,缩短创业周期,直接进入经营阶段,而且与新办企业相比,价格也相对比较低。但可能买到的只有厂房、设备、过时的产品和原料,也就是说,买到的可能是一个空壳与一堆低质量的资产,以后的经营需要花费很多精力和财力。购买现有的企业,主要考虑的是自己希望得到了什么? 是物美价廉的硬件(厂房与设备),还是现有可以营运的企业;是为了立即开展营运,还是看准了现有资产的潜在价值(企业的地址或者商标)等。

3. 加盟特许经营

特许经营是目前世界流行的生意模式。特许经营总部通常有一个成功生意,并有标准的经营方式,可以像复印机一样复制,如肯德基、麦当劳、佐丹奴专营销以及汽车、空调、彩电、摩托车等特约销售、维修等。虽然特许经营在目前还处于起步发展的阶段,但经过近几年的普及和推广,发展速度很快,一些知名品牌的特许经营体系中,网点规模增长很快,有的一年可以增长上百个网点,这说明社会上越来

越多的人正加入到特许经营的事业中。特许经营提供了一种低风险的双赢模式。特许经营的成功之路,应主要考虑以下几个因素:

1) 市场的影响力

加盟特许经营系统,必须关注市场的长期影响力。因为,现在的成功并不代表未来 10 年、20 年就一定成功。成功的关键是要加盟有长期影响力的特许经营系统。加盟特许经营系统,就是选择未来事业搭乘的船。一定要选择最好的船,因为"赢家通吃"是市场成熟阶段的基本法则。加盟特许经营不要选择快速变化的行业,关系到衣、食、住、行的生意永远都是朝阳行业。

2) 本地的市场潜力

加盟特许经营系统,必须评估本地市场的潜力。一般情况下,特许经营的生意都领先于本地市场,判断的重点是加盟特许经营系统现在是否合适,如果暂时不合适,则要明确还需要等待多少时间,特许经营总部对被评估地市场看法。如果特许经营总部重视开发评估的地区,就可以获得相对好的条件,并获得更多的支持。

3) 提供的支持与服务

特许经营行业良莠不齐,提供的支持与服务,也有很大的差异。加盟特许经营系统,就是希望获得总部的支持与服务,能够克服没有经验与专业知识的缺陷,成功地实现创业目标。因此,在加盟特许经营系统之前,必须仔细了解拟加盟的特许经营系统提供的支持与服务情况。可以询问先期的加盟者,这通常会有很大、很真实的收获。

4) 受控制的情况

加盟特许经营系统,会有很多约束条件,在加盟前应当仔细地询问了解,特别是合同中一些含糊的说法一定要搞清楚。合同的关键是权利与义务的对等、收益与风险的平衡。

4. 自由职业者

自由职业也是创业的一种形式。自由职业者实际上就是一个独立的个人企业,创业者通过设计、咨询、策划、电脑编程、写作、翻译等一些创造性的劳动或专业技术工作而获得报酬和利润。

由于科技的发展,社会经济格局的变化,自由职业者具有越来越强的生命力与影响力。据有关资料介绍,现在美国新创的小企业中,自由职业者占了 30% 左右,还将有上升的势头。在我国经济发达的地区,也有越来越多的人选择了这种创业形式。

世界已开始步入知识经济时代,企业的核心竞争力已不在于固定资产的多少,而在于掌握专业知识、高新技术和经验的程度。虚拟的企业在技术的支持下,可以大有作为。只有一个人的企业,可以有百万、千万的资产和营业额。自由职业者只有在知识密集型行业才得以生存与发展。

成功的自由职业者很大程度上依赖个人在业界的声誉与地位。由于其工作的特殊性,很难对其工作成果进行有效的评估,判断的标准只好借助个人的名气。有名气的人可以待价而沽,没有名气的人寸步难行。自由职业者还必须有广泛的人际关系,才能够生存与发展。由于自由职业者是真正的一人企业,管理企业就是管理自己,良好的自我控制能力是创业成功的关键因素。

5. 风险投资创业

随着知识经济与网络时代的到来,风险投资创业已逐步被人们所了解与接受。风险投资创业是指没有创业资金而有创业构想、创业能力的创业者与有资金的风险投资家合作,实现创业目标的创业方式,也就是创业者出智慧、出技术、风险投资家出资金,共同创建一个有市场前景的新公司、新企业。

对于创业者来说,首先要有一个成熟的创业构想,并且有切实可行的实施方案,如特定的技术、专利、销售市场等;其次就是寻找并说服风险投资家认可自己的创业构想,乐意承担风险投资资金。风险投资创业比较好地解决了创业的资金问题,使创业者能够克服难以筹措创业资金的困难,应用所学知识和掌握的特定技术、专利、销售市场等直接从比较高的起点开始自己创业,实现自己的创业理想。

有人把风险投资创业形象地比喻为"芝麻开门"的故事。即创业者就是阿里巴巴,知道一个藏宝的山洞,还知道"芝麻开门"这个咒语。问题在于创业者距离这个山洞很远,没有工具把宝藏运出来。因此,创业者就要找一个合伙人,这个自愿提供交通工具和费用,两人一起去山洞里取宝藏。取到宝藏以后,两个人按照一定的比例分配。如果失败了,合伙人认赔。

在知识经济时代,创业成功的关键就是知道藏宝的山洞与开门咒语。风险投资创业方式是最有创造力的创业方式,它必将培育出一批成功的创业者,推动我国经济的快速发展。

二、走上创业之路

1. 勇敢地迈出第一步

1) 充满信心

充满信心是创业成功的前提。一个人应有积极的处世心态,才会以必胜的信念和坚强的意志去面对自己、面对未来，才不会在失败时怨天尤人，成功后又很快地迷失自我。如果想在自己的人生舞台上有所作为，就必须以强烈的竞争意识去追求事业的胜利。

2）权衡利弊

创业之前应先权衡利弊然后再作取舍。打算自行创业一定出于某种原因，或是维持生计或是实现自己的抱负，无论出于什么动机，将面临这些实际问题：拿自己的积蓄去冒险；长时间无休息地工作；为发工资和债务担忧以及要去做许多并不喜欢做的事情。当然也能得到回报：获得利润；自己做主更好地把握自己的命运；得到为社会作贡献的乐趣并赢得尊敬。

3）自我评价

自我评价就是要实事求是的分析自己的优势、能力，客观地考虑自己能承担多大的风险，确切地估计自己的经济实力和健康状况。对于风险承受能力较弱的，资金不足，经验又不足，那么，可以观察其他人在做什么，跟着做，虽然不可能赚到大钱，但赔本的机会少，风险也小。能赚平均利润，对于小本经营的创业者就不错了，通过这样的锻炼，可以慢慢学习赚大钱的本领，慢慢积累赚大钱的资本。对于资本雄厚，风险承受能力强的创业者，可以从创业伊始就去剑走偏锋，寻冷门，赚大钱。因此，大学生开始创业时，要有一个深思熟虑之后执意去实施的开业项目；要有把握筹集到的一笔开业资金，并得到家人的支持；要能够踏踏实实地有计划地去做每一个具体而艰难的开业准备工作。

2. 善于抓住机遇

学会抓住机遇对于大学毕业生创业十分重要。什么是机遇？机遇就是人们实现某种主观愿望的客观机会。不少高职生，把自己迟迟不能行动的原因归结于缺少机遇。有人说："命运不好"、"没有机遇"。殊不知机遇随时都有，关键是能否抓得住。

有人问：机遇在哪里？如何去找？其实"机遇"就在我们的日常生活之中，潜藏于平凡现象的背后。"机遇"就是人们日常生活的取向观念。只要细心观察人们的生活，就会发现人们生活需求的方向，进而去满足人们的需求。

要抓住机遇，最重要的是有敏锐观察力。发掘创业机遇，大致有以下几种做法：

（1）分析特殊事件来发掘创业机遇。

（2）分析矛盾现象来发掘创业机遇。

（3）分析作业程序来发掘创业机遇。

（4）分析产业与市场结构变迁的趋势来发掘创业机遇。

（5）分析人口统计资料的变化趋势来发掘创业机遇。

（6）由价值观与认知的变化来发掘创业机遇。

（7）由新知识的产生来发掘创业机遇。

"机遇"就是市场缺口，只要善于观察，把平常人们不注意或者看似琐碎但有商业价值的想法付诸行动，变成产品或服务行为，抓住市场变化，填补人们需求，就能取得成功。所谓市场缺口，就是日常生活中人们能够模模糊糊地感觉到，但又无法明明白白地表达出来的内在需求。创业者以平常之心去观察市场，观察潜在的需求变化，及时采取行动，就会收到明显效果。例如，在江西某地打工的大学毕业生李生民，打工一年没吃上豆芽，为什么？那里没有卖豆芽的。他发现当地人也喜欢吃豆芽，于是抓住了这个"缺口"，开始了自己的创业行动。他成功了，成了当地有名的"豆芽大王"。

"机遇"必须以人们的需求为最终目标。要把竞争对手的客户变为自己的客户，要发掘潜在的客户，必须把群众的需求放在心上，倾听他们的意见。例如，天津"狗不理包子"在全国有名，正宗弟子蔡某到南方某地也想开一个"狗不理包子店"，尽管包子做得很好，但生意不好。为什么？原来人们对这个名称不感兴趣，自然很少有人光顾。于是他迎合人们的需求心理上把"狗不理"改成为"喜来临"，并不断改进经营方法，从此生意红火起来。

3. 发挥自己的长处

近年来，大学毕业生就业出现低迷之势，但仍有部分学生不但不愁出路，反而在竞争中一路"绿灯"，纵观这些学生的共同点就是拥有特长。所谓"特长"就是指和普通学生相比所拥有的专长，包括擅长写作，精研电脑，拥有会计、律师等资格证书，有演讲、播音才能等。创业者在选择创业项目时，一定要找那些适合自己能力、契合自己兴趣、可以发挥自己特长的项目，这样才有利于持久性的全身心的投入。

4. 突出个性，走自己的路

人的个性多种多样，个性不是离经叛道，不是赶潮流。一个没有个性的人，一个总是用公共模子来塑造自己的人，不可能成为一个创业者。对一个创业者来说，不管你想从事哪一行，想在哪个领域里创出一份属于自己的事业，最为重要的一点，就是要突出你的个性。

每一个创业者都应该懂得，按照原有的惯性来复制每一天的生活，任世俗的潮水来打磨自己的思想棱角，远离了灵感和激情、远离了梦想和追求的人，永远不会成为一名真正的创业者。只有忠诚于自己的计划，才能实现自己的理想。

三、制订创业计划

所谓创业计划就是对创业活动的目标及在实现目标的过程中,对所涉及的内容所做出的具体安排,一般以创业计划书的形式表现出来。创业计划是对未来的筹划和安排,是创业者事先规划做什么,谁去做和如何做。实施计划就要按计划要求采取一系列的行动,这些行动的目的就是为了实现创业的目标。因此,创业计划可以保证创业工作有序进行。

创业计划书的制订一般包括以下主要内容:

(1) 简介。

(2) 创业目标陈述。

(3) 创业设想描述。

(4) 市场分析。应包括创业构想、市场目标、竞争估计以及市场开拓策略的一般性说明。

(5) 生产计划。

(6) 市场营销计划。

(7) 组织计划。

(8) 财务预算。应包括营运支出的估计,预期的业绩和收入,现金周转分析。所有财务情况必须仔细计算出来,以便让可能的贷款人或投资人认识到该投资计划是深思熟虑的。

(9) 风险评估。

(10) 附录。诸如商品介绍、技术要求、调查报告,以及合约和租约等文件。

创业计划并不可能是固定不变的,只有不断地修改、调整,才能适应市场,才能对企业的经营起到正面的指导作用。制定创业计划时应注意计划要符合实际,要量力而行,要了解市场行情,投资分析要尽可能客观公正,创业的内容要有一定的科技含量。

对于创业者来说,在创业能力不断提高的基础上,除了注意搜集信息外,就是要确立好创业目标。只有创业活动而无创业目标是盲目的;反之,只有创业目标而没有创业活动,其目标是虚无的。因此,创业者既要选准创业目标,同时,还要及时制定周密计划,付诸行动,以早日实现创业目标。

四、办理开业登记

1. 私营企业的开业登记手续

创业者开办私营企业申请开业登记时,应向登记机关提交以下文件:

（1）申请人及合伙人、投资者身份证明。

（2）验资证明。

（3）场地使用证明。

（4）申请从事资源开采、建筑设计、施工、交通运输、食品生产、药品生产、印刷、旅游、外贸、计量器具制造等行业生产经营的私营企业，应当按照国家有关规定提交有关部门的审批证件。

（5）设立合伙企业，需提交合伙人协议书。

（6）设立有限责任公司，需提交公司章程。

（7）其他有关文件证明。

2. 合伙企业的开业登记手续

设立合伙企业应由全体合伙人指定的代表或者共同委托的代理人向企业登记机关申请设立登记，并提交下列文件：

（1）全体合伙人签署的设立登记申请书。

（2）全体合伙人的身份证明。

（3）全体合伙人指定的代表或者共同委托的代理人的委托人。

（4）合伙协议。

（5）出资权属证明。

（6）经营场所证明。

（7）国务院工商行政管理部门规定提交的其他文件。

法律、法规规定设立合伙企业须报经审批的，还应当提交有关批准文件。合伙协议约定或者全体合伙人决定委托一名或者数名合伙人执行合伙事务的，还应当提交全体合伙人的委托书。

五、创业初期的人员管理

创业型人才一般以年轻人居多，处事不够稳重、莽撞、欠考虑。年轻的创业者血气方刚，在创业初期热情高涨，情绪很能影响合伙人。他们考虑最多的是如何多拉业务、如何扩大业务圈、如何尽快提升销量、如何多进账。于是他们把更多的精力放在跑业务上，放在"钱"、"利"、"财"上，放在与合伙人暗中争名夺利上，而忽视了企业内部管理，特别忽视了人员管理的重要性。

对于企业或个人来说，创业初期都是最艰苦的时期，会遇到各种各样的麻烦，因企业实力弱，经营者经验不足，这些麻烦不能很好处理，这就会使企业员工产生不好的情绪。企业内部员工会因陌生环境紧张、不习惯或因工作上遇到困难或因同事间出现矛盾，而造成不良情绪或反应。若员工自己没好好调整，管理人员也不注意化解矛盾,诸如此类情绪就会扩大化,甚至有可能蔓延整个企业。所以,企业管理人员应该关心员工,不要只管自己抓生产、抓质量、抓业务而忽视了内部人员的情感变化。

创业型公司在这方面更应注意,不要以为业务量增多就万事大吉,人心不稳,企业同样不稳定。因为在创业初期,人和企业都不稳定,人不稳定就容易有情绪,企业不稳定就容易使员工有情绪,创业初期,无论企业以后发生什么问题,经营者都要学会保持冷静的理性思维。

美国钢铁大王卡耐基曾说:"你可以把我的资金、厂房、设备拿走,只要人不动,10年后我还是世界第一。"创业型企业应该从这句话中受到启发,在管理企业时首先应该学会管理员工,应该学会用人。善于用人、善于育人、善于留人是一个企业成功的关键和保证,也是一个企业化解内部矛盾,有效经营的措施。

对于创业型企业来说,管理员工的重点还是在于稳定人心,怎样激励员工发挥最大效益,而不是提防和克制他们。企业应该采取有效的激励机制,调动员工的积极性,把人员管理摆在与经济收入同等重要的地位。创办人要将心比心,关心员工,以诚待人,只有让员工发自心底地为公司利益服务,公司才能长期发展,不断壮大。

20世纪30年代,受世界经济危机的影响,日本松下公司严重亏损,一度陷入经营困境。这时,公司有关部门向公司高层提出了减产减人的应急计划,但总裁松下最终只批准减产,不同意减人。松下的理念是:亏本不能亏员工,不能让员工成为经营风险的牺牲品,要与员工风雨同舟,公司员工被松下的诚意和善心所感动,千方百计为公司推销产品,帮助公司渡过了难关。目前,日本许多公司都继承了这一传统,有关专家认为,松下公司能有今天的业绩,是与公司员工有一种风雨同舟共渡难关的精神分不开的。

"任有大小,唯其所能,若器皿焉。"创业型企业要充分调动所有员工的积极性,让智者尽其谋,勇者尽其力。要正确认识人员管理的重要性,管理和经济两手抓。

六、创业初期的财务管理

1. 做好营运资金控管

"营运资金"——顾名思义,就是企业营运所需的资金。营运资金的控管应始自预算的规划与执行。了解营运资金的使用有无浪费或是否效率的最佳方法就是实施预算制度。应对每一项开支设下限制,及对每一项收入订下目标,也是预算制作的一项基本方法,但却不是整个预算制度的最终目的。预算制度最终的目的是要对营运资金进行管控、反省与调整。只有通过持续不断地管控与修正,追根究底地查查误差原因并进行调整，才能真正达到营运资金管控的绩效。

2. 避免呆账

为了减少损失，一定要做好债权确保的工作。多利用"应收账款明细表"来记录和客户之间的账款往来，而另一种"账务分析表"则有助于了解客户付款的品质、付款习性，并加以平等管理。在往来时，如果遇到对方经营状况不良好，缺乏诚信，应保持高度警惕。

七、创业风险

创业是创造不同的价值的一种过程，这种价值的创造需要投入必要的时间和付出一定的努力，承担相应的金融、心理和社会风险，并能在金钱上和个人成就感方面得到回报。大学毕业生是否具备风险意识和规避风险的能力，将直接影响创业的成败。

1. 缺乏创业技能

很多大学生创业者眼高手低，既不了解创业的相关政策法规，也没有在相关企业的工作、实践经历，缺乏能力和经验，却对创业的期望值非常高。缺乏财务税法和市场经济等相关知识，当把创业想法转化为实际行动时，才发现自己根本不具备解决问题的能力，这样的创业无异于纸上谈兵。

规避措施　市场瞬息万变，时刻都有风险，但不会有人及时提醒，防范风险只能靠自己增加本领。一方面，去企业打工或实习，积累相关的管理和营销经验；另一方面，积极参加创业培训，积累创业知识，接受专业指导，提高创业成功率。

2. 盲目选择项目

目前，大学生创业的项目选择多集中在高科技领域和智力服务领域，如软件开发、网页制作、家教中介、设计工作室等。此外，快餐、零售等连锁加盟店也是大学生青睐的创业项目。但是，大学生并不了解市场，如果缺乏前期的市场调研和论证，只是凭自己的兴趣和想象来决定投资方向，甚至仅凭一时心血来潮就决定干哪一行，一定会"碰得头破血流"。

规避措施　大学生创业者在创业初期一定要做好市场调研，也可委托专业机构进行可行性研究，在了解市场的基础上创业。一般来说，大学生创业者资金实力较弱，选择启动资金不多、人手配备要求不高的项目，从小本经营做起比较适宜。

3. 融资渠道单一

资金难筹几乎是每一个大学生创业者都会遇到的难题。银行贷款申请难、手续复杂,如果没有更广阔的融资渠道,创业计划始终只能停留在计划层面,不能转化为实际行动。

规避措施 广开渠道,除了银行贷款、自筹资金、民间借贷等传统方式外,还可以充分利用风险投资、天使投资、创业基金等融资渠道。

4. 遭遇虚假投资者

大学毕业生在创业过程中,难免会遇到虚假投资者,其目的可能是为了骗取钱财,也可能是骗取商业计划。

规避措施 创业者应该充分了解投资方的基本情况。例如,投资方的信用问题及其所提供的案例的真实性等。必要时,创业者还需要委托专业调查公司进行调查。

5. 社会资源贫乏

由于长期身处校园,大学生掌握的社会资源非常有限,而企业创建、市场开拓、产品推介等工作都需要调动社会资源,大学生在这方面会感到非常困难。

规避措施 平时多参加各种社会实践活动,扩大自己人际交往的范围。也可以实行"先就业,后创业"的模式。创业前,可以先到相关行业领域工作一段时间,通过这个平台,为自己日后的创业积累人脉。

6. 管理过于随意

由于长期接受应试教育,不熟悉经营"游戏规则",一些大学生创业者虽然在技术上出类拔萃,但理财、营销、沟通、管理方面的能力普遍不足。此外,一些人存在一定的性格缺陷,如自以为是、刚愎自用等,这些都会影响创业成功率。

规避措施 要想创业成功,大学生创业者必须技术、经营两手抓,制定科学规范的管理制度。利用大学课余和寒暑假打工。现在社会留给学生的打工机会很多,利用打工可充分锻炼自己的综合能力。市场调研、销售、组织、人力资源管理、财务管理、物流管理等各方面能力都可以在打工的过程中或多或少地得到锻炼。在创业时可从合伙创业、家庭创业或低成本的虚拟店铺开始,锻炼创业能力,也可以聘用职业经理人负责企业的日常运作。

思考题

1. **实际调查:请你以一个创业者的身份到当地的工商部门、税务部门、银行进行咨询,调查**

当地对大学生自主创业有哪些优惠政策?

　　2. 结合自己的实际情况,你认为大学生创业最大的困难是什么? 你将如何解决这些困难?

　　3. 根据当地的经济发展水平,结合学校周边的环境,设想一个创业计划,并写出详细的创业计划书。

第六章 大学毕业生择业技能

[案例]

杨华是一名商务英语专业的高职毕业生,在校期间他刻苦努力,执著追求,取得了骄人的成绩,是个品学兼优的学生。毕业之际,他深知当今的人才竞争激烈,虽然自己是名高职专科生,但他坚信凭着自己实力一定能找到一家慧眼识珠的单位。当他得知上海一家大型进出口公司招聘毕业生信息时,便带上材料前去应聘。到达现场以后他才知道该公司只招聘本科生,而且这次已是最后的面试。但他还是硬着头皮坐了下来,一直等到面试的学生全部走完,他凭着"初生牛犊不怕虎"的劲头推开门进去。"对不起,面试已经结束了。"一位女士拦住他。"不,还少我一个。""你叫什么名字?"那位女士边查看名单边问道。"您不用找了,名单里没有我,我叫杨华,是X高职学院的学生。""对不起,除了两所重点大学外,其他学校我们都没通知。""既然我来了,就请给我一次机会好吗?我不在乎结果,只想测试一下自己的能力。"杨华带有央求的语气中透着几许执著。这时,从里间走出一个戴眼镜的中年男士,他眼睛一亮,赶忙迎上前去,并用英语说道:"您好!王总,我在报纸上见过您的照片,您是省十佳青年企业家。我叫杨华,是X高职学院来应聘的毕业生。""高职学院的?口语还不错嘛,进来吧,我们聊聊。"经过十多分钟的交谈,王总对杨华的英语表达水平和外贸方面的知识非常满意,对他敢于竞争、不服输的个性也很看重。两天后,杨华便接到该公司的电话通知,公司已同意破格录用他,他便成为该进出口公司唯一通过自荐而被录用的高职专科生。

[解析]

杨华虽然是一名高职专科生,但凭着他奋发向上、不懈努力所取得的优异成绩给自己求职打下了坚实的基础。在求职中主动出击,勇于展现自我,从而赢得了特殊的机遇,并取得了成功。这一案例告诉我们,毕业生在求职过程中一定要有自信并付诸行动才能取得成功。当然,自信是建立在实力基础之上,行动也不是盲目行动,而是勇敢地走出自我,直面社会、直面人生的行为,只要能以实力打动人,以真情感动人,就能获得成功。

第一节　自荐技能

一、自我推荐及其作用

自我推荐就是指推荐者以自己为推荐对象,通过各种途径和方法向对方表明自己的优势,从而达到使决策者认可的过程。古今中外,很多有成就的人,在事业开拓之初,多是采用自我推荐的方法得到了理想的职业,"毛遂自荐"就是讲的这个故事。

自我推荐的作用有:

1)直达效果

自我推荐是自荐人与决策者直接交流,可以减少中间环节,取得直观的效果。

2)取信效果

人的认识首先是从感性认识开始的,人们往往对自己直接感觉到的东西,容易产生信任。正如巴克赫新特所说:"取得信任的最快方法,就是让别人读到你,听到你,看到你。"

3)速决效果

自我推荐可以减少认识的周期,使对方在特定的时间和地点进行对自己加以认识,并即时作出决策。一方面符合用人单位的效率原则;另一方面,择业者可根据自荐效果,及时调整择业计划。

二、自我推荐的途径

1.投递谋职材料

投递谋职材料自我推荐就是利用信息载体把自己的情况和意愿传递给对方。谋职材料既可以是纸质材料,也可以是电子材料,还可以是音像材料。纸质材料字迹要端正、清楚,千万不要龙飞凤舞;电子材料要使用常用工具软件制作,以便对方打开文件;音像材料音质要好,画面要清晰。

推荐自己要灵活运用宣传手段。可以简短的自传形式扼要概括自己的履历、才能、发明创造、贡献目标、理想、爱好等,分寄给认为有可能对自己感兴趣的单位和部门。也可以通过熟人、亲友等传递,还可以通过登广告的形式,向所需要的对方推荐自己。

2. 参加用人招聘会

用人招聘会是大学毕业生自我推荐常见的一种途径，也是最有效的求职方式之一。大学毕业生就业过程中，参加招聘会的目的是赢得自我推销。

人才市场有效的招聘时间一般在上午，所以入场时间应早一点，可以有充分的时间收集信息，了解职位行情。在招聘会中，要有"望、闻、问、递、记"的过程。

望　走马观花先把整个招聘会场浏览一遍，对于来招聘的单位有个总体了解，然后按照自己的求职意向，锁定几个目标，并确定主次。

闻　在锁定目标的展位前，作为旁观者，听用人单位的介绍，听前来应聘者与用人单位的交流，摸清用人单位的需求意向。

问　选择最感兴趣的单位交谈，主动提问题。咨询用人单位的所有制性质、企业文化及发展情况、用工形式、招聘岗位的人员结构、招聘岗位的工作职责、培训情况以及其他相关信息。至于薪水、福利等问题，等面试以后，用人单位有明确定位时方可提出。

递　决定应聘时，双手递交自己的求职简历，表示诚意应聘这个岗位。

记　记录自己投递求职简历的单位名称、应聘岗位、地址、联系方式、联系人、得到面试通知（时间、地点）的方式等。

3. 登门自我推荐

登门自我推荐是到用人单位直接找负责人推荐自己谋取工作岗位的一种途径。登门自我推荐能够显示求职者的信心、诚心和决心，能够取得用人单位的青睐，因而这种方式成功率较高。但这种方法有较大的难处，即很难找到与单位负责人会面的机会。

三、自我推荐技巧

1. 以用人单位需求为导向

当确定了目标单位之后，如果对应聘单位的业务范围和运作情况一无所知，对应聘的职位也一知半解，即使专业对口，这样的求职者也很难让用人单位信服。应竭尽所能了解用人单位的情况。送给用人单位的简历材料及面试时的介绍，都应针对用人单位的需要，不要图省事送千篇一律的东西。

在推荐自己的时候，注重的应该是对方需要的感受，并根据他们的需要和感受说服对方，才能被对方接受。例如，某高校数控专业毕业生李某，学习成绩良好，综合素质较高。听说本市一家公司要招聘数控专业人才,他先请教老师,了解数控业行情。然后,找来该单位一些基本资料,花费了几天的时间进行研究,最后,他拿着自荐材料走进该公司人事部门,负责人看完他的自荐材料后问道:"你为什么要来我们单位应聘,你觉得我们单位有哪些特点和不足?"几番对答,对方不住颔首,告诉他一周后听"研究结果"。一周之后,李某如愿以偿,他在几十名竞争者中获胜。他的成功,就在于能注意对方的需要和条件。

2. 以自己的特色吸引用人单位

推荐自己必须先从引起用人单位注意开始,如果用人单位招聘人员不在意你的存在,自我推荐是不可能成功的。那么,如何引起用人单位的注意呢?关键是有自己的特色。这里所谓特色,并非什么文凭、职业资格证书等,而是接受的人认为有特色就可以了。这一特色最主要的内涵是自身所拥有的能够满足用人单位某一特别需求的技能。例如,毕业生小张篮球水平较高,求职时,面对众多的应聘者,小张向用人单位拿出自己篮球赛获奖证书,表明自己篮球水平较高,而正好该单位注重开展篮球活动,结果他被用人单位优先录用。

3. 以恰当的时机推荐自我

自我推荐的时机包括:用工单位最需要用人的时机;把握自荐每一具体步骤的执行时机;选好时段用最短的时间表现自己。

在合适的时间段向适合自己的企业投放简历是参加招聘会很重要的技巧之一,特别是大型招聘会。在招聘会举行的两到三天时间中,靠前和靠后的时间属于黄金段时间。靠前时段,看到的头几份满意的简历往往会成为企业招聘人员的心理标杆,容易将以后收到的简历同它们比较,但是企业招聘人员会有"先入为主"的心理,有了满意的了,对后收到的简历的关注度会相应下降;靠后,有的企业在前段时间一直没有找到合适人选,但眼看这招聘会要结束了,想找到合适人选的心理就越急切,所以会特别留意新近收到的简历,这时即使稍有瑕疵,他们也会认为瑕不掩瑜。

要想在招聘会上给企业留下良好印象就要学会在最短的时间里表现自己。例如,在投放简历时,趁机向工作人员询问该企业的相关情况,用最简洁的语言和有气质的谈吐阐述自己的能力和优势也是十分关键的一种技巧。

4. 以自信和勇气把握机遇

人们的成功往往在于一次机会或机遇,机会来临时,一定要鼓足勇气,拿出自信,善于抓住机遇。每一次机遇的到来,对于任何人来说,都是一次严峻的考验。它不仅需要我们有坚实的功底和知识储备,更需要我们在看到机遇的时候,拿出拼搏和应战的勇气来。

意大利航海家哥伦布从小对航海有浓厚的兴趣,20多岁时已成为一个很有经验的水手了。一个偶然的机会,读到了一本《东方见闻录》,从此,他一直想到东方寻找财富。后来,他带着87名水手,乘着三艘帆船,向西远航了。他们顶着狂风巨浪,历尽艰难险阻,在茫茫的大西洋海面上度过了70多个白天黑夜,终于在一块陆地上着落了。哥伦布在人类历史上,首先完成了横渡大西洋的航行取得了伟大的功绩。因此,一个人如果缺乏敢冒风险的勇气,就不会有成功的良机。在哥伦布之前,任何人都有发现新大陆的可能,然而他们之所以没有发现新大陆,就在于没有去实践。

自信不足的原因很多,在谋职上产生自信心不足的主要原因是:

(1) 自身职业素质偏低。

(2) 缺乏必要的性格锻炼。

5. 以灵活的指向选择就业单位

人各有所好,对人才的需求也是这样。推荐自己有时不一定会成功,如果发现时机不对或者对方无兴趣,就要"三十六计,走为上策"。这时,表现要冷静,不卑不亢地表明态度,或者自己找个台阶下,给人留下明理的印象。推荐不成功,可能错在自己,如资格不够、业务不对口、过分挑剔等;也可能错在对方,如条件太高、性别歧视等。

推荐自己应知难而退,还应另找门路。假如尽管针对对方的需要和感受仍然说服不了对方,没能被对方所接受,就应该重新考虑自己的选择。倘若期望值过高,只关注热门单位,就应适时将期望值下降一点,多选择几个单位。还可以到与自己专业技术相关或相通的行业去自荐。美国咨询专家奥尼尔说:"如果你有修理飞机引擎的技术,你可把它变成修理小汽车或大卡车的技术。"

第二节　面　试　技　能

一、面试及其特点

面试是在用人单位形成了用人意向后,与谋职者约定时间和地点进行面对面的交流,以直观考查用人对象的过程。面试单位希望通过面试来考查谋职者从事某种行业或某种职业所必须具备的文化基础知识、专门知识、技能水平、身体条件、职业道德等。

面试的特点有:

（1）能够使决策者直观地了解自荐人。

常言道："百闻不如一见。"对于绝大多数用人单位来说，文字资料、笔试还不能反映一个人的全貌。因此，面试就是必需的。尽管方式不同，重视程度不同，但是要求与毕业生面谈之后再做出录用决定，是越来越多的用人单位采用的做法。

（2）面试从内容到形式的自由度比较大。

面试随招聘者个人的喜好不同而有很大差别，没有固定的形式、试题和答案，随意性较大。从面试人数上划分，面试可分为集体面试和单独面试。

集体面试时，招聘者让面试者在一起面试，可以同时比较不同面试者表现的差异。作为面试者，竞争对手都在一起，很容易受到别人的影响，这时，除了响应问题外，还要认真倾听其他面试者的响应。如有活动式的问题，要特别注意团队的表现与沟通能力，切勿太过自我表现。

单独面试时，招聘者提问就不仅仅是泛泛而问，而会深入到专业领域。专业问题是任何技术性岗位招聘时所必须问到的，也是决定公司是否录用的非常重要的因素。所以，面试者的回答一定要表现出自己的专业性，要有技术上的分析，而不是泛泛而谈。如果应聘的专业不对口，那么可以坦白地讲明，并强调自己的学习能力，可以举例说明自己此前已经成功学习的非专业的东西。

二、面试考核的一般内容

1. 仪表风度

仪表风度是指应试者的体型、外貌、气色、衣着举止、精神状态等。像国家公务员、教师、公关人员、企业经理人员等职位，对仪表风度的要求较高。研究表明，仪表端庄、衣着整洁、举止文明的人，一般做事有规律、注意自我约束、责任心强。

2. 专业知识

了解应试者掌握专业知识的深度和广度，其专业知识更新是否符合所要录用职位的要求，作为对专业知识笔试补充。面试对专业知识的考察更具灵活性和深度。所提问题也更接近空缺岗位对专业知识的需求。

3. 工作实践经验

一般根据查阅应试者的个人简历或求职登记表，作些相关的提问。查询应试者有关背景及过去工作的情况，以补充、证实其所具有的实践经验，通过工作经历与实践经验的了解，还可以考察应试者的责任感、主动性、思维能力、口头表达能力及遇事的理智状况等。

4. 口头表达能力

面试中应试者是否能够将自己的思想、观点、意见或建议顺畅地用语言表达出来。考察的具体内容包括：表达的逻辑性、准确性、感染力、音质、音色、音量、音调等。

5. 综合分析能力

面试中，应试者是否能对主考官所提出的问题，通过分析抓住本质，并且说理透彻、分析全面、条理清晰。

6. 反应能力与应变能力

主要看应试者对主考官所提的问题理解是否准确，回答的迅速性、准确性等。对于突发问题的反应是否机智敏捷、回答恰当。对于意外事情的处理是否得当、妥当等。

7. 人际交往能力

在面试中，通过询问应试者经常参与哪些社团活动，喜欢同哪种类型的人打交道，在各种社交场合所扮演的角色，可以了解应试者的人际交往倾向和与人相处的技巧。

8. 自我控制能力与情绪稳定性

自我控制能力对于国家公务员及许多其他类型的工作人员（如企业的管理人员）显得尤为重要。一方面，在遇到上级批评指责、工作有压力或是个人利益受到冲击时，能够克制、容忍、理智地对待，不致因情绪波动而影响工作；另一方面工作要有耐心和韧劲。

9. 工作态度

工作态度包括：一是了解应试者对过去学习、工作的态度；二是了解其对现报考职位的态度。在过去学习或工作中态度不认真，做什么、做好做坏都无所谓的人，在新的工作岗位也很难说能勤勤恳恳、认真负责。

10. 上进心、进取心

上进心、进取心强烈的人，一般都确立有事业上的奋斗目标，并为之而积极努力。表现在努力把现有工作做好，且不安于现状，工作中常有创新。上进心不强的人，一般都是安于现状，无所事事，不求有功，但求无过，对什么事都不热心。

11. 求职动机

了解应试者为何希望来本单位工作,对哪类工作最感兴趣,在工作中追求什么,判断本单位所能提供的职位或工作条件等能否满足其工作要求和期望。

12. 业余兴趣与爱好

应试者休闲时爱从事哪些运动,喜欢阅读哪些书籍,喜欢什么样的电视节目,有什么样的嗜好等,可以了解一个人的兴趣与爱好,这对录用后的工作安排常有好处。

13. 其他

面试时主考官还会向应试者介绍本单位及拟聘职位的情况与要求,讨论有关工薪、福利等应试者关心的问题,以及回答应试者可能问到的其他一些问题等。

三、面试的技巧

(一) 面试前的准备

1. 面试前的心理准备

大学毕业生求职,是人生一个新的转折点,既充满着对职业生活的向往,又存在着对社会的陌生,心理因素是困扰毕业生求职的一个重要因素之一。要想从容做好面试,大学毕业生应提前做好自我心理调试。面试最基本的心理要求包括:

(1) 必须有展现自我,推销自我的心理准备。
(2) 必须有充满自信的心理准备。
(3) 必须有做好应变的心理准备。

面试时表现出一定的信心能得到招聘人员的肯定,但如果一言一行中显得太过自信,就会让人觉得太过有"攻击性",不善于和别人合作。大学毕业生在准备面试言谈举止的时候,要有一个基本准则,就是放低自己的姿态,不要为了显示自己的信心而过分表现,更不要言过其实。

2. 面试前的资料准备

面试前须准备资料,并能适时加以利用,可以起到以下三个作用:

(1) 作应答的证明。
(2) 增加自我宣传时的效果。
(3) 给决策者留下处事周全,有条不紊的印象。

面试前要罗列一份清单,把随时想到的东西逐项填上,面试前逐一备齐,做到有备无患。通常要准备的材料有:履历表、基本情况表,毕业证书、学位证书,外语等级考试证书、各类技术等级证书,荣誉证书等原件及复印件,有识人士的推荐评语等。

(二) 面试的礼仪

1. 自身仪表服饰

在人际交往中,仪态端庄,衣冠整洁体现了对他人、对社会的尊重,表现出一个人的精神状态和文明程度,在面试时当然也成为衡量人品的标准之一。形象是通过仪容、谈吐、举止开始的,但首先映入眼帘的便是仪表服饰,所以仪表服饰的总原则是庄重,切不可浓妆艳抹,穿着过于花哨。当然,如果是选择服装设计、时装表演业,或者是文艺团体,讲究一点个人风格、气质,打扮得富有个性则是必要的。

男女衣着都应朴素,符合学生身份,不要过于职业化。朴素不是指粗俗、破旧,只是指不必穿昂贵华丽的时装,而且在某种程度上,"名牌"常会招到失败。因为不少招聘者不喜欢选择富有的员工或者奢侈的员工,前者常常对工作不看重,因而不认真、不肯吃苦,后者可能会导致经济犯罪。为使服装得体,应留心一下所应聘的单位是否有规定的工作服饰,尤其是色调,尽可能贴近一点,容易让人产生心理上的认同感。

男生一般应西装革履,颜色以冷色调为佳,尤其是领带不要太花哨,一定要与西服颜色相配。衬衣一般要白色,袜子一般要新的,头发要梳理,特别注意指甲、耳朵、鼻孔的清洁卫生,如果天气炎热,可以在衣领袖口喷洒少许香水,但切忌浓重、刺鼻。

女生的服装比较灵活。可供参考的法则是,虽然服装潮流应在首选之列,若要以内在素质取胜,先应从严肃的服装入手。不管什么年龄,剪裁得体的西装套裙,色彩相宜的衬衫和半截裙使人显得稳重和自信。T恤衫、迷你裙、紧身裤、宽松服等,即便在社会上铺天盖地,也应列为面试的编外服装。

皮鞋要擦去灰尘和污痕,上油、刷亮,鞋带要系牢。男性的袜子颜色一般不要比裤子淡。中高跟皮鞋使女性步履坚定从容,能显示职业妇女的气质,很适合在求职面试时穿着;相比之下,穿高跟鞋显得步态不稳,穿平跟鞋显得步态拖拉。

另外,有两点应该注意:

(1) 女生可以化一点淡妆,表示对面试的重视和对他人的礼貌,但决不可涂指甲油,不宜穿金戴银,青春自然美是最好的装饰品,配备一只合身的女包。

(2) 男生可以带一只深色的公文包,以便放一些文字材料。

某公司到学校招聘女毕业生,主考官说:"请大家依次把推荐表交过来。"于是众人纷纷把材料递交给主考官。主考官接推荐表后,在桌上分为了两沓。然后只宣布其中一沓的学生参加面试。为什么呢？原来主考官在收推荐表时，注意了每个学生的手指甲，凡是指甲过长、涂指甲油的就被淘汰了。

2. 举止得体

举止体现着一个人的修养和风度，粗俗习气的行为举止，会使一个人失去亲和力，而稳重大方则会受到人们的普遍欢迎。在陌生的主考人面前，坐、立、行等动作姿势正确雅观、成熟庄重，不仅可以反映出青年人特有的气质，而且能给人以有教养、有知识、有礼貌的印象，从而获得对方的喜爱。具体说来，以下几点值得注意：

1）动的规范

走动时应当身体直立，两眼平视前方，两腿有节奏地交替向前迈步，并大致走在一条等宽的直线上。两臂在身体两侧自然摆动，摆动幅度不要过大。脚步声应控制，不要两脚擦地拖行。如果走路时身体有前俯、后仰或左右摇晃的习惯，或者两个脚尖同时向里侧或外侧呈八字形走步，是不规范、不雅观的举止。切忌在等待面试时到处走动，更不能擅自到考场外向里观望，避免影响他人应试或思考。切忌贸然闯入面试室，应试者一定要先轻轻敲门，得到主考官的许可后方可入室。入室时不要先把头探进去张望，而应整个身体一同进去。

2）站的规范

站立时身形应当正直，头、颈、身躯和双腿应与地面垂直，两肩相平，两臂和手在身体两侧自然下垂，两眼平视正前方，嘴自然闭合。双脚对齐，脚尖分开的距离以不超过一脚为宜，如果叉得太开是不雅观的。不应把手插在裤袋里或交叉在胸前。

3）坐的规范

一般先走到主试面前行礼问好，再向在场所有面试工作人员一一点头致意，然后坐在指定位置上，不要挪动已经安排好的椅子的位置。身体姿态一定要端正，上身正直，双手放在膝盖上。在身后没有任何依靠时上身应正直稍向前倾（这样既可发声响亮、中气足，令人觉得你有朝气，又可表现出你对主考人感兴趣、尊敬），头平正，目光平视；两膝并拢，两臂贴身自然下垂，两手随意放在自己腿上，两脚自然着地。背后有依靠时，也不能随意地把头向后仰靠，显得很懒散的样子。就座以后，不能两边摇晃，或者一条腿放在另一条腿上。双腿要自然并拢，不宜把腿分得很开，女性尤宜注意。

4）表情合适

面试成功与否与表情关系很大。应试者在面试过程中，应轻松自然、镇定自若,给人以和悦、清爽的感觉。进门时要表现得自然,不要紧张或慌张。面试时要始终面带笑容,谦恭和气,表现出热情、开朗、大方、乐观的精神状态,不要无缘无故皱眉头或表情呆滞。两眼目视主考,视线落在主考者双眼与嘴之间的部位,整个面谈过程中,不要随便左顾右盼、视线游移、扫动太快,这会给人一种"打量人"的坏印象;如果别的工作人员提问,则应把头转向提问者,回答完毕,再回到主考者这边。切忌面带疲倦,哈欠连天,面试前一天一定要保持睡眠充足。不要窥视主考人员的桌子、稿纸和笔记。面试顺利时,不要喜形于色。

5) 细节

身体各部分的小动作往往往令主考人分心,甚至令其反感。注意不要有下面这些动作:玩弄衣带、发辫、打火机、香烟盒、笔、纸片等分散注意力的物品,玩手指头,抠指甲,抓头发,挠头皮,抠鼻孔,跷起二郎腿乱抖,用脚敲踏地面,双手托下巴,说话时用手掩着口,摇摆小腿等。

3. 交谈礼仪

1) 使用礼貌用语

走进室内之后,向主考人员微笑致意,并说"您好"、"你们好"之类的招呼语,在主考人员和你之间创造和谐的气氛。主考人员没有请你坐下时切勿急于坐下,请你坐下时,应说声"谢谢"。主考人示意面试结束时,应微笑、起立,道谢,说声"再见",无需主动伸出手来握手。出去推门或拉门时,要转身正面面对主考人,再说声"谢谢,再见",然后轻轻关上门。注意多用敬语,如"您"、"请"等,街头市井常用的俗语要尽量避免,以免被认为油腔滑调。

2) 注意倾听主考人员的谈话

从某种程度上讲,倾听是最好的沟通方式:首先,会使对方有成就感的满足;其次,也可以从对方谈话中获得到更多的信息,再次,在倾听中对方自然而然地会增加对你的信任感,沟通就会顺畅得多。

要设身处地、全神贯注地听。全神贯注地倾听就是要真诚地注视着对方,聚精会神、专心致志地听,表现出对讲的内容很有兴趣。

要有所反馈,适时插话。聆听并不是毫无反应,一定要对别人的谈话内容表现出浓厚的兴趣,为了鼓励别人说下去,可以在适当时机以点头、微笑等恰当的方式作出反馈。

要善于察言观色,听话听音。作为应试者,不仅要时时注意主考人员在说什么,而且也要注意主考人员的表情有哪些变化,以便能准确地把握住说话者的思想感情,弄清其真正意图。

要富有耐心,不随意打断对方的话题或就某一个问题与主考人争辩。

要恰当提问,予以澄清。遇到不清楚或意思不太明晰的地方,可以提出问题,予以澄清。这样,不但能够准确无误地把握对方的意图,而且也向对方表明了对他谈话的专注。

(三) 言谈技巧

1. 声音的感染力

言谈要做到满怀热忱,有活力。有活力的声音让人听起来就很想被它感召,如果言谈时声音不够热忱,或者是没有变化的话,平铺直叙,就很难有感召力。要使言谈声音有感染力,应注意以下几点:

(1) 要注意变化言谈的语调,如果言谈总是一个声调,会显得很单调,很无趣。

(2) 要注意变化言谈的方法,它能够使言谈的语调比较富有魅力。

(3) 要善于运用停顿,停顿之后,不要发出鼻音。

(4) 避免尖叫声,遇到惊喜的事情,可以大声表达出来,但不要尖叫。

(5) 禁止用鼻音讲话,鼻音讲话可能会影响言谈的质量。

(6) 用嗓音讲话才会比较动听,声音也不能太靠前,也不能太靠后。

(7) 在言谈中适当增强语言的幽默性,不但会提高语言的艺术魅力,而且也会为自己的风度增添异彩。

(8) 回答问题要口齿清晰,声音大小适度,答句要完整,不可犹豫,不要用口头禅。

(9) 为了吸引听者的注意力,使自己的言谈显得有声有色和增强感染力,在说话中可以适当加进一些手势,但动作不要过大,更不要手舞足蹈和用指指人。

2. 内容实事求是

内容实事求是才能取信于人,不要过分夸大自我,言过其实。面试时,应该充分介绍自己的优点,但最好少用形容词,而用事实说话。中国人讲究谦虚,面对国有企业或三资企业的中方面试者,切不可给人狂妄的印象。介绍缺点时最好从善意的角度介绍,因为优点和缺点是相对的,有的优点换个角度就是缺点,有的缺点换个角度也是优点。人无完人,一般可以从大学生普遍存在的弱点方面介绍自己的缺点。当然,如果有不可隐瞒的缺陷,是不应该回避。比如曾经受过处分,应如实介绍,当然可以多谈一些后来改正的情况和现在的认识。例如,主考官问:"你对自己的学习成绩是否满意?"如果成绩好,可以回答满意,但还需努力;如果成绩不太好,可以回答自己努力还不够,同时最好突出一下自己的长处,以免让对方觉得自己一无是处。面对缺点,不要找客观原因,以免显得是不负责任的人。

总之,介绍优点,不可妄自尊大;叙述缺点,也不必妄自菲薄。要给对方一个客观公正、勇于自我反省、能够清醒认识自己的印象,正所谓人贵有自知之明。

3. 回答问题的针对性

明确提问内容,切忌答非所问。面试中,如果对提出的问题,不知从何答起或难于理解对方问题的含义时,可将问题复述一遍,并先谈自己对这一问题的理解,请教对方以确认内容。对不太明确的问题,一定要搞清楚,这样才能有的放矢,不致南辕北辙、答非所问。

要有个人的特色和独到的见解。招聘人员接待应试者若干名,相同的问题要问若干遍,类似的回答也要听若干遍。只有具有独到的个人见解和个人特色的回答,才会引起对方的兴趣和注意。"介绍一下自己,好吗?"这是一个看起来比较随便的提问,但回答时千万不可从自己的出生平铺直叙介绍到大学毕业。因为主考官并不想了解应试者的生平经历,这些内容要求在职简历中记载得非常清楚。对招聘者来说,重要的是通过回答问题来判断应聘者的概括能力和表达能力。一般来说,回答这个问题应把重点放在自己的优势及主要成绩上。

做到知之为知之,不知为不知。面试时,遇到自己不知、不懂、不会的问题,默不作声、牵强附会、不懂装懂的做法均不足取。如果诚恳坦率地承认自己的不足之处,反倒会赢得招聘者的信任和好感。

4. 敏捷的思维

面试时应试者思考判断能力是否能准确理解对方的提问,迅速找到答案,回答与提问紧紧相扣等是面试考查的重点内容之一。考官经常会提出令人措手不及的考核应变能力的题目,主要意图是:在有压力的情况下,考查考生迅速做出正确的判断和处理问题的能力;考查考生对突发事件、棘手问题的应对能力;考查考生灵巧地转移角度、随机应变、触类旁通的能力等。这时应做到思维反应要敏捷,情绪要稳定,考虑问题要周到。例如,考官对一位女考生说:"你是一个很漂亮的女孩,但是我们发现你脸上有不少雀斑,你觉得这会对你的面试有影响吗?"面对这种故意设置的压力,该女生的回答非常精彩:"我是来应聘工作的,今天主要考察的应该是能力,我想各位老师坐在这里也肯定是为公司选材而不是选美的。如果各位是来选美,我想我不合适,但如果是选材,我相信自己是栋梁之材。"

5. 真诚的态度

美国前总统肯尼迪曾经说过:"各位美国人,你们国家并不向你们索取什么,但请你们扪心自问,你们能为自己的国家做些什么?"面试时,首先应该想着公司要我来干什么？或者换句话说，不应该想自己需要什么、获得该职位对自己有什么好处等，而应该想自己能为公司做些什么。有了这样的态度，才能摆正位置。回答问题时，要诚恳礼貌，切忌自吹自擂，炫耀浮夸；当然，虚弱怯懦、缺乏自信也是不可取的。

语言是一门艺术，语言有情。恰当运用语言，有助于交流思想，传递信息，感动对方。要求得艺术，求得不露痕迹，让用人单位感受到你的诚恳和期望，这样你的求职才算是成功的。在介绍自我时，既有客观的内容，如对自己知识能力水平的描述；也有主观的情感，如对工作机会的渴望、对用人单位的感谢等。不夸夸其谈，不自我卖弄，应做到朴实无华，真诚可信，只有"诚"才能取信于人，才能得到用人单位的重视。主观部分则要言出由衷，以情动人。

以情动人关键在于摸透对方的心理，然后根据自己与对方的关系采取相应的对策。如果求职单位在自己的家乡，就可以充分表达为建设家乡而贡献自己聪明才智的志向；如果求职单位在贫困地区，就要充分表达为改变贫困地区面貌而奋斗的决心；如果求职单位是教学单位，就要充分表达献身教育事业的理想……总之，要设法引起对方的共鸣，或者得到对方的赞许。这样，就有可能收到意想不到的效果。

6. 不卑不亢的态度

求职，是用人单位和应聘者的双向选择，是一个应聘的过程。"求"是"谋求"，而非"哀求"、"请求"，表露出自己的不自信；也不能是"强求"，似乎去用人单位是给人面子。求职者应做好自我定位，要以自己的专业知识、能力与才华打动面试官，赢得岗位，而不是卑躬屈膝地获得工作岗位。在谈话时切不可面露媚态、低声下气的表情，企图以鄙薄自己来取悦于对方。这样做只能降低自己的人格。只有不卑不亢的态度才能获得对方的信任。

第三节　笔 试 技 能

笔试是一种常用的考核办法，主要是用以考核知识、专业技术要求或需要重点考核应聘者对文字的运用能力，以及考察录用人员素质，它是用人单位对求职者所掌握的基本知识、专业知识、文化素养和心理健康等综合素质进行的考查和评估。

一、笔试概述

笔试是一种常用的考核办法，主要是对应聘者的工作能力进行测试的一种书面考试形式。笔试主要限于一些专业技术要求很强和对录用人员素质要求很高的单位。有一些单位由于书面材料不能反映毕业生的某些特定的能力,需要进行笔试。笔试一般分为三种:专业能力测试、智商测试、综合能力测试。

1. 专业能力测试

专业能力测试主要是为了检验求职者文化知识水平和相关的实际专业能力。测试的内容一般与用人单位需求岗位的专业能力相关。复习已学过的知识是笔试准备的重要方式,有些课程内容,因学习时间已久,可能淡忘,事前经过简单的复习,有助于恢复记忆。一般说来笔试都有个大体的范围,可围绕这个范围翻阅一些有关的图书资料。

1) 命题写作

从事行政管理、秘书方面的工作,文字能力的好坏至关重要。有的大学毕业生在学习期间已在报纸、杂志上发表过文章,在就业中无疑是提高了自己的竞争能力。但大多数大学毕业生没有这方面的现成材料,因此有的单位要进行笔试。对这类笔试,毕业生除了平时加强文字训练,提高写作能力外,笔试前最好看看应用文写作一类的书,了解各类应用文体的格式。同时,应用文体的写作只要求格式规范、叙述清楚、语句通顺、用词准确、有观点、有材料,并不要求有过多华丽的辞藻。

2) 专业考试

理工科大学毕业生有时会遇到专业考试。比如,非计算机专业的大学毕业生应聘计算机方面的工作,或者单位对于某种计算机语言有较高要求时,往往通过笔试考核大学毕业生运用特定语言编程的能力。

另外一种常见的是英语水平的测试。这种测试一般说比较简单,因为大多数单位不可能出现非常严格的题目,多是英汉互译。大学毕业生不太可能做临时抱佛脚的准备,完全取决于平时的训练。

2. 智商测试

智商测试主要测试大学毕业生的记忆力、分析观察能力、综合归纳能力、思维反应能力、不断接收新知识的学习能力。有的招聘单位对毕业生所学专业没有特别要求,但对毕业生的素质要求较高。有的招聘单位认为专业能力可以通过后期培训获得,因此有没有专业训练背景无关紧要,但毕业生是否具有不断接受新知识的学习能力是至关重要的。所以,智商测试的主要目的是:

(1)考察应聘者的反应速度和敏捷性。虽然测试题目一般不太难,但不同应聘者的反应速度是不一样的。

（2）考察应聘者在任务压力面前的承受能力。测试的题量一般都比较大，只有沉着冷静、专注思考，应聘者才能发挥好水平。

（3）考察应聘者的灵活性。测试题目中，有的需要应聘者有创新思维，换个角度思考问题，才能找出答案。

智商测试并不神秘。就通常的题目类型而言，一类是图形识别，即让应试者找出选项，这类题目在面向中小学生的智力游戏书中是很常见的，有些面向大众的杂志偶尔也刊登这类游戏题目；另一类是算术题，主要测试毕业生对于数字的敏感程度，以及基本的计算能力，如给定一组数据，让毕业生根据不同的要求求出平均值，其难度决不超过对中学生的计算能力的要求水平，这类测试尤其是会计师、审计师等职业所要求的。

例　下列就是一道图形识别智商测试题。

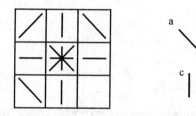

本题只需选 b 就可以了。

3. 综合能力测试

综合能力测试兼有智商测试的要求，但程度更高。如应试者要在规定的时间内对一组数据、一组资料进行分析，找出其合理的地方和存在的问题，并设计出解决问题的方案。这是对毕业生的阅读理解能力，发现问题、分析和解决问题的能力，知识面等素质的全方位测试。

二、公务员笔试

公务员考试是指国家管理机关根据统一标准，按照公开考试、择优录用的程序任用国家公务员的形式。公务员招考职位分为两类：

A 类职位　指从事政策、法律法规、规划等研究起草工作和政策、法律法规、规划的实施指导、监督检查工作，以及从事机关内部综合性管理工作的职位。

B 类职位　指从事机关内的专业技术工作，对机关业务工作提供技术支持的职位，以及直接将法律法规和各项具体规定施于公民、法人和其他组织的行政执法职位。

公务员公共科目笔试分为行政职业能力测试、申论两部分,A类职位进行行政职业能力测试、申论,B类职位进行行政职业能力测试。

行政职业能力测试　包括数字推理、逻辑推理、语言理解、基础知识、数据计算等,总分120分。这种能力测试每个题目难度都不大,只不过量大烦琐,是为了考察考生在重复性工作中,能不能做到又快又准,能不能提纲挈领。只要花上一定的时间进行针对性强化练习,就能很快掌握答题的诀窍和技巧,顺利通过。

申论　即给出一些文字材料,据此提炼出本质的东西,提出解决问题的方法,并写成议论文。其实就是材料作文,主要考察对材料进行概括归纳和提出解决对策的能力,这是因为行政机关有大量的文件流转,一切东西都要体现在纸面上进行上传下达,关键就是保证弄懂所给材料的中心思想。

三、笔试技巧

1. 充分准备,做到胸有成竹

1)弄清笔试范围,做到有的放矢

不同的笔试类型,有不同的考试内容,大学毕业生在考前应作详细的了解,针对不同情况做出相应的准备。一些用人单位的笔试相对灵活,范围也比较大,没有明确相关的参考书。大学毕业生可从用人单位所需要的用人岗位的知识要求或围绕用人单位划定的大致范围翻阅一些有关的图书资料来做好准备。笔试成绩与大学毕业生平时的努力具有很大的关系,如果大学毕业生兴趣广泛,平时注意吸收各种信息,考试时就能驾轻就熟,得心应手。

2)学以致用,理论联系实际

应聘考试主要是考核应聘者对知识的运用能力。应聘考试越来越强调用学过的知识来解决实际问题,具有很强的实用性。因此,在复习过程中必须始终突出一个“用”字,通过各种实践,把学得的知识运用到工作实际中去解决各种具体的问题。

2. 积极思考,沉着应试

1)合理安排答题顺序

接到试卷应先浏览全卷,注意考试的时间及分数的分配情况,哪些是易题、熟题,哪些是难题、生僻题,做到心中有数,然后按先易后难的原则排列出自己的答题

顺序。还要弄清楚每道题的题意,一定要按题意和要求去作答。

2) 严格遵守考试纪律

应当在监考人员的安排下就座,而不要自主选择座位,更不要哄抢座位。自觉遵守考场纪律,防止一些可能被视为舞弊的行为或干扰考试的现象出现。比如,偷看他人答卷,与人交头接耳,未经许可携带手机等通讯工具,擅自使用参考资料等行为。

3) 保持卷面整洁

答卷时应注意卷面整洁、字迹清晰、行距有序、段落齐整、版面适度(即从对方阅卷装订方便出发,试卷上下左右边缘应该留出些空隙而不要"顶天立地")。因为求职过程中的笔试不同于在校时的考试,"醉翁之意不在酒",有时用人单位并不特别在意应聘者考分的稍许高低,而是从中观察考生是否具有认真的态度、细致的作风,从而决定录用意向。

第四节　应试后的技能

一、与招聘人员继续沟通的方法

面试结束并不意味着求职过程的结束。面试后两三天内,最好与招聘主考官联络,用手机发个短信、打个电话或写封信表示谢意等方法进行沟通。应试后表示感谢是十分重要的,因为这不仅是礼貌之举,也会使招聘主考官在作决定之时增强印象,甚至还会使对方改变初衷。

1. 电话沟通

在面试后的一两天之内,不妨给主考官打个电话表示感谢。电话感谢要简短,最好不要超过3分钟,电话里不要询问面试结果。因为这个电话仅仅是为了表达礼貌和让对方加深印象。

通话要考虑在合适的时间。从礼仪角度来说,通话最得体的时间应该是对方方便的时间,一般应在上午9~10点钟较为合适。尤其要注意以下两点:

(1)在刚上班时间不要打电话,因为主考官这时可能有许多工作要思考和处理。

(2)在用餐时间和休息时间也不要打电话,因为这是私人时间,不要打扰别人。

2. 信件沟通

感谢信件是应聘者为面试成功争取的又一机会,是对面试效果的进一步强化,它使自己显得与其他求职者有所不同。面试感谢信包括电子邮件和书面感谢信件。

书面感谢信内容要简洁,最好不超过一页 A4 纸。感谢信的开头应提及自己的姓名及简单情况。然后提及面试情况,并对招聘人员表示感谢。感谢信的中间部分要重申自己对该公司、该职位的兴趣,增加一些对求职成功有用的事实内容,尽量修正可能留给招聘人员的不良印象。感谢信的结尾可以表示对自己的素质能符合公司要求的信心,主动提供更多的材料,或表示能有机会为公司的发展壮大作出贡献。

在书写方式上有手写和打印两种。打印的感谢信较为标准化,表示应聘者熟悉商业环境和运作模式,但有时难免给人留下千篇一律的印象。如果想与众不同,或是想对某位给予自己特别帮助的主考官表示感谢,手写则是最好的方式,当然前提是字要写得比较正规而好辨认。

感谢信是寄送写给某个具体负责人的,应该写明对方的姓名,不可以写"负责人"、"部门负责人"等之类的模糊收件人。

二、咨询招聘结果的方法

如果在主考官许诺的通知时间到了或应试两周后,还没有收到对方任何回音时,就应该打电话给招聘单位或主考官,了解面试结果,询问是否已做出了决定。

在通话的过程中,自始至终都要尊重自己的通话对象,待人以礼,表现得有礼、有节。接通电话后,首先问一声:"您好!"然后确认对方身份,接下来要介绍自我,让对方知道自己是谁。介绍自我应包括自己的姓名、何时去面试的何职位,以便对方能及时知道你是谁。在电话内容中要表明自己对该公司的向往和愿意为公司的发展作出贡献。如果碰上要找的人不在,需要接听电话的人代找,态度同样要文明而有礼貌,并且还要用上"请"、"麻烦"、"劳驾"、"谢谢"之类的词。留言或转告,都不是询问面试结果的首选方式,可以打听要找的人什么时间在,然后到时候再打电话。

通话时首先音量要适中,要注意控制音量,声音宁小勿大。其次要注意发音和咬字准确,用电话谈话,必须完全依靠声音,电话声音就是唯一的使者,必须通过它给对方一个良好的印象,所以传到电话那端的必须是一个清晰、生动、中肯、让人感兴趣的声音。

打电话咨询的时间要有所控制,基本做到是宁短勿长。就询问本身来说,两三分钟的时间足以能够解决问题。所以,除直接询问结果之外,"表白"的内容长度也要有所控制,不要没完没了地说。如果对方询问,也要抓住要点,简短作答。

打电话时要认真倾听对方讲话,重要内容要边听边记。同时,还要礼貌地呼应对方,适度附和、重复对方话中的要点,不能只是说"是"或"好",要让对方感到在认真听他讲话,但也不要轻易打断对方的谈话。作为打电话的一方,本着尊重对方的原则,结束通话的时候,应让对方先挂电话。当通话因故突然中断后,应立刻主动给对方拨过去,不能不了了之,或干等对方打来。

如果知道自己没被录用,就应请教一下原因,此时一定要控制好情绪。应冷静地、仍然热情地请教一下未被录用的原因,可以说"对不起,我想请教一下我没有被录用的原因,我好再努力"。谦虚有可能赢得对方的同情,同时给你下一次的面试机会。

需要注意的是,打电话咨询面试结果,最多打三次电话询问也就可以了。因为即使再研究,经过前后三个电话询问的周期,再复杂的研究程序也早该最后确定了,而且三次的电话询问,对方也会对你有足够的印象了。如果想聘用你就会直接告诉你或及时和你联系,过多的电话,反而会适得其反,甚至给人产生"骚扰"、"无聊"的印象。

三、应对录取结果的方法

作为一个求职者,在经过数日的奔波、多次的面试之后,终于得到了渴望已久的录用信息时,可能会庆幸自己的辛苦和努力没有白费,甚至还会欣喜若狂、大筵宾朋、一醉方休。如果这样,可能是盲目乐观,这时应冷静理智地分析录取结果。

1. 分析录用岗位与职业理想的差异

录用自己的公司,是不是自己的真心选择? 在求职的过程中,或许投过很多份简历,面试过多次。在艰难的求职过程中,往往被自己首选的公司屡次拒绝而十分丧气。于是在亲戚朋友的劝解下,或许使得择业标准一降再降,甚至见到相关的招聘就投简历、面试。但是这份职业真的适合自己吗? 符合自己的职业规划吗? 这是一件非常值得思考的事情。否则,或许将走更多的弯路,甚至做一辈子自己并不喜欢的工作,更不用说在工作上有所成就了。

2. 分析录取条件与面试条件的差异

录取的条件中包括很多内容,比如职务、薪资、报到日期等。有一些机构在招聘的时候同时招聘很多岗位。在部分岗位已经满额的情况下,会善意地安排他们认为比较不错的求职者从事其他岗位的工作。问题是,或许对方安排的岗位并不是自己的专业特长或自己并不喜欢。而且,岗位的不同,薪资待遇等方面也会有所不同。如果录取的条件和面试的不一样,就要考虑自己所追求的究竟是名份上的不同,还是实质上的差异? 或是兴趣上的坚持? 如果与自己的追求或期望值有一定差距,就值得考虑了。面试的时候,大部分人会谈到薪酬,比如说不低于多少。通知被录用的时候,如果所提到的薪资和面试的时候谈的差不多,固然最好;但有了差异时,特别是差异较大的时候就要考虑了。

3. 上岗之前应全面了解用人单位

收到自己心仪的公司的录用通知是一件喜事,值得好好放松一下、庆祝一番。但同时还有一件事情必须认真地面对:了解公司、了解工作。在正式报到之前,先对所要服务的公司有所了解,这样在开展工作的时候就会顺畅很多。了解公司的方法很多,包括在面试时带回的公司简介、刊物,或企业形象方面的资料、企业网站等,有条件或可能的话进行实地全面考察最好。这会使自己对公司的整体情况和营运有所掌握,会对新工作、新环境带来很大帮助。

4. 认真签订就业协议

用人单位通过供需见面、笔试、面试等招聘活动,选拔出自己合意的大学毕业生后,便向被其录用的大学毕业生发出录用通知书。大学毕业生在接到录用通知书后,如果愿意到该单位工作,则双方进入签订就业协议阶段。

就业协议书一般应包括以下条款:工作(劳动合同)期限、工作岗位和工作内容、劳动保障和工作条件、工资报酬和福利待遇、就业协议终止的条件、违反就业协议的责任等。另外,毕业生和用人单位可在就业协议书上附加双方认为需要增加的条款。目前,在不少地方,就业协议书要在毕业生签字、用人单位签字盖章以及学校签字盖章后方能生效。从 1998 年起,高校毕业生就业工作改革,由原来实行的就业协议书由学校、学生、用人单位三方签约,改为由学生、用人单位双方当事人签约,学校对协议书进行鉴证登记(鉴证登记主要指学校学生就业工作部门对就业协议书的有效性及双方当事人的资格,即对毕业生的毕业资格、毕业年份、生源地和用人单位的法人资格进行鉴别证明;并对就业协议进行登记)。

高校《毕业生就业协议书》是在高校毕业生就业市场不完善的情况下,为保护毕业生和用人单位双方的利益,由用人单位和毕业生双方签订的具有法律效力的协议。教育部直属普通高等学校的毕业生一般签订由教育部统一制定的《全国普通高等学校毕业生就业协议书》,地方普通高等学校一般签订本省(市、自治区)毕业生就业管理部门制定的《毕业生就业协议书》。《毕业生就业协议书》一式四份,毕业生、用人单位和学校各执一份,第四份由地方就业主管部门留存备查。协议书一般由教育部或地方高校毕业生就业办公室统一制表。

四、面试后的"二次"促销

1. 继续努力,寻求就业机会

面试后,表明求职者已经完成一次面试,但这只是完成一个阶段,不要坐等结果。如果已向几家公司求职,则必须振作精神,全身心投入下一个招聘单位的面试,因为在没有签订就业协议之前,仍未算成功,就不应放弃其他机会而"坐以待毙"。

2. 调整心态,做好再次求职的思想准备

应聘中不可能人人都是成功者,如果在竞争中失败了,也不要气馁。这一次失败了,还有下一次,就业机会不止一个,关键是必须总结经验教训,找出失败的原因,并针对这些不足重新做准备,"吃一堑,长一智",以谋求"东山再起"。

思考题
1. 如何正确看待择业技能?
2. 开展一次模拟应聘会。

第七章 大学毕业生职场实践

[案例]

  大学毕业生张涛应聘到一家单位从事设计工作,工作中他认真负责,可很少与同事交流。有一次,他利用双休日加班,将已经拟定的设计方案自作主张地做了修改,也没存备份。为此,设计室主任狠狠地批评了他,同事们也只好陪着他加班赶制设计图。张涛却认为自己的设计有创意,心中对主任和同事很是不满。后来,同科室的同事出差时请他取个包裹,或临时有事求他代个班,他一概拒绝,认为自己做好分内的工作就够了,没必要去为别人做事。不久后,他便成了单位上的孤家寡人,即使去食堂吃饭别人也不愿意和他坐在一个餐桌上。

[解析]

  张涛出现问题的主要原因是缺乏团队精神。在一个团队里,做任何事情都不能藐视他人,应尊重他人意见,注重与他人合作,妥善处理人际关系。与同事相处时,要多为他人着想,否则很容易被人误解为自私、冷漠。具体工作中,要多听别人的看法和意见,学习他人的经验和做法,通过相互的沟通、协作,肯定会使自己的工作与人缘更加出色。

第一节 职场角色及其完善

一、角色意识与角色转换

(一) 职场角色的责任与权利

1. 工作职责权限

  处于某一岗位,就需要弄清常规性工作应该具备的职权有哪些,应该履行哪些职责,只有这样,才能按角色规范行事。这些内容一般单位都具有明确的文字规范,因此应认真学习工作岗位的规章制度和岗位职责。

2. 角色规范

在职场上,常常看到这种现象:新员工由于没有摆正自己的位置,在不经意间就做出了一些有悖于职业角色规范的行为。这种职场上的"不职业",导致上司和同事产生不良印象,有可能使自己的职业道路变得坎坷。既然是新员工的角色,那么就应从自己的职位角度去有节制地出力和做人,切忌轻易"越位"、"侵权"。

(1) 不要越位决策。有些决策,作为新人可以参与意见,而有些决策还是不插言为妙,这要视具体情况见机把握。一般说来,涉及宏观上和整体上的决策必须由上级作出,新员工只享有对自己管辖的局部范围内的问题作出决定处理的权力。

(2) 不要越位表态。表态同一定的身份密切相关,有些问题的答复,往往需要有相应的权威。超越了自己作为新人的身份,胡乱表态,不仅是不负责任的表现,而且也是无效的。对带有实质性问题的表态,应该是由领导作出或领导授权才行,哪些事必须由上级表态定夺,哪些事可以由自己表明基本态度,应该心里有数。有的人却没有做到这一点,上级领导没有表态也没有授权,自己却喧宾夺主随意表态,抢先表明态度,这会陷领导于被动。

(3) 不要工作越位和侵权。有的工作并不是所有的人都可以去干,作为新员工对此要清醒,不要去揽不应由自己管的事情,干不该由自己干的工作。有的人不明白这一点,什么工作都抢着干,无意中就插手干涉了别的部门或同事的工作,侵犯了他人的职权。实际上,有些工作本来由上司或同事出面更合适,自己却抢先去做,从而造成工作越位或侵犯,费力不讨好。

(4) 不要场合越位。上下级或新老同事共同出现在某些公共场合,如参加会议、同客人应酬,参加宴会和其他公共集会时,要适当突出上级或老同事。不要过度张罗,过多地显示自己。如与客人见面,抢先上前打招呼,不管领导和老同事是否在场;一些场合,走在领导前面,造成喧宾夺主。

(5) 不要越位交往。下级在和上级、同事交往时,一定要牢记自己的身份。如向上级请求、汇报要态度谦虚,注意礼节,尊重上级。向上级提建议、出主意、提意见时要讲究措辞,切不可摆出比上级高明的姿态。

3. 对待非常规性工作

对一些非常规性的、职责界限模糊的工作最好请示上级自己是否该做,否则往往会不自觉地造成越权行为,好心办错事。一般情况下,在没有得到上级指示和许可时,不可轻易越"雷池"。

(二) 角色期望

1. 工作岗位对职业角色的期望

在成长的道路上,人们总会不断地变换自己所扮演的角色。角色变了,那么台词和做法也就得相应改变。步入社会工作岗位前,扮演的是学生的角色,步入社会工作岗位后,要扮演员工的角色,所以必须改变以往的行为和作风行。如果把家庭的角色和校园的角色带到职场中来,就不可能扮演好工作中应有的角色。

2. 上司对下属的期望

有个老板曾说:做员工要学会"三色",就是"看清老板的脸色,知道自己是什么货色,扮演好自己的角色。"

新员工在工作中要建立起自己的角色意识,时刻提醒自己严格按照角色规范行事,严守职位的界限,在什么职位,做什么主,说什么话,使自己尽快进入职业角色,缩短角色距离。

3. 同事的期望

对于任何一个有竞争力的专业工作者团队,新员工必须展现主动积极的精神。在与老同事相处的时候,职场新人必须按自己的身份,把握好自己的角色,摆正自己的位置,尽心尽力做好本职工作。有时在力所能及的情况下,适当做一些超过自己职权范围以外的基础性工作。对于老同事而言,需要能够延伸自己责任范围的工作伙伴,如果一个新员工的工作分量比自己少,意味着自己就要承担更多的责任。

二、自我完善

1. 挑战自我,培养职业兴趣

随着人的成长,步入职业工作岗位这是人生的必然。职业生活是构成人生的重要组成部分,人们的职业生活首先表现在必须通过参加社会劳动来获取生存必需的生活资料。高尔基曾经说过:热爱劳动吧!没有一种力量能像劳动,即集体、友爱、自由的劳动那样使人成为伟大和聪明的人。职业是劳动者创造人生价值的舞台,是实现理想生活的桥梁。职业活动使理想插上翅膀,使人的聪明才智得到充分发展。通过职业,人们获得一定的社会角色,为社会作出贡献,最大限度地实现自己的人生价值。在社会生活中,人的职业生活越丰富,对人的成长也就越有利,人的从业时间越长,个人的智力、体力、知识与技能水平就越能得到充分的发挥和提高。总之,职业活动是人生历程中的重要环节,是使人获得全面发展的重要途径。

2. 从"基层"起步,从"小事"做起

在职业活动中要注意"大处着眼、小处着手",一丝不苟地做好每一件"小事"。严格遵守规章制度,尽快熟悉自己的工作,并勇于承担自己的责任,不要太在意自己的得失,不要太计较自己的待遇,明白勤劳是赐福而不是吃亏的道理,就会很快进入事业发展的快车道。

有人在职业活动中形成了一套自己独特的"就业哲学",核心就是一个"小"字:"任好小职,干好小事,挣好小钱。"任好小职,是指要谦虚、好学、摆正自身位置,绝不自视过高,从职员干起,从"储干"做起;干好小事,是指要从点滴做起,从基层做起,踏实努力,绝不好高骛远;挣好小钱,是指对薪酬不过高期望,绝不漫天要价。

在职场实践中,从基层上升到中层,看上去非常难,也很漫长,所以很多人希望找到捷径。其实正相反——捷径更加难于寻找,而且捷径固然节省了时间,但也缺少了重要一环:经验。许多事情并没有想象的那么难,只是做这件事情太难了的想法把自己难住了。在这种情况下,踏踏实实做事是唯一的解决办法。当痛苦的过程被逾越之后,就会学到更多的东西,正如职场上的上升。

3. 勤奋敬业,精益求精

一个人是否具有敬业精神关系自己今后的职业生涯能否顺利、能否成才、事业能否发展等一系列问题。敬业精神就是一个人对自己所从事的职业的忠诚和热爱,包括工作热情、工作作风、工作方法等。敬业就是要热爱本职工作,忠于职守,对社会负责,对人民负责,保证工作质量,对技术精益求精,能团结协作,能公平竞争。

在市场经济环境中,竞争是无处不存在的,毕业生进入社会后,靠能力吃饭、靠本事生存的严酷现实会立刻摆在面前,如果没有良好的敬业精神,即使有一定的才华,也谈不上有竞争力,就会落后,就会被淘汰。纵观现代社会,各国都非常重视国民的敬业精神教育,德国、日本等都把企业员工的敬业精神摆在职业教育的第一位。目前我国也在提倡企业精神,尽管其中说法各异,但共同的一点都包含着敬业精神的深刻内涵。例如,青岛海尔集团精神"无私奉献,追求卓越……";广州宝洁公司精神"正直人格,强烈的进取心,优秀的合作精神";大庆艰苦创业的铁人精神,更是新中国企业精神的伟大典范。很明显,良好的敬业精神是当今各用人单位普遍提倡的精神,是中国现代企业精神的核心内容。

第二节　环境适应与团队融入

当职场新人走上工作岗位,面临解决的首要问题是:一个新鲜和陌生的工作环境,一个新的集体和团队;环绕着陌生的面孔,要和许多从未打过交道的领导、同事相处共事;不知道所遇到的上司属哪一类型,不知道同事是否欢迎自己;对新工作是否有能力做好而感到不安;对于新工作的意外感到胆怯;不熟悉公司规章制度等。能在一个新环境中适应下来,知道自己该做什么、怎样去做,主要在于对单位与工作了解的程度。

一、了解和熟悉单位与本职工作

(一)了解单位与工作环境

尽快了解自己单位与工作是职场新人的第一个任务,要尽快对所在新单位和工作环境和概况有所了解,以减少陌生感,增加亲切感和使命感。新单位与工作环境的概况一般包括下面的内容:

1)单位的历史、传统、实力、现状、使命、前景、发展规划等

日本著名企业家松下幸之助先生提出:身为一个日本人要在本国本土生存下去的话,就需要了解日本的历史和传统,然后才知道如何做一个现代的日本人,对公司来说也是同样的。要想做好工作的话,就必须先了解公司的历史。因此,松下先生向新员工要求:一进公司,首先要用种种办法了解公司的历史,吸收前辈的经验。

进入一个单位后,首先要尽快对这个单位的历史、传统、实力、现状、使命、前景发展规划等有所了解。要了解这是一个什么样的单位,是怎么创立的,在发展的过程中发生过什么大事,创业者有什么动人的故事,单位的优良传统是什么,单位正在做什么,单位要发展成什么样子,单位的近期、远期目标是什么等。

2)工作场所与工作设施

可以通过参加公司新员工的培训和参观等活动,了解自己的工作场所与工作设施,对餐厅、休息室、盥洗间、复印室、紧急出口、附近的银行、邮局以及交通工具的存放地点也要了解。

3)单位的组织文化、核心价值观、用人理念和工作氛围

组织文化是一个组织长期以来形成的不可言传而靠自身行为来体现的信仰、

价值观和行为态度等的总和。每个组织都有自己明确的文化体系。如果是企业，还要了解企业宗旨、经营理念、经营方针、经营范围、公司的市场战略以及工作方法等。

日本管理学家大前研一认为："一个人在机构中的成败，常常要看他是否能顺应组织文化。"只有了解并认同了组织文化，才能有彼此协同发展的可能。有时，也许会看到有些实际做法与组织所倡导和"文化"并不相吻合，可能会失望。但从长远来看，自己的职业满意度取决于个人的信仰和价值观与组织文化的"匹配"程度，如果不想另寻发展，那么主动适应组织文化就是很重要、很迫切的事情。当觉得自己的价值取向能够与单位的文化、核心价值观相融合时，这表明自己可以继续在这里发展。

4）单位的法律文化、规章制度及其他规定

对各项法律文化与规章制度的了解，对于职场新人也是非常重要的，它直接影响到今后的工作。法律文化是指劳动合同、社会保障等方面基于各有关规定而签署的文化。其中有些还关系到自己的切身利益，当然应该了解。

要了解单位的"章程"、"工作纪律"、"奖惩办法"等一系列规章制度。不同的单位所制定的规章制度不同，对员工的工作规定也有所差别。对这些员工工作和行为的准则，可以阅读单位内部的刊物或员工手册。如果不了解其中的某条规定，可以询问同事请，或请教主管。

此外，有一些规定是"隐性"的，它并没有以文字的形式出现。迅速了解这些不成文的无形规则并遵守是非常明智的举动，这有助于自己尽快融入组织，加快适应和发展。如必须了解某些针对个人修养和职业道德的不成文规范。若不深入了解这些游戏规则，就会使自己在日后的工作中"碰钉子"，而且可能永远也意识不到自己犯下他人接受不了的错误。需要着重弄清的几点是：单位对员工的要求有哪些？哪些规章制度被严格地遵守着，哪些没有？不成文的规章制度又是什么，作用如何？如果违反会是什么后果？

5）单位的产品和服务

单位生产哪些产品、提供哪些服务，有必要做到心中有数。

6）工作程序和工程流程

在任何一个单位，部门与部门之间、岗位之间都会发生各种各样的工作关系，并需要进行协作和配合，所以，就要把这种工作行为固定下来，成为一种规范。这种规范就是工作程序。一个单位不能只靠下命令才能工作，单位能预见到的所有行为都要编出程序，如办公程序、文件收发程序、报销程序、质量控制程序等。单位

的日常工作行为和正常工作秩序都用各种工作程序规范下来,并要求员工贯彻执行。如请假程序就规定了:什么情况下可以请假,向谁请假,如何请假,哪个岗位可以批几天假等,每个员工都必须按照这个程序请假。

工作程序组成工作流程,小流程又组成大流程。对这些工作程序和工作流程,不了解是不行的。否则,怎么能严格按单位的管理模式运作,确保工作程序、工作流程的顺畅高效,确保工作与生产和高效呢?

7) 单位的顾客(客户)和市场竞争状况

了解单位的顾客(客户)是哪些人,公司的市场竞争状况如何,这可以使自己增强危机感和使命感。

8) 单位的组织系统和架构

一个单位的组织系统一般分为纵向结构和横向结构两种,组织的纵向结构即垂直指挥系统,分为几个管理层级;横向结构即横向联络系统,大多数单位都按一定的标准分若干个平行的协作部门。这种划分有的是按职能的不同为依据,如生产部门、营销部门、财务部门、人事部门等;有的是按产品或服务的不同来划分;有的是按地区来划分。可以找一张单位的组织结构图或机构区划表,对照着这张表,就明白了所在单位从最高层到最低层有几个层级,分哪些部、哪些处或哪些科,有多少分公司或派出机构等。

了解单位概况的渠道有很多,如岗前培训、领导致辞、员工手册、内部刊物、视听光盘等等;熟知单位情况的老同事也很乐意向新来的员工谈论这些事情。

(二) 了解和熟悉自己的本职工作

在了解和熟悉单位与周围工作环境的同时,还要尽快了解和熟悉自己的本职工作,不懂就问,对于新人,这是非常正常的。

1. 了解自己的工作岗位

要了解自己工作的岗位名称、性质、意义和价值,认清自己的工作内容、工作范围,工作岗位需要掌握哪些业务知识、基本技能和现代技术方法。

2. 了解单位和上司对自己的工作期待

作为下属,必须清楚和明确上司对自己的期望,或许上司不会明确表达其期望,但是,对于有上进心的新员工而言,就应当主动跟上司沟通,不要等待着上司主动来谈论"发展期望"问题。当然,也可以尝试从上司的要求中分析出其期望,使自己的行为与单位的期待保持吻合和一致,这能够加快领导及同事的认可和认同的心理过程,使自己得以被接纳。

(1)了解此项工作的前任发生了什么情况。如果此人已经提升,就弄清楚是什么原因使他提升,从这里可以知道这个单位对担任这项工作的人是期望是什么;如果此人被解雇,就表明哪些事不该做。

(2)了解单位将怎样评价自己的工作。对员工的工作进行评价的标准有两种:正式的和非正式的。正式标准一般是可衡量的,它的形式如产量或生产率、销售量以及利润等。在这方面干得好的人提升得快,薪水增长得多。用正式标准来衡量业绩,一般是通过考评来进行的。非正式的标准较难描述,它全由上司来决定。典型的例子有:衣着方式,对工作是否感兴趣,与工作团队是否打成一片等。迎接这些挑战的最好办法是观察所在部门其他成功的成员,弄清别人是怎样工作的。

(3)了解本单位重视的是什么,最不能容忍的、最不被认可的是什么。每个单位都有自身的核心价值观,有的是安全,有的是利润,有的是形象,有的是口碑,但不论是什么,一个新员工都应该首先明白并且牢记,不同的单位核定一个员工的标准各有各的不同,但是一条却永远相似,那就是单位的核心价值观不能碰触,不能做害群之马。

二、融入新的环境

(一) 适应和融入团队的能力是生存的砝码

有一次,释迦牟尼问他的弟子:"一滴水怎样才能不干涸?"弟子们答不上来。"把它融入大海中去!"释迦牟尼说。年轻人为一滴水,怎样与集体和团队融为一体,怎样与领导、同事和谐相处,通力合用呢? 这是必须思考、必须面对的问题。

一个人只有尽快地体现自己适应和融入团队的能力,才能增加自身的砝码。有人说,如果把个人的光彩融入团队中,那么,团队更会令自己光彩夺目。融入一个团队、一个组织,只能使自己更强大,风格更明确,绝对不会泯灭自己。"单打独斗"的时代一去不返,IBM 大中国区总裁讲,现在是"打群架"的时代。如果想把事情做好、做成功,就要学会尽快融入一个团队中,在这个团队中找到自己的角色和职责。

(二) 适应新环境和融入新团队的方法

1. 爱心和诚心是融入新团队的出发点

任何方法和技巧的运用必须以爱心和真诚为出发点,必须是真心诚意地与同事交往。虽然每个人的气质、性格各有差异,但只要始终用一颗真心、诚心去待人,总有一天别人会被真诚所打动。

俗语说:"路遥知马力,日久见人心。"身为新员工,如果仅仅以功利为目的,只讲求技巧,只"耍嘴皮子",而对别人缺乏爱心和真诚,也许能暂时被人接纳,却无法使之维持长久。真诚与否,自有时间会给出公平的评判。一个虚情假意的人,总有一天会露出自己的"狐狸尾巴",不仅于事无补,反而会招人厌恶。

2. 调整职业心态

刚刚毕业的大学生,甚至工作了一两年的员工其中有一部分都还存在学生心态,自我的设想与职业中的实际情形常常会存在着差距、矛盾甚至冲突。踏入社会,应该学会调整职业心态,做好"洗脑"工作,完成从校园人向社会人的转变。有人说,当一个毕业生能在半年内不再经常谈论自己是某某学校毕业的,以及大学时如何如何,这个人就算进入状态了。那么,怎样转变心态呢?

1) 从个人导向到团队导向

单位里强调更多的是团队精神、严谨的工作纪律和统一的标准、流程和规范,个人的意愿是要通过集体来发挥作用的。在单位需要的不是个人,而是团队的默契的配合,用集体的智慧和力量完成工作。如果说在学校是个人"答卷",那么到了单位就是集体"答卷"了。如果想与同事在今后的工作中融洽相处,自己首先就要充分认识到集体合作、团队精神的重要性,将小我融入大我。

2) 从情感导向到职业导向

在学校可以很大程度上随时随地表露自己的喜怒哀乐,但是到了企业,就必须有一种职业化的思维、意识和习惯。企业寻求的首先是个人对企业的一种"认同感"、"归属感",这一点很重要。

3) 从成长导向到责任导向

这里所说的责任导向,是指在单位中普遍提倡的"小公司做事,大公司做人"的精神。在企业里新员工必须在履行责任的前提下学会成长,个人必须培养出一种"与公司共命运"的意识。

4) 从思维导向到行为导向

做学生时面对一件事情,需要多争论、多询问。但在单位,重在实践,不仅要求员工去思考为什么,更重要的是如何处理问题并且能够处理好,遇到问题时弄清楚了才能去做。单位要求员工的问题是建设性的,光想而没有更深地思考和行动只会是眼高手低。

3. 调整自己过高的期望值

一些刚刚踏上工作岗位的新人，不能适应新环境，常常发牢骚，抱怨自己的工作环境不好，有的人到一个单位没多久就"跳槽"，有的甚至一年之内连跳了几次槽，到哪个单位都感到不顺心。出现这样的问题，主要有两方面的原因：

（1）客观环境确有不合理的地方，影响到自己的情绪。

（2）自己的期望值过高，不切实际。当以过高的期望目标接触现实环境时，一旦客观环境与自己的期望值不一致，往往会产生一种失落感，感到处处不如意、不顺心，甚至怨天尤人直到"跳槽"走人。

第二种原因往往是主要的。如果自身的适应能力差，就很难在特定的环境中立足、生存和发展。

现实中，人们几乎是出于本能地不断提高自己的人生期望值，这自然有其积极的意义，但一味不切实际地用过高的期望值，就陷入了自我期望值过高的心理误区，也许就是有些人经常产生一种失落感，感到处处不如意，不顺心的心理根源。

4. 有目的地约束自己，适应现实环境

职场新人对新环境有一个认识、熟悉和适应的过程，在这个过程中，避免不了有摩擦和误会产生，这就要求遇事能冷静分析，从大局出发，从发展的角度来看待问题，多从主观方面查找原因，对照自己的认识、态度和方式，看是否有需要改进的地方，从而有目的地约束自己，去努力适应新环境的要求。

某大学毕业生初到一个公司，一天他接到业务单位寄给上司的一封标有"印刷品"案的挂号信件，就不假思索地打开了，事后上司也没有责怪他。一个月后，上司的一封重要的私人信件被人拆开，当上司追查此事时，他感到有洗刷不清的疑点，自己在上司心中的美好形象和信任度大大降低，感到工作难以展开，环境几乎不能容人。殊不知，这正是自己不经意造成的，如果当时有目的地约束自己，是完全可以避免的。

5. 主动制造与周围同事接触的机会

俗语说："趣味相投"，只有共同的爱好、兴趣才能让人走到一起。作为新人，应该对周围同事感兴趣的问题有所了解并尽量地感兴趣，把自己融入同事的爱好之中。如与大家一起关注体育赛事，与别人讨论文学及音乐的话题等。这样双方的思想感情就会靠拢，就容易亲近，就能逐渐得到同事的尊重和接纳。

6. 努力增进与同事的交往和沟通

在工作中，与同事、领导的交往与沟通可以分为两种：工作中的正式交往和工作之外的非正式交往。工作中的正式交往和沟通是"以工作为中心"，其特点一般是感

情成分较少,工作成分较大,原则性较强,有相应的规章制度加以规范制约。工作之外的非正式交往和沟通也称"非工作角色交往和沟通",它是同事之间、上下级之间以个人的身份彼此进行的非工作性质的交往和沟通。一般是感情成分多,工作成分少些,交往的程度取决于个人的喜恶和价值标准,仅以道德规范加以约束。

无论是正式的还是非正式的交往和沟通,都要好好利用,多给同事一个了解和接受自己的空间和时间。在这些活动中,许多信息会进入自己的耳畔。人们会脱下紧绷绷的外壳,在相对放松的状态下讲述自己的苦乐,能听到真实的抱怨、真诚的赞誉,包括客观的评价;也会发现谁和谁走得近,谁和谁走得远。不要自贬为偷窃他人秘密的好事之徒,只要摆正心态,具备明辨是非的基本能力,就会发现谁可以成为朋友,谁仅止于同事关系。有些事情即使与原本并无利害关系,只要有机会,还是应该有兴趣地仔细聆听。

一些人讨厌与同事闲聊,讨厌将本该属于自己的时间用于与人交往,他们认为这种做法太过功利,太工于心计。其实,只要对人不怀恶意,这本是对自己极为负责的一种态度。拒绝参加单位和部门活动的人,只会让人感觉性格孤僻,不合群。"重在参与"绝对不是失败者的一种托词。随着社会经验的增长,有很多事情在与不在绝对不一样。不管是否愿意,是否喜欢,参与其中总能获得某些信息,总会增进与同事之间的融洽关系。

对于同事、领导的关系,要反对走两个极端:一是过分疏远,毫不重视;二是过从甚密,你我不分。

三、融入社会,提高共事能力

(一) 合作共事能力

多年以来,许多人一直在孜孜不倦的探求个人成功和发展的因素,在众多的学派和见解中,有一种因素被公认为是个人成功和发展的不可缺少的因素,这就是协调各方面人际关系的能力,或者说合作共事的能力。

中国社会历来是重视人际关系的社会,我们可以经常听到有关人际关系和人际交往的名言警句,如"天时不如地利,地利不如人和"、"和为贵"、"三分业绩、七分人际"等。当今社会,和谐的人际交往与合作共事的能力是最有价值的个人无形资产。每个人要想取得成功,事业不断发展,职业生涯一帆风顺,没有良好的人际关系和与人合作共事的能力是难以想象的,尤其是一个人在其他素质不是特别出色的时候,人际关系与合作共事的能力更是他能否取得成功的关键。

良好的人际关系和与人合作共事的能力还可以帮助清除前进道路上的障碍。在工作中大多数有这样的经验,有些人并没有能力帮你干成一件事,但他却有足够的能量使你干不成这件事,并设置障碍。因此,特别要对那些有才华而又想在职业生涯上不断发展的人提出忠告:合作共事的能力至为重要。

现代社会竞争虽是无处不在,但同事之间十之八九是为了一个共同目标而努力,更何况现在讲的是双赢、多赢。最简单的,部门的效益上不去,谁也别妄想有升迁机会。很多时候,同舟共济比同室操戈更有意义。把自己融进去,这是新世纪"团队协作"的要义。

近几年来,风靡全球的成功新概念——情商(EQ),更是毫不含糊地把人际关系技能看做是衡量情商水平高低的重要标准之一。微软副总李开复解释说,情商就是有自信,有自知之明,有自律,和人的关系处理得好,有同情心,做事情主动投入有热情。一些管理人员说,在当今激烈竞争的社会里,一个很普遍的现象是,智商(IQ)使人受雇,但是情商(EQ)才能使人晋升。

学历较高、业务熟练,固然对人生的发展非常重要,但合作共事也不容忽视。若想事业有成,还必须学会处理好各方面的人际关系,必须充分掌握自己的人际资源。

(二) 共事的规则和方法

1. 换位思考

1) 换位思考是为人处世的重要原则

从他人的角度看事情是为人处世的重要规则。真诚地从他人的角度看事情,是指一个人遇事,首先应设身处地地站在他人的立场和处境思考问题,了解他人的观点和感受,体察和认知他人的情绪和情感。这里所说的"他人",可以包括任何与自己相处、打交道的人,如父母、领导、同事、朋友、顾客等。合作共事的成功,在于捕捉对方观点和情感的能力。善于以别人的观点来思考,以别人的处境来看待事情,经常为别人着想,才能使一个人走出自我的围城,才能理解和认同别人,从而得到尊重和友谊,减少摩擦和困难,才能具备为人处世的技巧,广受欢迎。即使最聪明的人,如果事事总站在自己的角度或先想到自己,缺少换位思考的能力,也很难有成功的人际关系。站在别人的立场来考虑事情,并不是牺牲自己的立场,而是能以协商的态度,找出一个对双方都有利的基准或是双方都想达成的目标。当抱着站在别人的立场考虑事情的态度时,就会发现对方的大门会很快、很容易地向自己开启。

2) 换位思考的方法

经常提醒自己:别人与我不同。每一个人都是一个独特的个体,我们需要正视这些差异。不要将自己的看法强加于人。自己和别人对某一事物或问题有不同理解、看法时,不要迫使他人按照自己的理解方式去理解,不要强求别人接受自己的观点和看法。一个人在形成自己观点的同时,也应允许他人不同观点的存在。在没有经过实践检验之前,任何人都没有理由将自己的观点视为真理,将别人的观点视为谬误,而将自己的观点强加于对方。事物是一分为二的,世界上许多事情不能简单地以好与坏、是与非划分。

以理解的心态接纳别人的观点或行为。一个人要不断超越自我,同情、理解、体谅与自己的看法、观点、行为相异的人;以开放的心态包容、接纳别人的见解;理解别人的观点或行为也同样具有某种程度的合理性;客观平和地对待那些自己喜欢的和不喜欢的东西。时常问问自己:我处在他的位置会怎样。遇事不要以"我"为先,不断地强调"我",而要常把"你"放在"我"的前面。

2. 对他人表现出诚挚的兴趣和关切

1) 真心地对他人表现出诚挚的兴趣和关切是人际关系的基础

古人说过:"感人心者,莫先乎情"、"敬人者人恒敬之,爱人者恒爱之"。对他人、对同事表示真正的兴趣,经常从多方面给予真诚的关心、体贴和温暖,这无疑是最好的"感情投资"。只有这样才会使他人对你感兴趣,才会获得别人的喜欢,加深和他人之间的情感和友谊。其实,这其中有着最基本的心理因素。他人关心我们,总会让我们心怀感激之情,让我们觉得与众不同,更让我们觉得举足轻重。我们喜欢与对我们感兴趣、关心我们的人来往,我们喜欢跟他们建立友谊,我们也会对他们感兴趣以报答他们的关切之情。

2) 对他人表现出诚挚的兴趣和关切的方法

把同事的冷暖疾苦常挂在心上。在力所能及的范围内,尽可能帮助别人在生活上、工作上、心理上遇到的各种困难和问题。对同事的一些大事、比较重要的事或遇到的特殊情况给予关切,并通过某种方式表现你的体贴和情意。对同事的家庭生活表示关心。这方面包括范围很广,可关心的事情很多,上至同事的父母,下至他的太太、孩子,凡是与同事生活有关的问题,都可以利用各种机会加以关心。对同事工作上遇到困难、障碍时,给予及时的协助和支持。对于同事感到有兴趣的事情的关切。注意对日常点滴小事的关切和"感情投资"。

3. 使他人觉得自己很重要

在现实生活中,大多数人的愿望之一就是被人注意,受人关注,得到他人的认可和重视,即感到自我的重要并得到肯定。如果打算让他人与自己愉快相处,就要对他人给予充分的重视,让他能够感到自己的重要性。人的"自我价值感"是经由别人的肯定、重视、鼓励、赞美而来,只要"让他感觉自己很重要"、对方也会"投桃报李",给自

己"正面的回馈"。使他人感到自己很重要的方法有很多,最基本的做法是:

1) 让别人觉得比自己优秀

社会中大多数人,几乎都认为自己在某些方面比别人优秀。一个基本的以赢得他欢心的方法是,以一种不着痕迹的方法让他明白,你确认他在自己的小天地里是个重要人物,而且是真诚地确定这点。一些人与别人相处的障碍在于总以为比别人强,比别人优秀,比别人聪明,处处过分高看自己,把"自我"抬得太高,有意无意中贬低了他人的"自我",伤害、打击了别人的自尊和形象。如果想要维持与他人的友好关系,就要维护他人的自尊,要时时让他人觉得比自己优秀,常常让他人高视阔步,走在自己的前面。

2) 请求对方帮个小忙

请求对方帮一个忙,一来是为了与他人建立融洽关系,使自己赢得友谊和合作;二来也表示自己重视所请求的人,使对方觉得获得了尊重、觉得重要。那些有才干的人运用这个方法的背后,都隐藏着对于需要的了解,以及他们所想获得别人好感的至诚和欲望。他们总是在不使别人感到麻烦、讨厌而是十分高兴的情况下请求别人的帮助。

3) 多关注别人

大多数人都喜欢被人注意和关注,希望引人注目,而且会以这样或那样的方式去猎取这种注意和关注。如果想在人际交往上获得成功,就得承认这个事实。

4. 学会欣赏他人

1) 多寻找并欣赏他人的优点

俗话说"尺有所短,寸有所长"。一起工作的同事,都有各自的长处、优点,都有较自己优秀的方面,这些需要自己能随时随地地寻找、欣赏同事的优点、长处以及其他可取之处。能够寻找并欣赏他人的优点,也是一种聪明。多寻找、发掘和欣赏别人的优点、长处,才能更好地接纳他人,才能更好地取人之长,补己之短,才能更好地处理与他人的关系。古人都懂得"水至清则无鱼,人至察则无徒"的道理,可是在今天的工作生活中,有些人对自己的同事、领导以及其他人求全责备,总是看到他人的缺点、短处多,看到他人的优点、长处少,甚至片面放大别人的瑕疵或将某个人看得一无是处。

2) 寻找并欣赏他人的优点的方法

自觉地找出他人的优点,改变一下观察他人的视角。对于交往的人,从不同角度去观察,因而会有不同的结论和感受。假如一个人总是以挑剔和怀疑的眼光,没完没了地盯住他人的弱点、不足和短处,必然能找出无数的毛病。所以,要改变一下观察他人的视角,努力地去发现并欣赏他人的长处和优点。法国著名雕塑家奥古斯特·罗丹说,世界上不是没有美,而是缺少发现美的眼睛。

5. 用微笑、赞美结人缘

1) 用微笑把快乐带给别人

用微笑喜结人缘。微笑虽然无声,但它蕴涵着丰富的内容,表达出许多内涵:高兴、赞许、尊敬、宽容……微笑可以缩短彼此心理距离,可以融化人与人之间的陌生和隔阂,可以把接纳他人的态度传给对方,可以把愉快的气氛散播出去,可以让人看起来平易、友好、开朗或容易相处。任何人都不愿意与整天快快不乐、垂头丧气、愁眉不展的人交往和相处。与这种人在一起,整个气氛充满乏味、冰冷、僵硬、紧张,领导会认为这个人缺乏自信,不能担当重任。

微笑待人的方法有:

(1) 使自己快乐起来。如果不喜欢或不大会微笑,那怎么办? 著名实用心理学家威廉·詹姆斯给我们提供了一个方法,他说:"如果你感到不快乐,那么唯一能找到快乐的方法,就是振奋精神,使行动和言辞好像已经感觉到快乐的样子"。

(2) 每天早晨对着镜子练习微笑几分钟,要自然。

(3) 上下班对所有同事报以轻松的微笑,要真诚。

(4) 对陌生人给以微笑、点头,要亲切。

(5) 给"对手"以微笑,要豁达。

2) 人人需要赞美

所谓赞美,就是从心底深处表达出(不管是通过语言还是通过行为)对他人优点、长处、成就、才华、人品等真诚坦荡的肯定、认可、喜爱和激励。大多数人都愿意听表扬的话,都喜欢、渴望被人赞美。赞美别人,是人际关系中所不可缺少的。孔子把"乐道人善"视为对人生有益的三大乐事之一。诚恳的、慷慨的、适应的赞美是人际关系和合作共事的"润滑剂",是练达人情的标志之一,它可以使对方产生亲和心理,为深入沟通提供前提。赞美能够创造出一种热情、友好、积极、肯定和交往使用气氛。赞美能够赢得对方的回报。赞美是一种有效的感情投资,热情友好的赞美总能换取别人的回报。谁赞美他人的成绩,热情友好地传播、赞扬他人的优点,谁就会得到同样的回报;相反,如果总是说别人的坏话,宣扬别人的缺点,久而久之,就会发现自己也在被他人七嘴八舌地议论。

赞美他人的方法有:

（1）直接赞美。直接赞美就是当着对方的面,以明确、具体的语言,提及对方的名字(尊称、昵称),微笑地赞美对方行为、能力、外表或所拥有的物品。这是一种不通过中介,直抒胸臆,把赞美之情直接向对方倾吐的赞美方法。

（2）间接赞美。间接赞美就是借第三者的话来赞美对方,或者通过他物他事赞美对方。

（3）预先赞美。预先赞美就是按照自己对他人的期望提前赞美。

（4）公开赞美。公开赞美就是在公开的场合,当着许多人的面进行表扬、赞美。

6. 不要随意批评、埋怨和指责他人,避免与人争吵

1）随意批评、埋怨和指责他人会招致怨恨

很少有人愿意听取批评、埋怨和指责,也很少有人喜欢接受别人的批评、埋怨和指责。被人批评和指责的人,本能上会产生一种抵触、防御和反叛的心理,其自然反应是自我保护。一个带有抵触、防御和反叛心理的人,是不会从心里接受他人的批评、指责的。即使是自觉性较强、修养较高的人,在理性上会接受批评、指责,但在内心里却会有一种失落或难堪。对此,必须有清醒的认识,应该正视这个现实。

克服随意批评、埋怨和指责他人的方法:

（1）创造一种开放的气氛,使人愿意接受建议或建设性批评,立即承认自己的过错。

（2）指责他人之前要三思。

（3）采取温和的态度。

2）争吵只能是双方皆输

有些人在与同事相处共事中,缺乏耐心和自制力,总爱在一些事情上与别人抬杠、争执、争吵,非要争出个我是你非、我赢你输不可。有句话说:"争吵,是项很奇怪的游戏,最后没有一个人能赢。"林肯一次斥责一位和同事发生激烈争吵的青年军官。林肯说,"任何决心有所成就的人,决不肯在私人争执上耗费时间。争执的后果不是他所能承担得起的,而后果包括发脾气,失去了自制。要在跟别人拥有相等权利的事物上多让步一点;而那些显然是你对的事情就让步少一点。与其跟狗争道,被它咬一口,倒不如让它先走。就算宰了它,也治不好你被咬的伤。"争吵不仅没有好处,而且会带来不良后果。一旦发生可能要引起争吵的情况,能否聪明一点解决争执呢? 最好的办法就是避免和别人发生争执,永远不要和别人争吵。在那些鸡毛蒜皮的琐事、无意义无价值的问题上,就是有理也不要与人争辩,因为这只能浪费自己和别人的时间,只能给别人留下谈资和笑料。

避免争吵的方法有:

（1）专注于问题的讨论。讨论和争吵不同。讨论是心平气和的、善意的，其特点是对事不对人，专注于问题的讨论；而争吵是缺少理智控制的，往往是感情用事，固执己见，相互指责、攻击，其特点是对事也对人，甚至对人不对事。

（2）承认自己也许会错。

（3）倾听对方诉说，并表示了解、同情和尊重他的意见。

（4）以谦虚的态度表达自己的意见。

（5）求同存异，不强求一致。

（6）善于退让和妥协，主动做些让步。

（7）将问题延缓一下。

（8）将话题转移到别的方面。

第三节　自我展示与自我推销

一、自我展示与自我推销意识

当今时代，个人事业已经从做一份工作、追求一份职业，发展到建立个人品牌。建立个人品牌就是要显示和推销自己独特的存在价值。有了个人品牌，才会在职场中成为"不倒翁"。

"酒好也怕巷子深。"人不也是如此？不要以为只有求职应聘才需自我推销，在参加工作后更要自我展示和推销。一个人的能力、优秀品德、专业知识与业务技能、业绩，只有显现出来，推销出去，才能引起领导和同事注意，才能使领导和同事充分了解。在注意和了解的基础上，才能进一步合作共事，建立起相互信赖的关系，才能使自己的才华充分施展出来。

著名管理专家宋新宇博士说："现在和过去的工作环境不一样，过去默默工作的，还是有机会被提拔，现在不会表达，就会被淹没了。西方人常讲一句话我觉得有道理：一是要做好事，二是要去说你在做的好事。我们有些人认为自己做了好事别人自然会知道，没有必要去宣扬，这种观念是不利于建立个人品牌的。"

我们常常听到、看到这样的情况：一些人全力以赴、埋头踏实地工作，并且作出了不少业绩，可是某一天却忽然发现，自己并没有得到同事、领导的赞许和赏识。这时这些人产生了埋怨情绪，埋怨领导、同事有眼无珠，没有看到自己付出的辛劳和作出的业绩，认为自己白努力了一场。可是他们有没有想过，这不一定就是领导、同事们的过错，因为领导有许多工作要处理，许多事要操心，许多人要管理，另外他们的注意力大都放在一些大事或难点上。

注意力是一种资源，是一种财富。谁能吸引更多的注意力，谁的价值就越高，成败分化将以赢得注意力多寡为标准。晋升的关键也正在于有多少人知道自己的存在和所工作的内容，以及这些知道的人在公司中的地位和影响力有多大。

要想领导和同事注意到自己，就应该主动去争取引起领导和同事注意的机会。现代社会是一个竞争与合作的社会，对于每一个人来说，要想在单位里站住脚，博得一席之地，就必须有主动出击的意识与做法，学会竞争与合作。"千里马常有，而伯乐不常有"，只有主动寻找伯乐的千里马才能给自己创造出驰骋的天地。如果认为自己是千里马，就要多向他人展示、推销自己，积极、主动地引起伯乐的注意，从而使自己的价值得到体现，才能得以及早的发挥，为单位、社会作出贡献；反之，如果一味默默无闻地努力或坐等独具慧眼的伯乐来发现自己这匹千里马，那么会延迟被发现的时间，减少被认识的机会，甚至终生不被人所知，被人所用。世界上没有等来的伯乐，只有主动运用听来的，读来的、悟来的推销术，将自己推销给伯乐，这才是最实际的做法。

正如一位人事工作者所说："成功是属于那些懂得职场游戏规则的人。要旗开得胜，首先必须学会推销自己。"

二、自我展示和推销的方法

1. 了解自己，树立自信

了解自己拥有的优势和价值。不论推销什么，要做的第一件事是了解要推销的东西。"认识你自己"，这是写在阿波罗神殿大门上的箴言，早在几千年前就被古希腊人视为人类的高智慧。客观透彻地认识自己、了解自己、评价估量自己，是成功推销自己的基础。一个人只有对自己各方面的优势和价值都有比较明确的了解，知道自己的长处和短处或长项和弱项，知道自己的能和不能，知道自己的资源、实力和价值等，才会有针对性地采取相应的促销措施，恰当地推销自己，被别人所接纳。

自信很重要，自己的感觉要好，不要去模仿别人，这也是一种风格。在任何时候对自己充满信心，才会使自己散发出无穷的魅力，感染他人。所有的人都像一个蓄水池，而最重要的就是想办法把自己的水龙头给拧开，让自己的能力流露出来，这需要自信。现代职场的必备条件是信心，最重要的是自信，这在自我展示和推销时显得更重要。既然打算将自己展示，推销给别人，就必须坚定自信心，对自己的长处和优点，对自己的资源和实力，自己首先要坚信不疑，这样才能让别人接纳。

2. 出色做好分内工作

一个人要想有所发展，有所成功，仅仅埋头努力工作是不够的，但不努力工作也是不行的。"行行出状元。"要成功地推销自己,方法之一就是能够有创建地完成自己的本职工作,在单位里展现出自己工作努力、业务出色、成就卓越。

把自己的工作尽量做得最好,让别人无可挑剔或不忍挑剔,是推销和展示自己的一个法宝。努力勤恳地工作会使领导满意,而一旦把分内的工作做得非常出色,甚至创造出了比较好的一流的工作绩效,那就更令领导关注和喜欢。

3. 保持良好的精神状态

经常把自己的精神、情绪保持在积极良好的状态,展示出热忱、激情、蓬勃朝气和青春活力,是一种无形但最有力的推销自我的方法,是取信于领导和同事,获得别人欣赏和支持的因素之一。

在工作中,应该试着从工作中寻找乐趣,试着多一点热忱,注意时时保持一种积极的精神风貌,充满激情、意气风发、斗志昂扬、朝气蓬勃、乐观开朗,有高昂的士气和很强的战斗力,给领导和同事一种精神振奋、耳目一新的印象。任何单位都喜欢那种能将激情投入到工作中去的人。

如果上班时,总是无精打采、萎靡不振、消沉懒散、死气沉沉,20多岁的人,60岁的心态,这样的员工,哪一个领导和同事会喜欢? 还谈什么委以重任呢? 如果没有良好的精神状态和工作态度,即便有再好的学历、专业、技能和见识,在这些耀眼的光环上也会蒙上一层阴影;即便是再容易得到的东西,也会变得难以获得。其中的奥妙在于:在与他人相处时,最容易让他接受的,并不是一个人的知识、技能或见识,而是这个人的良好态度和积极心态。

4. 多做分外的事情

如果想让周围的人对自己做出良好的评价,在单位建立起良好声誉,还要表现出愿意做更多工作的热情,多做一些分外之事。要自愿多做一些额外的、自己能胜任而别人不愿接受的工作,展现自己不惜力、不斤斤计较个人得失的奉献精神,也显示出自己有多方面的才能。

当然,做自己分外之事,不可轻率。主动要求分外的工作是好现象,但自己要把握好"度"。很多职场新人不明白这一点,逞能去揽太多的工作。这样一个可能的后果是要么脱颖而出,要么可能面面俱到但又一事无成、"身败名裂",因为个人能力毕竟有限。要想取得真正巨大的成功,千万别干有违性格和超出自我能力的事,谨记自己不是"超人"。

5. 主动寻找和创造机会表现自己

也许某个人能等来领导注意的那一天,可这种几率实在太少了。所以,应该积极去寻求和创造各种使人与众不同的机会。

寻找和创造表现自己的机会的方法也很多,例如:勇于接受新任务;拥有一项关键能力;毛遂自荐,配合执行;发掘并解决某些问题;利用会议;在向领导汇报时突出自己的能力和见识。此外,自动请缨替代放假的同事,加入某个自愿工作小组,充分利用呈现在自己面前的工作之外的机会等,这些都是表现自己的机会。

三、自我展现和推销的策略

展示和推销自己要注意恰如其分,就是说要把握好"分寸",讲究策略。分寸过大、过急、过分的自我表现,就有在同事、领导面前张扬、炫耀、耍小聪明的嫌疑。那么,推销自我怎样讲究策略,做到恰到好处呢?

1. 心境平和,渐进而行

心境平和,不可过急,采取渐进的低姿态。许多人刚走上工作岗位或新来到一个单位时,往往都是胸怀大志,雄心勃勃,希望做一番大事业,以实现自己的人生价值。因此,他们刚一跨入单位大门,便急不可耐地显现自己,凡事都要争个"先手",有时动不动还要来个"抢跑",恨不得立即引起领导和同事的刮目相看,操之过急的结果往往是"欲速则不达",反而使领导和同事很反感,得不到他们的认同,所以当刚参加工作或进入一个并不熟悉的新工作环境时,推销和展示自己不要操之过急。

简言之,那些高级职员大都崇尚务实作风,多干事,少说话,把所有的功劳往老板身上推,把一切的责任往自己身上搁。根据这种现象,梁凤仪得出一个结论:能够在大机构内站稳阵脚,而且高居要职的先决条件,就是在稳健而低调的作风大原则下从事工作。

我国有句俗话:"老要张狂少要稳",意思是,老年人可以少顾忌一些,年轻人则要稳重一些。"风物常宜放眼量",对于职场新人来说,我们还是要把眼光放得长远一点,把心境放得平和一些,推销自己不要过急,要尽量采取低姿态,稳打稳扎、循序渐进。

2. 守愚藏锋,适度而为

守愚藏锋,不要过分,让他人觉得比自己高明。一个人有较高的学历、聪明、有才华、有能力,这无疑就是等于自己有了一笔宝贵的财富。但要向领导、同事展示自己的财富时,要懂得策略、方法,要把握火候、分寸。"君子才华,玉韫珠藏",才华、才能应像珍珠和美玉一样,无论在什么时候,都放出柔和而深沉的光辉,而不是像玻璃反光那样,固然闪闪发光,但太过于刺眼,正好让人见其浅薄。才智、才华的自我克制不是自我埋没,而是积极寻求能够发挥自己才能的地方,寻求能够欣赏自己才华的人,然后再一显身手。

某单位有这样一件事：甲、乙两个人都是领导的秘书，并且两人的才能不相上下，都能写一手好文章，但是两个人的做法不同。秘书甲很善于领会领导的意思，写出稿子往往是一锤定音，领导再也挑不出毛病来。而秘书乙显得似乎比较笨拙低效，每次初稿总是有些不尽如人意的地方，但经领导看后一点拨，立刻就能改得漂漂亮亮，做到二稿通过。几年后，人们发现，秘书甲仍在秘书的位置，而秘书乙早已另有重用，高升一步了。有人问秘书乙其中的奥妙，早已不再是秘书的他微笑作答："如果你的水平与领导一样高，甚至比领导还高明，那要领导干什么？"

秘书乙正是通过以退为进的方法，主动贬抑自己，来突出领导的高明，从而使领导获得了某种心理上的满足感，感到秘书乙才能写出好文章。这的确使领导有一种成功感，而正是这种感觉使秘书乙获得了自己的成功。

3. 真诚自然，不可作秀

真诚自然，不可虚伪作秀，刻意表现。向别人展示和推销自己是一门学问，易学难精，但要想取得良好的效果，有一个万变不离其宗的法则，这就是表现自我必须真诚和自然。真诚，主要是实实在在，别耍小聪明，别耍花招，也不添油加醋，妄自夸大。自然，就是说并不刻意突出表现自己，不故意找一个机会去作独立的布局，不故意做样子给别人看，一切顺其自然，不搞那些邀幸取宠的小伎俩。

弄虚作假、装样子骗人、矫揉造作的自我表现还不如不表现。真诚自然的表现，谁都会接受，而刻意的、故意装出来摆样子给别人看的"表演"的"作秀"，就会使人产生排斥或厌恶的情绪。

4. 眼要低，手要高

不要流露"怀才不遇"、"大材小用"的心态。有的职场新人参加工作后，满怀抱负，一心要作出一番成绩，干出一番事业，可是一天到晚干的却是平凡简单的基层工作，有的甚至是连小学生、初中生都能干的琐事，便不踏实安心工作，觉得领导埋没了他的才能，自己被降了档次，言谈举止中便流露出"怀才不遇"、"大材小用"的心态和情绪。认为自己怀才不遇、满腹牢骚的人在内心深处潜藏着这样一种想法：现在所从事的工作不适合自己，应从事更为高级的工作，这才有助于人生价值的实现。由于有了这样的想法，他们不热心于眼前所从事的工作，自然也不会取得什么显著的成绩，于是说上司的不是，甚至大发牢骚，认为自己成了单位的"牺牲品"。这种心态和心性一旦被领导、同事知道，就有可能对自己产生一些想法，产生一种不必要的误解，如果一旦连小事也没干好，领导、同事的不良看法就会进一步加深，这对自己今后在单位的立足就会产生不利的影响，对今后的发展也会增加阻力和困难。

现在不少领导和同事对一些年轻人的评价是：眼高手低，大事干不了，小事不愿干,还总觉得自己委屈得要命。对自己的发展,有"野心"是好事,但要防止"志存高远"变成"志大才疏、好高骛远"。不要时时流露出"怀才不遇"、"大材小用"怨天尤人的心态和情绪。记住:眼要低、手要高。一个人只有在天时、地利、人和都占全的时候,才能彻底发挥自己的才能,才会"各尽其才,大材大用",事业得到辉煌发展,雄心抱负得到实现。

思考题

1. 根据目前状况,谈谈如何转换角色、完善自我,适应职业工作需求?
2. 怎样才能恰如其分地展现和推销自己?